KB005275

3

수령의 유혹

붉은 지게 3

펴낸날 2021년 7월 9일

지은이 강기현
펴낸이 주계수 | **편집책임** 이슬기 | **꾸민이** 이슬기

펴낸곳 밥북 | **출판등록** 제 2014-000085 호
주소 서울시 마포구 양화로 59 화승리버스텔 303호
전화 02-6925-0370 | **팩스** 02-6925-0380
홈페이지 www.bobbook.co.kr | **이메일** bobbook@hanmail.net

© 강기현, 2021.
ISBN 979-11-5858-797-0 (04810)
       979-11-5858-775-8 (세트)

역사장편소설

강기현

3

수렁의 유혹

평범하게 열심히 살았던
비범한 사람들의 역사

　사람들은 지레의 원리를 활용하여 편리한 도구를 만들어 사용하는
데 이때 지레에 작용하는 힘을 한 지점에 집중시키거나 분산하여 사용
한다.

　지레의 힘을 한 점 위에 집중시켜 사용하는 기구에는 스카이콩콩이
있다.

　스카이콩콩은 힘점과 작용점이 지면의 받침점 위에서 수직 방향으
로 한 점 위에서 작용하므로 숫자 '1'에 대응시킬 수 있다.

　숫자 '1'은 부분을 의미하기도 하고, 전체를 의미하기도 한다. 어떤 집
합을 분수로 나타내는 경우의 '1'은 집합 전체를 의미하는 분모와 같
다. 분모는 그 크기가 무한히 클 수도 무한히 작을 수도 있다. 그런데
분모는 아무리 크거나 작아도 자체의 공통적 속성에 의해 그 집합에
포함되는 원소의 범위를 한정한다.

'1'의 세계관을 가진 사람은 원만한 사회생활을 위해 몸과 마음을 닦아 수신修身하고 다른 사람을 배려하는 심성과 다양한 세계관에 대한 개방적인 자세를 가져야 한다.

지레의 세 점을 분산하여 사용하는 기구에 시소가 있다. 시소는 받침점이 가운데에 고정되어 있고, 양쪽 지렛대 위에 힘점과 작용점이 교차하며 상하 왕복운동을 하는 놀이기구다.

시소를 타는 사람은 항상 상반된 위치에서 힘이 상호 반대 방향으로 작용하도록 하고 힘의 세기를 조절해야 한다. 만약 몸무게가 같은 사람이 같은 거리에서 같은 크기의 힘을 같은 방향으로 가하면 시소가 고정되어 놀이가 불가능해진다. 따라서 시소 놀이에서는 위치적 평등보다는 상대적 기회균등의 가치가 더 중요시된다.

시소는 서로 다른 위치에서 반대 방향으로 힘이 작용하므로 숫자 '2'에 대응시킬 수 있다. 이때의 숫자 '2'는 수열을 나타내는 '2'가 아니라 서로 상대적인 의미를 가진 별개의 개체를 지칭하는 것이다.

상대적 세계관에는 빛이 있으면 그림자가 있고, 하늘이 있으면 땅이 있고, 물이 있으면 불이 있어야 하고 수數에 있어서도 양수가 있으면 음수가 있고, 실수가 있으면 허수가 있고, 유리수가 있으면 무리수가 있어야 한다.

이러한 상대적 세계관은 제가齊家 사상과 그 의미가 상통한다.

화목한 가정이 되려면 가족 모두의 인격이 평등해야 하지만 가족들 간에는 시차를 둔 기회균등도 중요시해야 하고 역지사지의 입장에서 서로를 배려해야 가화만사성家和萬事成을 이룰 수 있다.

지게는 사람들이 물건을 등에 지고 운반하기 위해 만든 농기구다. 지게는 두 다리와 지겟작대기로 받쳐 세우고 그 위에 짐을 얹어서 지고 운반하는 도구다.

지게는 힘이 항상 두 다리와 지겟작대기 끝의 세 점 위에 분산되어 작용하므로 숫자 '3'에 대응시킬 수 있다.

지게가 서 있는 삼각대의 한 다리에 힘을 가하면 나머지 두 다리는 받침점과 작용점의 역할을 한다. 그런데 지겟작대기를 지게의 꼭대기에 걸쳤을 때 지게의 두 다리와 지겟작대기의 끝이 정확하게 정삼각형의 꼭짓점에 위치하고, 무게 중심이 정삼각형의 중심점 위에 있을 때 가장 안정된 상태를 유지하게 된다.

이때에 힘이 한 끝점에서 나머지 두 끝점을 이은 선분에 수직 방향으로 작용하면 두 끝점에 미치는 힘의 받침점과 작용점 역할을 구분하기가 어려워진다. 즉 애매모호한 현상이 나타난다.

숫자 '3'의 세계관은 상대적인 관계에 애매모호한 세계관이 더해진 것이다. 이로써 우주 만물이나 삼라만상의 모든 현상에 대한 세계관의 영역이 확장되고 사고 활동 내용이 풍부해진다.

지게를 지고 갈 때는 짐의 무게 중심을 자기가 원하는 방향으로 적당한 기울기를 조절하며 가야 한다. 과유불급의 정신이 필요한 것이다. 그리고 자기가 짐을 지고 가야 할 방향을 결정해야 하고 원하는 쪽으로 작용하는 힘의 효용 가치가 반대쪽의 효용 가치보다 더 큰지를 스스로 판단해야 한다.

지게의 끝점이 정삼각형을 이루고 지레의 세 힘이 고르게 분산되어 무게 중심이 안정된 상태를 삼위일체라 할 수 있을 것이다. 이것을 나라에 비유하면 정치 권력자와 신하와 국민 간에 조화로운 정치가 이상적으로 실현된 상태이다.

이를 위해서는 삼자가 각자 도생하면서 상생하고 서로가 역지사지의 입장에서 타협할 줄 알아야 한다. 삼자가 중용과 상생의 가치를 실현하려고 노력해야 나라가 태평성대를 이룰 수 있다.

※ 참고로 이 소설의 액자 안 이야기는 대부분 역사적 사실을 토대로 엮은 것이며, 액자 밖의 '나'는 이 소설의 화자이자 극의 리얼리티를 위해 어느 정도 장치한 인물임을 감안하고 이 소설을 읽어주기 바란다.

2021년 7월

강기현

주요 등장 인물

강진덕
몽환의 집안 조카로 하동군에서 유명한 유학자인 조부에게 사사하여 유학에 대한 학식이 높으며 효성이 지극하고 몽환과 집안 우애가 깊은 관계임.

부자(父子)

회정 선생
하동군과 사천군 일대의 대 유학자. 환과는 교류가 잦으며 몽환의 정신 멘토다.

강재환
강몽환의 동생. 유학과 한의학에 조예가 있어서 일본 나고야로 건너가 재일교포를 상대로 관혼상례에 관한 일을 도와주고 한약방을 운영하여 상당한 부를 쌓음. 나고야에 거주하는 교민들이 경제적으로 자립하는 데 선구적 역할을 함.

친우 *은인* *친우* *친우*

형제

김경필
몽환의 친구이며 쌀장사를 하여 돈이 많은 사람이다. 자식 교육열이 강한데 친자식이 부실하여 실망한 나머지 양아들인 현수에게 큰 기대를 걸고 서울의 경성제국대학까지 보낸다.

친우

강몽환
고전면 지소부락에서 가난하게 살다가 구례 김 개묵의 고전면 마름이 된 인물. 적선여경과 상생의 정신을 생활신조로 실천하여 마을 사람들의 인심을 얻고 있는 인물로 강씨 집안의 가장이다.

부자(父子)

강진철
몽환의 막내아들로 학교에 근무하면서 신의약품으로 미군 부상병을 치료해 준다.

김현수
경필의 양아들로 경성제국대학 법문학부에 다니는 학생이다. 진송과 고향에서 형 동생 하는 사이로 유학과 고전 읽는 것을 즐긴다.

부자(父子)

부자(父子)

부자(父子)

강진영
몽환의 셋째 아들. 형들의 도움으로 일본 유학까지 다녀와 고전면 사무소에서 재무업무를 담당하다가 6·25전쟁이 일어나 인민군이 쳐들어오자 금전 관련 장부를 깔끔히 정리한 뒤에 금고 열쇠를 가지고 부산으로 피난 간다.

친우

이만성
진송의 처남. 현수의 고향 선배. 양보면 율촌의 만석꾼 집안의 사람으로 동경제국대학을 졸업한 골수 공산주의자.

친척

강진송
몽환의 장남으로 6·25전쟁 때 미군을 도와주었고 시대적 역경을 극복하려는 강한 의지를 가졌으며 화통한 성격의 소유자다.

부자(父子)

강진석
몽환의 둘째 아들로 신식교육을 받기 위해 일본에 유학 갔지만 아버지의 반대로 유학을 중단하고 귀국한 뒤에 하동 군청에서 근무하게 된다.

강현식
몽환의 큰손자.

박헌영
이만성의 지인으로 공산주의자이다. 현수를 공산주의자로 만들려고 꼬드기는 인물.

부자(父子)

강영식
진석의 아들. 장티푸스에 걸렸다는 이유로 일제 보건소에서 시체 유기 장소에 버려진 것을 몽환이 구출한다.

김 개묵

구례에서 감역 벼슬을 한 김배홍 만석꾼으로 몽환의 은인. 동학운동에 가담한 전력이 있으며 비밀리에 독립자금을 조달하고 홍제원을 설립하여 고아를 돕는 자선 사업도 한다. 몽환을 물심양면으로 도와주는 인물.

김유원과 정일석

섬진강 하구 태인도 마을에서 김 양식을 하고 봄이면 하동 구례 지역으로 김 장사를 하며 사는 친구들. 김유원은 역사 고전을 즐겨 읽으며 애국심이 강하고 김 개묵의 독립자금 운반책이 되어 도움을 준다.

정 부자

지소 동네 유지이며 몽환이 어려울 때 많은 도움을 준다. 배드리 장터 만세운동을 주도했다.

삼현 선생

서당 훈장으로 한학에 밝고 사리 분별을 아는 고전면 지역의 유지다. 몽환과는 형 동생 하며 지내는 막역한 사이.

염치수

갈사만의 용덕부락에 사는 염씨 가문을 대표하며 용덕마을 구장으로 갈사만 일대의 김 양식장 관련 업무를 보조하다가 해태조합에 취직한다. 아들 준성도 신교육을 시켜 해태조합에 취직시킨다.

친구

이항녕

진석이 일하는 군청의 군수. 일본 강점기 때 사법, 행정고시에 양과 패스하여 하동 군수가 된 총명한 인물로 일본의 수탈로부터 하동 주민들의 부담을 줄여주기 위해 노력하는 인물이다.

황대성

염치수의 막역한 친구. 옛날 생활 방식을 고집하며 아들에게 신교육을 시키지 않다가 염치수의 충고를 받아들여 아들 덕출을 중학교에 보내서 해태조합에 취직시키려고 노력한다.

정한식

일본강점기 경남도청 산업계장으로 남몰래 조선인의 공출 부담을 줄이려고 노력하는 인물.

황봉삼

인간말종. 어린 시절 망덕 정다방 주변에서 무위도식하며 살다가 일본 경찰에 아첨하여 금남면 산림관리인이 된다. 뒤에 조선인을 핍박하며 문세경의 아내를 성폭행 하는 등의 악행을 일삼는 살인마.

악연

대송댁

세경의 아내. 봉삼의 계략으로 성폭행 당한다.

악연

문세경

황봉삼에게 속아 일제에 징용당해 끌려간다.

악연

문수필

세경의 집안 어른으로 봉삼이 대송댁을 겁탈하자 이에 분노한다. 일제가 물러나자 봉삼을 잡아다가 멍석말이한다. 이 일로 봉삼의 원한을 사게 된다.

몽환의 동생 재환은 결혼한 뒤에 부친이 별세하자 새실에서 몽환이 사는 지소 동네로 이사 왔다. 그는 결혼하면서 부모에게 물려받은 논은 얼마 되지 않았지만, 형인 몽환의 도움으로 김 개묵의 소작논을 배정받아 농사를 지으며 비교적 넉넉한 생활을 하고 살았다.

그는 계모의 막내아들로 태어났으나 어려서 부모의 귀여움을 받고 자랐다. 두뇌가 명석하여 유학자인 작은아버지 밑에서 논어·대학까지 공부하여 형보다 한학에 밝았다. 어릴 적부터 몸이 악해 병치레를 자주 하였기에 농사일은 머슴들에게 맡겨 두고 집에서 주로 책을 읽으며 생활했다. 그러다가 신병치료를 받으러 박달에 사는 김갑수라는 한의사를 자주 찾았는데 이를 계기로 김갑수의 제자가 되어 한의학을 전수받았다.

그러던 중에 일본 나고야에 사는 큰형이 설 명절에 고향에 들르게 되었다. 큰형이 말하기를 나고야에는 조선인들이 많이 살고 있는데 대부분이 무식하여 관혼상례를 치르는 데 어려움이 많다고 했다. 그 말을 들은 그는 일본으로 건너가 나고야에서 교민들의 관혼상례를 주관하면서 한의학으로 의술을 펼치며 생활하면 충분히 성공할 수 있다고 판단했다. 그리하여 가족을 데리고 큰형을 따라 일본 나고야로 이사를 갔다.

그는 나고야에서 조선인들의 관혼상례 때 축문이나 사성, 예장 등을 써주기도 하고, 예식을 주관하면서 받은 돈으로 생활했다. 그러다가 그가 지닌 한의학적 전문성을 살려서 조그만 한약방을 차렸다. 조선인들을 상대로 한약을 팔거나 한방치료를 해주고 상당한 부를 축적할 수 있었다. 생활에 여유가 생기면서 나고야에 사는 조선인들의 생활에도 관심을 두게 되었다. 대부분의 교민들이 가난을 극복하려고 이역만리 타향인 나고야까지 와서 부두에서 힘든 노역생활을 하지만 받은 임금을 저축하지 않고 무분별하게 낭비하며 살았다. 그들은 대부분이 임금을 술값으로 탕진하거나 노름으로 날려버려 가난에서 헤어나지 못하고 있었다.

이러한 조선인들의 생활개선을 위하여 우선 뜻을 같이하는 지인들과 목돈 마련을 위한 계를 모으기 시작했다. 계에 가입해서 목돈을 모으는 사람들이 점차 늘어났다. 이러한 사실이 조선인들 사이에 입소문으로 알려지면서 너도나도 자진하여 계모임에 동참하게 되었다. 그는 계모임이 활성화되자 이들의 여유 자금을 운용하는 소규모 신용사업을 하여 조선인들의 현금자산을 불려 나갔다. 그러다가 자금의 규모가 점점 커지게 되자 그가 주도하여 신용조합 비슷한 금융 사조직을 만들었다. 그곳에 상주 여직원을 두고 채권자와 채무자 간의 신용사업을 관리하거나 은행을 상대로 금융거래하여 조선인들의 경제적 기반을 마련하는 데에 큰 도움을 주었다.

재환은 나고야에서 한약방을 하여 돈을 벌면서 신용사업이 잘되자 집도 세 채나 사들여 상당한 재산을 모았다. 그 소식을 고향에 있는 형님에게 전하고 자신이 성공한 모습을 보여주고 싶어서 큰조카 진송을 나고야로 초청하였다.

진송은 작은아버지가 보내 준 편지를 받고 아버지와 같이 크게 기뻐하였다. 이제 드디어 작은아버지까지 부자가 되어서 아버지 동복형제가 집안에서 누구도 무시할 수 없는 존재로 부상한 데 대한 기쁨이 매우 컸다.

진송은 작은아버지의 성공을 축하해 드리고 일본에서 작은아버지가 사는 모습도 보고 싶었다. 그래서 작은아버지의 초청에 응하여 기쁜 마음으로 부산에서 부관연락선을 타고 시모노세키를 거쳐 나고야로 갔다. 나고야는 진송이 상상했던 이상으로 큰 도시였다. 그는 그곳에서 발전된 문명 세계와 대규모 공업시설을 둘러보고 놀라움을 금치 못했다. 진송은 작은아버지의 안내를 받아 나고야의 이곳저곳을 두루 구경하였다.

나고야는 진송이 일본에 오면서 경유지로 거쳐 온 부산에 비해 도시의 규모도 크고 도로도 넓었으며 도로 위를 다니는 자동차도 훨씬 많앉다. 부둣가의 공업지대에는 커다란 공장들이 줄지어 서 있었고, 공장 굴뚝은 시커먼 연기를 쉴 새 없이 뿜어내고 있었다. 그리고 공장에서 울리는 기계 소리가 너무 커서 옆 사람과의 대화 소리도 잘 들리지 않았다.

재환은 진송과 함께 공장지대를 둘러보며 진송에게 그곳의 공업시설의 규모와 생산과정, 생산품 등에 관해 자세히 설명해 주었다. 그러면서 우리나라의 현실에 관해 이야기했다.

"조캐야, 이곳 공장에서 생산허는 제품이나 무기들이 일본이 자랑하는 국력의 밑바탕이 된다고 본다. 우리나라가 일본헌티 나라를 빼앗기게 된 기 이렇게 발전된 공업기술과 과학 문명을 받아들이지 못한 거 때문이 아이겠나?"

"잔아부지 말씀이 맞는 거 겉네요. 그런디 우리나라도 언제쯤 되면 이런 공업기술을 발전시킬 수 있겠십니꺼?"

"그기 쉽지는 않겠지만 언젠가는 꼭 해내야 허지 않겠나? 그럴라모 조선 사람도 신학문을 배워서 기술력을 키와야 헐 끼다."

"그렇지요? 그러닝께로 제 동생 진영이도 신학문을 배우고로 일본으로 또 보내서 이번에는 꼭 졸업하도록 해야 허겠십니더."

"그렇재, 그리해야 헐 끼다. 진석이가 여기 공업학교에 댕기다가 중퇴해서 못 다헌 공부를 진영이는 제대로 마치고로 허거라."

진송은 이곳의 어마어마한 군수시설이나 공장들을 구경하면서 일본이 이렇게 빠르게 발전하다가는 우리 조선의 독립은 영원히 멀어져 가는 것만 같아서 마음 한구석에 드리워진 어두운 그림자를 지울 수가 없었다.

진송은 공장 구경을 하고 작은아버지 집으로 돌아오면서 부둣가에서 허름한 작업복을 입고 하역작업을 하고 있는 수많은 조선인 노무자들을 보았다. 그들은 누더기 같은 옷을 입고, 얼굴은 햇볕에 시커멓게 타 있었다. 그들의 모습에는 가난에 찌들어 고생하고 있는 생활상이 그대로 드러나 있었다. 그들은 조선에서 농사를 짓고 사는 것보다 더 나은 생활을 하기 위해 이역만리 타국인 이곳까지 찾아온 사람들이었다. 하지만 차가운 바닷바람이 부는 부두에서 온종일 추위에 떨며 무거운 화물을 지고 나르느라 고생이 그칠 날이 없었다. 진송은 그들의 비참한 모습을 보고는 나라 잃은 민족들이 겪는 고생 같아서 가슴이 아팠다.

진송이 나고야 작은아버지 집에 머물면서 매우 놀란 것이 있었다. 그것은 올해 일곱 살 되는 사촌 동생 진명이 조선말을 거의 하지 못하는 것이었다. 사촌 동생이 일본에서 살다 보니 일본말을 배우고 사용해야 한다는 것은 이해가 되었지만 그래도 조선인인데 조선말을 거의 하지 못한다는 것이 이해가 가지 않았다.

진송은 사촌 동생이 아무리 일본에서 태어나서 자랐다고는 하지만 엄연히 조선 사람임이 분명한데 하는 말이나 의복 차림이 일본 사람처럼 되어 가는 것을 보고 마음이 편치 않았다. 그렇다고 이러한 자신의 마음을 작은아버지께 직접 대놓고 말할 수도 없는 일이었다.

진송은 나고야에서 보름 가까이 머물면서 나고야의 여러 명소를 돌아다니며 구경도 하고 일본 사람들의 생활상도 관심을 가지고 둘러보았다. 일본의 발전된 공업시설과 일본인들의 문명사회다운 생활모습을 직접 두 눈으로 살펴보면서 앞으로는 바깥세상의 발전하는 현실을 외면한 채 농사만 짓고 살아서는 안 되겠다는 것을 깊이 깨달았다.

진송은 고향으로 돌아와 아버지께 나고야에서 보고 들은 것과 앞으로 동생들의 교육에 대한 자기의 의견을 말했다. 이어 그는 정색하고 사촌 동생 진명이의 일본 생활에 대해서 말했다.

"아부지, 사촌 동생 진명이를 일본서 키워서는 안 되겠십디더."

"와, 무신 일이 있더나?"

"제가 봉께로 가는 조선말은 한 개도 헐 줄 모리고, 일본말뿌이 모리던디요. 볼씨로 일본 사람이 다 돼뿌릿십디더."

"야야, 그기 무신 말이고?"

"가아가, 일본 애들허고 섞이사 노는 걸 봤는디요. 일본 애들하고 한 개도 다릴 기 없십디더."

"그래, 너 잔아부지는 그런 사실을 모리고 게시더나?"

"와 모릴 리가 있겠십니꺼? 살기 바빠서 그냥 두는 거겠지요. 그래서 말씀디리는디요. 아부지, 사촌 동생의 어릴 적 교육은 조선으로 불러 딜이서 여거 고전 학교에 보내는 기 어떻겠십니꺼?"

"알겠다. 조캐를 일본 사람으로 만들 수는 읎는 일이재. 내가 형편 되는대로 너 잔아부지헌티 편지를 쓰마."

복불중지福不重至

　진영은 두 형이 아버지를 설득하여 양보보통학교에 입학기로 한 다음 날 진석이 형을 따라 학교에 갔다. 분두꼴을 지나 잔내 앞을 지나갈 때 진영은 기분이 하늘을 날 것만 같았다. 발걸음도 가벼워 뛸 듯이 기뻐하며 형을 뒤따라갔다.

　"진영아, 학교에 간깨로 그리도 기분이 좋냐?"

　"성아, 말도 몬허고로 기분이 좋다 아이가? 지게 지고 산에서 나무험시로 고생헌디 비하면 하늘로 날 거 겉다."

　"허허, 네 기분을 알만 허고나."

　그동안 진영은 학교에 다니는 친구들이 너무도 부러웠다. 아버지는 집에 돈이 없는 것도 아닌데 작두 사건이 있고 나서부터 학교는 왜놈 글을 가르치는 곳이라고 하면서 학교 이야기는 입 밖에도 꺼내지 못하게 했다. 진영은 그럴 때 마음속으로 아버지가 원망스러웠던 것도 사실이었다.

진영은 형을 따라 양보보통학교에 도착하여 학교 앞 점방에서 학용품을 샀다. 교문을 들어서니 아이들이 무슨 놀이를 하는지 운동장에서 땅에다 금을 그어 놓고 여럿이 어울려서 놀고 있었다. 자신도 앞으로 저 아이들과 같이 뛰놀 것을 생각하니 모두가 친한 친구같이 느껴졌다. 진영은 형과 같이 교무실로 들어갔다. 진석이 먼저 교장 선생님을 만나서 진영이 나이가 들어서 늦게 입학하게 된 사연과 능력을 설명하고 동생을 높은 학년에 편입학시켜 달라고 요청했더니 학교 측에서 의논 끝에 그의 요구를 받아들여 3학년에 편입시켜 주었다. 잠시 후에 담임 선생님이라는 분이 웃는 얼굴로 진영에게 다가와서 머리를 쓰다듬으며 반갑게 맞이했다. 담임 선생님은 진영에게 독특한 인쇄물 냄새가 나는 새 교과서를 챙겨주고 나서 교실로 데려갔다. 담임 선생님은 진영을 3학년 1반 팻말이 붙은 교실로 데리고 가서 친구들에게 소개하고 자리를 정해주었다.

진영은 의자에 앉아서 처음 보는 교실 안을 둘러보았다. 앞에는 검은 칠판이 걸려 있고 30여 명의 학생이 자리에 앉아서 선생님이 시키는 대로 책을 소리 내어 읽거나 칠판에 쓰인 글을 받아쓰며 공부를 하고 있었다.

학생 중에는 진영처럼 키가 큰 아이도 몇 명 있었지만 대부분 자기보다 키도 작고 어려 보였다. 진영은 나이가 들어서 3학년에 바로 입학한 것이므로 다른 친구들보다 나이가 많고 키도 큰 편이었다.

진영은 선생님의 설명을 하나도 놓치지 않으려고 열심히 들으며 공부했다. 수업시간에 선생님이 하는 질문에 똑똑히 대답하는 친구들을 보고는 부럽기도 하였다. 그 모습을 보고 진영은 마음속으로 다짐했다.

'내도 열심히 공부해서 저 친구들을 꼭 앞장서고야 말 끼다.'

몽환은 셋째인 진영을 자식들의 권유에 못 이겨 신식공부를 시키기 위해 학교에 보내기는 했지만, 마음이 썩 내키지는 않았다. 지금의 살림살이를 모으기까지 얼마나 기막힌 우여곡절이 있었던가? 그는 아무리 생각해도 지금의 부를 지키기 위해서는 신식공부만 시켜서는 안 될 것 같다는 생각을 지울 수가 없었다. 그는 '복불중지福不重至요 화불단행禍不單行'이라는 고사성어가 생각났다. 이 말의 뜻은 '내게 오는 복은 한꺼번에 겹쳐서 오지 않는 데 반해 화가 닥쳐올 때는 한꺼번에 여럿이 겹쳐 온다'는 뜻이 아니겠는가? 몽환은 지금까지 자신이 겪었던 경험에 비추어 볼 때 자기 형편에 딱 어울리는 말이라는 생각이 들었다. 그래서 그는 현재의 복을 가꾸고 잘 지키기 위해 자식들의 가정교육을 철저히 해야겠다고 결심했다.

진영은 학교에 입학한 다음 날, 학교에 가면서 아버지께 인사를 드리러 사랑방 앞으로 갔다. 진영은 인사를 하기 전에 아버지를 보고 어제 학교에서 받은 책값 이야기를 꺼냈다.

"아부지, 선생님께서 어제 제헌티 공부헐 책을 줌시로 오늘 책값을 가지오라고 허시던디요."

"그래, 책값이 얼매라고 허더냐?"

"예, 1원 30전이라고 허던디요?"

"머시, 1원 30전이라? 무신 책값이 그리 비싸단 말이고?"

진영은 아버지가 학교 가는 것을 허락하였기 때문에 책값은 그냥 주실 줄 알았다. 그런데 아버지가 책값 주는 것을 썩 내키지 않아 하는 것을 보고 걱정이 되어 아버지 얼굴만 쳐다보고 서 있었다. 아버지는 마지못하여 무명 주머니에서 돈을 꺼내며 엄한 표정으로 진영에게 말했다.

"그래, 공부헐라모 공짜가 어디 있겠나? 내가 책값은 주마. 대신 네가 공부허는데 들어가는 이 돈이 얼매나 귀헌 돈인지는 알아야 헐 끼다. 그러니 네가 지금 이 돈을 장만허기 위해 아버지가 어떻게 고생했는지 하나도 빠짐없이 말해 보거라."

진영은 아버지가 돈을 준다는 말에 안심되어 아버지가 이 돈을 마련하기까지의 과정을 또박또박 말씀드렸다.

아버지와 머슴들이 봄에 씨를 뿌리고, 모내기를 하고, 거름을 주고, 김매기를 하고, 벼를 베어서 탈곡하고, 장에 내다 팔기까지의 과정을 상세히 설명해드렸다. 그러자 아버지가 진영에게 돈을 건네주며 다짐을 받았다.

"이 돈이 그러코롬 고생해서 마련헌 긴깨로 얼매나 귀헌 긴 줄을 알고 아부지를 생각험시로 열심히 공부해야 헐 끼다."

"예, 아부지 잘 알겠십니더."

몽환은 이후로도 자식들에게 학비를 줄 때마다 이렇게 말하는 것을 반복하도록 했다. 그는 자식들이 돈을 헛되이 쓰지 말고 열심히 공부해야 하는 이유를 아는 것이 몸에 배도록 가정교육을 시켰다.

진영은 원래 머리가 명석한 데다가 아버지의 기대에 어긋나지 않으려 열심히 공부했다. 그리하여 다른 아이들보다 늦은 나이에 입학하였는데도 곧 진도를 따라잡고는 반 친구들 중에서도 두각을 나타내기 시작해 4년이 지난 뒤 양보보통학교를 우수한 성적으로 졸업했다. 그는 진석 형의 지도와 안내를 받아 서울에 있는 일종의 직업중학교인 공업기술학교에 입학하였다. 진영이 서울까지 가서 상급학교에 들어갈 수 있었던 것은 진석 형이 아버지를 잘 설득한 덕분이었다.

진석은 아버지께 지금 우리나라가 일본처럼 발전하기 위해서는 농사만 지어서는 불가능하다는 것을 강조하여 말씀드렸다. 그리고 앞으로 우리도 공업을 발전시켜야 일본인들과의 경쟁에서 이길 수 있고 우리나라가 독립될 수도 있다고 역설했다. 그뿐만 아니라 진영을 공업기술자로 키워야 농사짓는 것보다 훨씬 돈도 많이 벌 수 있다고도 설명해드렸다.

몽환은 마음속으로 아무리 생각해 봐도 농사를 짓지 않고서는 먹고 살길이 없을 것 같았다. 그런데 일본까지 가서 자기가 보지 못한 넓은 세상에서 견문을 넓히고 온 아들의 주장이고, 큰아들도 간곡하게 청하는 정성이 그의 마음을 움직였다. 그는 두 아들의 생각에도 일리가 있을 것이라고 여기고 두 아들의 의견에 따르기로 했다.

진송은 머슴들과 같이 지소들판에 시퍼렇게 자라는 벼잎이 고숙재에서 불어온 바람에 파도처럼 물결치는 무더운 초여름에 씨기 아홉 마지기 논에서 맘논[1]을 매고 있었다. 이번 김매기는 일 년에 네 번에 걸쳐 하는 김매기 중에 마지막 논매기였다. 그런데 벼가 무릎 위로 자라서 논을 맬 때 벼 잎의 뾰족한 끝이 눈을 찌르기도 하고, 뻣뻣하게 자란 벼 잎의 가장자리가 팔다리의 피부를 긁어서 상처를 내기도 하였다. 그에 더하여 벼 포기 사이에서 올라오는 무더운 열기로 인해 논매기는 여간 힘든 일이 아니었다.

그래서 농부들이 벼 잎에 긁혀서 생기는 상처를 막기 위해 팔에는 대나무로 엮은 토시를 끼고, 손가락 끝에는 논을 맬 때 손톱이 부러지는 것을 막기 위해 대나무 골무를 끼고 김매기를 했다. 논 주인이 맘논을 맬 때는 논매는 일을 머슴들에게만 맡기지 않았다. 왜냐하면, 그때쯤 논에서 자라는 방동사니나 물옥잠. 말질경이, 사마귀풀, 쇠털골 같은 잡초들을 뿌리까지 뽑히도록 꼼꼼하게 매서 다시 살아나지 않도록 해야 했기 때문이다.

그런데 주인이 없으면 일꾼들이 일을 수월하게 하려고 손으로 논의 펄을 휘저어 구정물만 일으키고 잡초를 제대로 뽑지 않고 지나가는 경우가 많았다. 그러면 논을 맨 뒤에 잡초가 구정물과 이미 빽빽이 자란 벼 포기 사이에 가려져 눈에 띄지 않아서 논을 잘 매었는지 꼼꼼히 살피지 않으면 알 수가 없었다. 그리하여 뿌리가 남아있는 잡초는 또다시 자라나서 벼 수확량에 차질을 가져왔다. 그래서 진송은 힘이 들어도 머슴들과 같이 논바닥을 꼼꼼히 살피며 논매기를 하였다. 뙤약볕 아

---

[1] 마무리(네벌) 논매기

래에서 땀을 뻘뻘 흘리며 논을 매던 큰머슴이 진송을 보고 속마음을 드러내며 말했다.

"개고개 강 센, 오늘 맘논 다 매고 나몬 기분인디 배드리장에 가서 돼지 한 다리 안 사 올 끼요?"

"와 안 사와. 우리 머슴들이 이 땡볕에 고생허는디 그냥 있으모 안 되지. 돼지 한 다리 사다가 푹 삶아서 수육을 해 주까?"

"강 센, 그런디 돼지 다리도 존디[2] 오뉴월에 돼지게기는 잘 무 바야 본전 아인가 배. 그런깨로 고마 집에 있는 황구 한 마리 잡으소. 여름 에는 개게기가 체고 아인기요?"

"그래? 그러모 내사 그기 더 좋지. 돼지게기야 돈 주고 사야지만 집 에 있는 개 잡는 디야 어디 돈이 들던가? 그리 험세."

"역시 개고개 강 센은 화통해서 좋단깨로… 이왕 인심 쓰는 김에 다 음에 배드리장에 갈 때는 갈치 동가리도 좀 사다 주소이. 그래야 우리 겉은 머슴들이 잘 먹고 심이 나서 일을 더 잘 헐 거 아인기요?"

"그리 험세. 매자꼴 김 센 덕에 내도 목구멍에 때 좀 베끼 보까?"

진송은 해 질 녘이 되어서 작은머슴을 데리고 일꾼들보다 먼저 집으 로 가서 개 한 마리를 잡았다. 짚에 불을 붙여 잡은 개의 가죽 털을 그 을린 뒤에 개울가에 가서 고기를 다듬어서 가마솥에 푹 삶았다. 저녁 때가 되어서 머슴들이 논을 매고 돌아오자 개고기 잔치가 벌어졌다. 안채 마루에서는 진송네 가족들이 모여 살코기를 소금에 찍어서 먹었

---

2) 좋은데

다. 머슴들은 멍석을 깔고 앉아 잘 삶은 내장과 김이 무럭무럭 나는 살코기를 도마 위에 썰어 놓는 술안주로 하여 입맛을 다셔가며 배불리 먹었다. 그리고 모두들 저녁밥도 개장국에 말아서 맛있게 먹었다.

다음 날, 진송은 일꾼들이 먹을 반찬거리도 사고 대장간에서 낫을 벼리러 작은머슴을 데리고 배드리장에 갔다. 장을 보다가 율촌에 사는 사람을 만났는데 일본에서 동경제국대학을 나온 사촌 처남이 와 있다는 소식을 들었다. 진송은 장을 다 본 뒤에 장거리를 작은머슴에게 부쳐서 집으로 돌려보내면서 아버지에게 전할 말을 일렀다.

"집에 가서 아부지께 내가 율촌 처남 만나러 간다고 전허게."

진송은 다시 장터로 가서 생선을 사서 두 뭉치로 나누어 싸 들고 율촌으로 갔다. 사촌 처남을 만나서 진영의 장래에 관한 일을 의논해 보기 위해서였다. 진송은 구하동을 지나 수잘 앞의 징검다리를 건너서 먼저 개고개 처가로 갔다. 한여름 바쁜 철이라 저녁이 되어서야 처가 식구들이 돌아왔다. 장인, 장모님께 인사를 드리고 나서 사 온 생선을 처남댁에게 건넸다.

"멀러꼬 이 귀헌 생선꺼정 사 왔십니꺼? 게기 값도 비쌀 낀디요."

"벨 거 아입니더. 장인, 장모님께 무더운 여름철에 기운 채리고로 반찬이나 해 드리이소."

진송은 처가 식구들과 저녁을 먹었다. 그런데 처남이 처가에 올 때마다 하는 이야기를 또 꺼냈다.

"자형, 요새도 우리 누야[3] 고생만 시키지예? 자형 집이 부자로 잘 살 모 머헙니꺼? 집안 살림이 불어나서 식구가 늘 적마다 우리 누야 고생 길만 더해질 낀디요."

진송은 처남의 말에 대꾸할 말이 없었다. 사실 그의 아내는 체구가 작고 몸이 약해서 부엌일을 하면서 무거운 물동이나 함지를 머리에 이고 다니는 일이 힘겨웠다. 그는 아내가 그런 일에 힘겨워하고 있다는 사실을 잘 알고 있었다. 장인이 처남이 하는 말을 듣고 점잖게 처남을 나무랐다.

"네가 시방 자형헌티 무신 말을 허는 기고? 옛말에 출가외인이라고 안 허드나? 씰디읎는 잔소리 그만해라."

"참 내, 아부지도 다 암시로 와 맘에도 읎는 말을 허십니꺼?"

그 말에 진송도 그냥 있을 수는 없었다.

"처남, 너무 걱정 말게. 내가 무신 방도를 찾아볼 낀께로…. 그런디 장모님. 율촌에 사촌 처남이 왔다던디. 맞십니꺼?"

진송은 어색한 분위기를 바꿔 보려고 화제를 돌렸다.

"하모, 며칠 전에 여거 와서 인사허고 갔네."

"처남은 요새 일본서 무신 일을 허는디요?"

그러자 장인이 대답했다.

"알 수가 있나? 당체 말을 해야 말이지."

그러자 처남이 비아냥대듯이 말했다.

---

3) 누나

"일본에서 머 허는지 알 끼 멉니꺼? 날마다 돈이나 깨묵고 지내는 거 갑더마⋯. 그럴라모 멀라꼬 일본꺼정 가서 공부했는지 모리겄네요?"

그러자 장모님이 점잖게 타일렀다.

"야야, 남의 말 그로코롬 함부로 허는 거 아이다. 대학꺼정 공부했는디 앞으로 무신 일을 허든지 잘 안 되겄나?"

진송은 저녁을 먹고 나서 사촌 처남을 만나러 율촌으로 갔다. 율촌에 있는 큰처가에 가보니 사촌 처남이 집에 와 있었다.

"형님, 안녕허십니꺼? 정말 오랜만입니더. 그동안 일본서 잘 지냈십니꺼?"

"강 서방, 왔는가? 어서 오게. 그래 자네도 잘 지냈는가?"

"예, 성님, 오랜만에 봐서 그런지 얼굴이 훤허네예."

진송은 처남을 따라 갓방으로 가서 처 백모님이 차려 주는 술상을 마주하고 앉아서 이야기를 나누었다.

"자네, 동생이 일본 나고야로 공부하러 갔다더니 공부는 잘 마치고 왔는가?"

"형님, 부끄럽십니더. 우리 아부지 성화에 몬 이기서 그만 중간에 중단허고 졸업도 못허고 돌아왔십니더."

"그랬겄지, 사돈이 바깥세상 물정을 어찌 알겄는가? 그래 지금은 머 허는가?"

"예, 시방은 하동군청에 취직해서 근무허고 있십니더."

그런데 사촌 처남이 진송을 보고 갑자기 이상한 말을 하였다.

"그래? 그래도 자네 동생이 큰 벼슬 하나는 차지했네? 그 일이 잘된 일이라고 해야 하나? 하기야 세상이 어찌 변할지 누가 알겠는가? 두고 볼 일이지."

진송은 이만성이 하는 말의 뜻을 잘 이해하기 어려워서 되물었다.

"성님, 와, 또 세상에 무신 일이 벌어지고 있는 깁니꺼?"

"아닐세, 자네하고는 상관없는 일일세. 그래, 요새는 농사짓느라 바쁜 철인데 어찌 나를 찾아왔는가?"

진송은 처남을 만나러 온 이유를 말했다.

"사실은 시방 제 셋째 동생이 양보보통학교를 졸업허고 서울서 중학교를 댕기고 있는디요. 졸업허모 앞으로 일본으로 보내 갖고 공업고등학교에 보내는 기 어떨지 몰라 성님 의견을 듣고 잡아서 찾아왔십니더."

"공고를 보낸다? 그러면 공고를 졸업한 뒤에 돈 있는 사장 밑에 취직해서 돈벌이하면 농사짓는 것보다야 낫겠지?"

"예, 군청에 댕기는 제 둘째가 앞으로 공고를 나와야 전망이 좋다고 해서 그럴라고 헙니더."

"이 사람아, 돈이 들어서 그렇지 공부를 시키면 손해 볼 일이야 없지 않겠는가?"

진송은 처남의 뜻밖의 대답에 놀랐다. 지난번에는 나에게 동생을 신학문을 시키라고 창랑가의 예를 들어가며 적극적으로 권하지 않았던가? 그런데 이제 와서는 신학문을 공부하는 것이 별 의미가 없다는 듯이 무덤덤하게 대답하는 처남의 속마음을 알 수가 없었다.

"성님, 그러모 촌에서 큰돈 들여서 공부 시켜 봤자 별수 읎다 이 말입니꺼?"

진송의 말에 만성은 혼자 말처럼 대꾸했다.

"지금은 세상이 변하고 있다네. 저 먼 외국에서는 새 세상이 열리고 있는 걸 자네가 알기나 허겄는가?"

"아! 성님, 그러모 요새는 세상이 또 다리고로 벤허고 있다 이 말입니꺼? 인제 우리는 우짜모 좋을 건지 속 시원허고로 좀 가르치 주이소."

"자네 뜻대로 하시게. 먼 훗날이 되면 다 알게 될 걸세."

진송은 아무리 생각해도 처남의 말뜻을 잘 알 수가 없었다. 진송은 이야기를 더 이상 계속해 봤자 처남이 알 수 없는 이야기만 계속할 것 같아서 그만 자리에서 일어나며 하직 인사를 했다.

"성님, 말씀이 무신 말인지는 잘 모리겄지만 하이튼 이야구는 잘 들었십니더. 지는 바쁜 일이 있어서 그만 집에 돌아가 볼랍니더."

"야, 이 사람아, 뭣이 그리 바빠서 밤길을 나서려고 허는가?"

"오늘은 달도 밝네요. 오뉴월 땡볕에 걷는 거보담 시원헌 밤에 살살 넘어가 보지요. 머. 그러모 안녕히 게이소."

진송은 율촌의 사촌 처가를 나서서 수까무재를 넘어 집으로 돌아왔다. 진송은 집에 와서 아무리 생각해도 사촌 처남의 말뜻을 알 수가 없었다. 도대체 무슨 세상이 변하고 있다는 것인지 도저히 감이 잡히지 않았다.

그리고 개고개 처남이 사촌 처남에 대해 한 말도 이해할 수가 없었다. 일본 대학까지 나온 사람이 일본에서 무슨 일을 하고 있는지 아무도 모르다니 참 이상한 일이었다.

'지금 세상은 일본이 먼저 서양문물을 받아들여 동양에서는 승승장

구하고 있는 세상이 아닌가? 그렇다면 동경제국대학까지 졸업한 사람이 새로운 문명 세상에 걸맞은 사업을 하거나 취직을 하여 누구보다도 떵떵거리며 살 수 있지 않을까? 아니면 조선총독부나 행정기관에 들어가서 출세 가도를 달리려고 하면 얼마든지 가능하지 않을까?'

진송은 아무리 생각해 봐도 사촌 처남이 오리무중에 사는 사람처럼 일본에 들어가서 친척들도 모르는 생활을 하고 있다는 것이 도저히 이해가 가지 않았다.

진송은 셋째 진영을 일본으로 공부시키러 보내는 일은 진석이와 의논하는 것이 더 나을 것 같아서 사촌 처남 일은 일단 접어 두기로 했다.

추석을 며칠 앞두고 몽환에게 율촌 큰형님의 처가에서 일본에 살던 조카 진명을 율촌으로 데리고 왔다는 기별이 왔다.

몽환은 아들 진송이 일본 나고야에 사는 동생 집을 다녀오고 나서 큰조카가 조선말도 쓸 줄 모른다는 이야기를 듣고 동생에게 즉시 편지를 써서 보냈다.

'아무리 돈벌이가 중요해서 일본에 가서 산다고 헐지라도 조선 사람을 왜놈으로 키울 수야 없지 않으냐? 어릴 때 조선말과 우리나라의 전통과 예의범절을 배울 수 있도록 보통학교는 조선의 고향에 있는 학교에서 보내도록 하는 것이 좋겠다'는 내용의 편지였다.

다행히도 동생은 형의 뜻을 존중하여 자기 아들을 조선으로 보내겠다는 답장을 보내왔다. 동생은 나고야에 사는 큰형님이 추석 때 모처럼 고향을 방문하는 기회를 이용하여 자기의 큰아들인 진명을 조선으로 딸려 보냈던 것이다. 몽환은 조카를 데리러 율촌으로 가는 김에 중요한 일 한 가지를 결정지어야 하겠다고 결심하고 큰형님의 처가로 찾아갔다.

"성님, 안녕허십니꺼? 이역만리 일본서 얼매나 고생이 많으셨습니꺼?"

"동승, 어서 오게. 머, 고생이야 있겠능가? 이럭저럭 살다 온 기지. 동승 얼굴이 좋아 보이는 걸 봉깨 별일 읎이 잘 지낸 거 겉이 보이네. 그리고 어머이도 건강허신가?"

"예, 어머이는 잘 계시고 건강허십니다. 먼 길에 조캐 뎄고 오니라고 수고 많으십지요?"

"머, 수고랄 게 있나? 마땅히 해야 할 일인걸. 그나저나 어서 안으로 드시게."

몽환은 방 안으로 들어가자 작정을 하고 마음에 두고 있던 이야기를 꺼냈다.

"성님, 시방 제가 허는 말이 서운헐지는 몰라도 한번 들어보시고 성님 생각을 말해 주시모 고맙겄십니더."

"그래, 헐 말이 머신고 말해보게."

"성님, 일이란 게 미룬다고 해결이 데는 것도 아이고, 더군다나 부모님 일을 차일피일 넘긴다고 델 일도 아인 거 같애서 말씀디립니더."

"아부지 제사 땜에 그러는가?"

"예, 맞십니더. 성님이 일본으로 이사 가신 뒤로 부모님허고 조부모 제사는 어찌허고 있십니꺼?"

그 말을 들은 큰형님은 마음에 찔리는 것이 있는지 천장만 쳐다보고 말이 없었다.

"솔직히 말해 보이소. 숨길 기 머 있겠십니꺼?"

큰형은 마지못해 대답했다.

"실은 조상 제사를 이역만리 타향인 남의 나라에 가서 지내는 기 예에 맞는지도 잘 모리겠고…. 또 실지로 내 형편이 제사 모실 처지가 아인 것도 사실이라서…"

"참 성님도, 그러모 그런 사정을 와 진작에 말씀을 안 허싰십니꺼? 미리 말씀이라도 했이모 무신 대책이라도 세웠을 거 아입니꺼?"

큰형은 미안하다는 듯이 고개를 떨구고 낮은 목소리로 말했다.

"미안허게 됐네."

"성님, 무신 말씀인지 알겠십니다. 그러모 조선에 남은 형제들끼리 의논해서 제사를 모시기로 해도 데겠십니꺼?"

"그리허모 정말 고맙재. 내가 일본서 살다가 돌아올 때꺼정만 그리해 주모 한이 없을 거 겉네."

"알겠십니다, 이본 추석에 박달에 사는 작은 성님허고 형제들이 성묘 마친 뒤에 모두 한 자리에 모이 갖고 의논해 보도록 허겠십니다."

"그리해 주모 고맙재."

몽환은 율촌에서 형님을 만난 뒤에 조카 진명을 데리고 집으로 돌아왔다. 그는 진명을 집에서 며칠 동안 조선에서의 생활에 적응하게 한 후에 진송을 시켜서 고전보통학교에 입학시켰다.

몽환은 추석날이 되어 박달에 사는 둘째 형님 집에 조선에 살고 있는 형제들을 모아서 부모 제사에 대해 의논을 하였다. 그 결과 그래도 가장 형편이 나은 몽환이 조부모와 아버지, 큰어머니 제사를 모시기로 합의를 보았다. 몽환은 조부모와 부모님 산소에 성묘하면서 앞으로 제사를 자기가 모시게 되었음을 고하고 제사를 집으로 모셔왔다.

몽환은 비록 큰형님의 피치 못할 사정으로 인해 조부모와 아버지와 큰어머니 제사를 지내게 된 것이지만 자기가 조상제사를 지낸다는 것은 은연중에 자신이 형제간의 대표로 인정받는 셈이어서 속으로는 여간 기쁘지 않았다. 그리하여 큰형님이 조선으로 돌아와서 제사를 찾아가기 전까지 부모와 조부모 제사 지낼 때가 되면 형제 조카들이 몽환의 집에 모여서 제사를 지내게 되었다.

색동저고리

몽환은 올해에도 풍년이 들어 살림살이가 더 늘어났다. 몽환은 이번 기회에 군청에 근무하는 진석을 결혼시키기로 마음먹었다. 고전면에서 큰 부자가 된 몽환이 둘째를 결혼시킨다는 소문이 퍼지자 조건이 좋은 혼처가 많이 나타났다. 더구나 진석도 하동군청에서 공무원으로 근무하는지라 여러 중매인이 이 지방에서 내로라하는 집안의 처녀를 중매하려고 몽환의 집으로 찾아왔다.

몽환은 여러 혼처 중에서 처녀의 집안도 알아보고 자기가 직접 가서 처녀의 외모와 행실도 살펴보았다. 그는 그중에서 합진에 사는 뼈대 있는 집안인 곡부 공 씨 집안의 처녀를 진석의 배필로 정했다. 그는 아들의 혼례를 농촌치고는 꽤 거창하게 치렀다. 돼지를 두 마리나 잡고, 술과 음식도 푸짐하게 장만하여 소문난 잔치를 벌였다. 고전면 일대의 각지에서 지인들이 하객으로 찾아왔다. 특히 군청에 근무하는 직원들이 신사복을 입고 하객으로 몽환의 집에 들어섰을 때 동네 사람들에게는 그만한 구경거리가 없었다.

그런데 모두가 즐거워하는 결혼 잔치인데도 식구들과 같이 잘 어울리지 않고 혼자서 눈물짓는 한 여인이 있었다. 그 여인은 진송의 아내였다. 그녀는 둘째 도련님이 결혼하여 손아래 동서를 맞이하는 것이 조금도 반갑지 않았다. 아래 동서가 들어와 이 큰집에 같이 살면서 부엌일을 같이 나누어 하게 되면 그녀에게는 힘든 일도 덜게 되어 큰 도움이 될 것이다. 그러나 진송 아내의 짐작으로 작은동서는 결혼 잔치를 마치고 나면 틀림없이 작은 아주버님을 따라 하동읍에 가서 신혼살림을 차리게 될 것이라 여겼다. 그렇게 되면 작은동서는 팔자 좋게도 남편이 벌어다 주는 봉급으로 밥 짓고 살림만 살면 되는 것이다. 그렇지만 자기는 자기 집이 부자가 되어갈수록 식구만 늘어나고 그 뒷바라지는 고스란히 자기 혼자 독차지하게 될 것이 뻔했다.

그녀의 걱정대로 자기 집이 부자가 되어 식구들과 일꾼이 늘어날수록 그녀가 밥을 짓기 위해 개울가 우물로 이고 다니는 보리쌀 나무통은 점점 무거워져만 갔다. 그녀는 자기가 이고 다니는 나무통이 무거워질수록 자신이 점점 작아져만 가는 느낌이 들었다. 그녀는 밤늦게까지 부엌 설거지를 하면서 가족들 몰래 소리 없이 눈물로 지새는 날이 많아졌다.

몽환은 진영을 서울의 중학교에 보내고 나서 막내인 진철도 양보보통학교에 입학시켰다. 몽환은 진철이 입학하고 나서 학교에 수업료나 책값을 내야 한다고 돈을 달라고 할 때도 진영과 마찬가지로 이 돈이 마련되기까지의 과정을 설명하게 하고 난 뒤에 돈을 주었다. 아무리 살림을 모았다 하더라도 방심하면 순식간에 망할 수 있다는 사실을 어릴 때부터 인식시키기 위해 가정교육을 철저히 하였던 것이다.

몽환은 들판에 보리가 누렇게 익어가자 남들보다 일찍이 서둘러서 보리 베기를 시작했다. 몽환에게는 농번기가 되면 농사일이 남들보다 훨씬 많았기 때문에 서둘러서 일찍부터 보리 베기를 시작한 것이다. 그리해도 몽환의 모내기는 대체로 동네에서 맨 나중에 끝나는 경우가 많았다. 오늘은 몽환이 놉 30여 명을 얻어 보리가 먼저 익은 퇴고랑과 당산 밑에 있는 논 스물 댓 마지기 논에서 보리 베기를 하는 날이다.

진송의 아내는 시어머니가 새벽같이 깨우는 소리에 자리에서 일어나 부엌으로 갔다. 그녀는 오늘따라 많아진 놉들의 밥을 짓기 위해 많은 보리쌀을 나무통에 담아서 이고, 물에 씻어오려고 지수깨 도랑가에 있는 우물로 갔다.

그때 그녀의 시어머니는 부엌에서 반찬거리를 다듬고 있었다. 그런데 시어머니는 며느리가 보리쌀을 씻으러 간 지 시간이 꽤 지났는데도 집에 돌아오지 않자 이상한 생각이 들었다. 그래서 그녀는 혹시나 무슨 일이 있는지 걱정이 되어 보리쌀 씻는 샘이 있는 지수깨 도랑으로 가보았다.

시어머니는 옆집 최센집을 돌아 보리가 익어가는 밭두렁 길을 따라 우물 가까이에 있는 자기 밭 언덕 끝자락의 내리막길에 다다랐다. 거기서 그녀는 밭 아래쪽의 논바닥을 내려다보고 너무도 놀라 그 자리에 털썩 주저앉고 말았다.

밭 언덕바지 아래에 있는 논바닥에 보리쌀이 허옇게 쏟아져 널려 있었다. 그리고 며느리는 머리 위에 보리쌀통을 둘러쓴 채로 피를 흘리면서 쓰러져 고통스럽게 신음하고 있었다. 시어머니는 급히 언덕바지를 뛰어 내려가서 엎어진 보리쌀통을 들어내고 며느리를 살펴보았다. 그녀는 온 얼굴에 피투성이가 된 채로 숨을 가쁘게 몰아쉬고 있었다. 시어머니는 급히 동네 쪽을 향해 있는 힘을 다해 고함쳤다.

"사람 살려! 동네 사람들아! 사람 좀 살려 주이소."

시어머니가 동네를 향해 아무리 고함쳐도 누구 하나 달려오는 사람이 없었다. 그녀는 하는 수 없이 비명을 지르며 집으로 뛰어가서 식구들을 데리고 다시 논바닥으로 돌아왔다. 뒷밭에서 보리를 베고 있던 진송도 어머니의 비명소리를 듣고 깜짝 놀라 단걸음에 집으로 달려왔다. 아내가 쓰러졌다는 말을 듣고 도랑가에 있는 논으로 뛰어가서 피투성이가 된 아내를 업고 집으로 와서 큰방에 눕혔다. 그러고는 쌀뜨물을 갈아서 먹이고, 피가 흐르는 상처에 쑥을 찧어서 붙이고, 팔다리를 주무르며 정성껏 치료했다.

그러나 그의 아내는 너무도 고통스러워 말도 하지 못하고 점차 숨소리가 잦아들고 있었다. 그러면서 자기 손으로 허리를 만졌다. 그것을 보고 시어머니가 며느리의 허리를 주무르자 아파서 질겁하였다. 아마도 허리를 크게 다친 모양이었다. 몽환은 사람을 급히 보내 잔내에 사는 문 약국을 불러왔다.

잠시 뒤에 문 약국이 집으로 서둘러 찾아와서는 침을 몇 대 놓고 나서 약을 지어 주며 달여 먹이라고 하였다. 진송이 아내에게 급히 약을 먹이려고 그녀의 몸을 일으키려고 하자 그의 아내가 허리 통증으로 질겁하여서 일으켜 앉힐 수가 없었다. 시어머니가 겨우 며느리의 몸을 비스듬히 일으켜서 탕약을 숟가락으로 떠서 먹이려고 하였다. 그러나 그녀는 입을 열려고도 하지 않았다. 두 눈을 아래로 지그시 감고는 통증을 참으며 고개를 옆으로 흔들 뿐이었다.

사실 그녀는 아침 일찍 보리쌀을 담은 나무통을 이고 나갈 때부터 눈에 눈물이 고였다. 마른 보리쌀을 머리에 이고 가기도 무거운데 우물에 가서 물에 씻고 나면 보리가 불어서 더 무거워질 것이 뻔했다. 그런 돌덩이 같은 나무통을 이고 집으로 다시 돌아올 생각을 하니 어깨에 힘이 쭉 빠졌다.

그러나 그녀의 고통을 알아주는 이는 아무도 없었다. 그녀는 새벽의 어두운 밤길을 더듬다시피 하여 지수깨 도랑가의 우물로 가서 보리쌀을 씻었다. 그런 뒤에 그녀는 보리쌀통을 두 팔로 들어서 있는 힘을 다해 조금 높은 바위 위에 올려놓았다. 그녀는 다시 자세를 낮춰 잡고 보리쌀통을 머리에 이고 두 다리에 모든 힘을 모아 겨우 일어서기는 했다.

그런데 오늘따라 그녀는 더욱 기운이 없었고, 보리쌀통은 더 무거웠다. 보리쌀통을 이고 일어서려는 그녀의 두 다리가 무게를 감당하지 못하여 심하게 후들거렸다. 그녀는 힘에 겨운 무거운 보리쌀통을 이고 겨우 도랑에 있는 작은 보를 건넜다. 그리고 밭두렁 밑에 이르러 다시 힘을 내서 언덕바지 아래쪽의 미끄러운 흙에 패여 있는 첫 번째 홈 위에 한 발을 올려놓았다. 그리고 양다리와 보리쌀통을 인 목에 온 힘을 모아 균형을 잡으며 한 홈 위에 올라섰다.

그녀가 다시 있는 힘을 다해 두 번째 홈 위에 올라서려고 할 때 힘에 부쳐서 그만 왼쪽 발이 미끄러지고 말았다. 아차! 하는 순간에 그녀는 보리쌀통을 인 채로 언덕바지 아래 논바닥으로 굴러떨어졌다. 그녀는 몸뚱어리가 떨어진 곳이 고작 논바닥인데도 마치 시커먼 적막의 골짜기 속으로 끝도 없이 추락하는 것만 같은 느낌이 들었다.

진송의 아내는 병석에 누워서 생각했다. 내가 또다시 깨어나서 일어나게 되면 이 고생을 면할 수 있을까? 내가 이렇게 평생을 고생하며 사는 것이 내 힘으로는 헤어날 수 없는 운명이 아닐까? 그녀의 생각이 여기에 미치자 더는 살고 싶은 생각이 없어졌다.

그때 그녀의 가슴을 도려내는 듯한 고통을 안겨다 주는 아기 울음소리가 들려왔다. 그것은 태어난 지 겨우 여섯 달밖에 안 된 막내아들의 울음소리였다. 그녀는 막내아들이 불쌍하다는 생각이 들어 아기에게 젖을 주려고 온 힘을 다해 일어나려고 했으나 몸이 꿈쩍도 하지 않았다. 그녀의 눈에서는 구슬 같은 눈물이 가냘픈 양 볼을 타고 한없이 흘러내렸다.

"애기야, 미안허다, 인제 이 에미도 어쩔 수가 없구나! 아이고 불쌍헌 내 새끼야. 으흐흐-"

그녀에게는 생후 6개월밖에 안 된 아기와 그 위로 두 살, 다섯 살배기 아들과 일곱 살 먹은 딸이 있었다. 그녀는 또 다른 자식들을 생각하니 가슴속 깊숙한 곳에서 설움이 복받쳐 올라와 숨통이 막힐 것 같은 고통을 느꼈다. 그리고 눈물이 앞을 가려 천장이 부옇게 보이다가 점점 희미해졌다. 아기의 울음소리도 귓전에서 점점 멀어져 갔다. 그녀는 문득 아기를 안고 싶어 자기의 팔을 휘저어 보았으나 허공을 헤맬 뿐 아무것도 잡히지 않았다. 이러기를 여러 차례 되풀이했지만, 매번 팔이 허망하게 방바닥에 다시 떨어졌다.

그녀가 모든 것을 포기하고 스르르 눈을 감자 친정어머니 모습이 저 멀리 안갯속에서 아련히 떠올라 뭐라고 알아듣지도 못하는 말을 하면서 두 손을 내저으며 다가왔다. 어릴 적 설날 아침에 색동저고리를 입히고 나서 참빗으로 머리를 빗겨 주며 그녀의 어머니가 말했다.

"우리 순이는 우찌 이리도 에쁠꼬? 내사 마 세상에서 우리 순이가 질로 에뻬데이. 우리 순이는 크모 큰 부자 집에 시집가서 큰 복 받고 잘 살 끼다."

그녀는 그렇게 자기를 귀엽게 키워 준 어머니에게 다가가려고 애를 썼다. 그러나 웬일인지 어머니는 저 멀리 안갯속으로 자꾸만 멀어져 갔다. 그녀의 어머니는 자기 곁으로 오지 말고 빨리 되돌아가라고 손을 내젓고 있는 것 같았다.

그녀는 어머니 곁으로 다가가려고 몸부림치다가 온몸에 기운이 빠지며 더는 움직일 수 없다는 것을 깨달았다. 그녀는 왠지 한순간에 고통이 눈 녹듯이 사르르 사그라지며 마음이 편안해지는 것을 느꼈다.

그러고 그녀는 다시는 눈을 뜨지 못했다.

진송은 아내가 곁에서 죽어가는 모습을 보면서 아내를 위해 아무것도 할 수 없는 무력한 자신에 대한 자괴감이 엄습해 왔다. 그가 처가에 갔을 때 처남이 자기를 원망하는 말을 듣고 '그때라도 무슨 수를 썼다면 이런 불행한 일은 막을 수 있지 않았을까?' 하는 생각이 들었다. 이미 때늦은 후회요, 후회해도 소용없는 일이었다.

진송은 한편으로 생각하기에 너무 재산을 모으는 데만 집착하는 아버지에 대한 원망스런 마음이 들기도 하였다. 하지만 그보다도 눈물 몇 방울로 아내를 떠나보내야 하는 자신의 무력함을 원망하고 또 원망했다.

지소 들판에서 따스한 햇볕을 받아 낟알이 배를 불려가자 무게를 이기지 못하고 벼이삭은 점점 고개를 숙여가고 있었다. 몽환은 사랑방 앞의 처마 끝에서 떨어지는 낙수 소리를 들으며 물끄러미 먼 소산을 바라보고 있었다. 그때 안채에서 어린 젖먹이 손자의 울음소리가 들려왔다. 자기 아내가 어미를 잃은 손자 아이를 업고 동네를 돌아다니며 젖먹이가 딸린 여자들에게 젖동냥하여 젖을 먹인지도 한 달이 다 되어가고 있었다. 젖 달라고 보채는 어린 손자 아이의 울음소리가 몽환의 심금을 울렸다.

'어린것이 무신 죄가 있나? 다 내 욕심 탓이고 내 부덕이재?'

몽환은 안채로 난 사랑방 문을 열고는 괜히 아내에게 짜증을 부렸다.

"동네 가서 아 젖 좀 얻어 미로 안 가고 와 자꾸 애를 울리내?"

그러자 그의 아내가 아이를 등에 업으며 대답했다.

"예, 시방 나갈라고 허는 참입니더."

몽환은 며느리를 잃은 사고로 너무도 큰 충격을 받았다. 몽환이 결혼하기 전에 새실에 살 때 어머니도 보리쌀통을 이고 우물에 가서 보리쌀을 씻어 와 밥 짓는 모습을 많이 보았다. 하지만 몽환은 남자들은 들판에 나가 농사일을 하고 여자들은 집 안에서 쌀과 보리쌀을 씻어서 밥 짓는 것을 당연한 것으로 여겼다. 그는 평소에 그런 일이 여자들에게 그렇게 힘든 일이라고 생각해 본 적이 별로 없었다.

몽환은 체격이 작고 몸이 약한 며느리가 대식구들의 밥을 짓느라 고생하는 줄은 이미 알고 있었다. 하지만 그는 며느리가 그런 일로 항상 죽음의 문턱을 넘나드는 고민을 하면서 고통스럽게 지내는 줄은 꿈에도 몰랐다. 며느리의 일이 있었던 뒤로 몽환은 즉시 목수를 불러서 물장군을 만들고 우물에서 물 긷는 일을 머슴이 대신하게 했다. 그리고 여자들은 머슴이 길어다 준 물로 부엌에서 밥을 짓거나 설거지를 하게 했다. 그런 뒤에 부엌 앞에 우물을 새로 팔 계획도 세웠다.

몽환은 곰방대에 담배를 피워 물고 뿌연 안개 띠를 두르고 홀로 우뚝 솟아 있는 소-산을 바라보았다. 소-산이 비를 맞은 뒤라 그런지 오늘따라 축축하고 측은하게 보였다. 몽환은 소-산을 바라보며 혼잣말처럼 중얼거렸다.

'소-산아, 내가 너무 욕심을 부렸재? 내가 네 등치만치 큰 채알에 쌀을 다 채우는 큰 부재가 델 기라고 욕심을 부린 기 과했던 기재?'

그러나 소-산은 아무 대답도 없이 우람하게 우뚝 서 있을 뿐이었다. 몽환은 소-산을 바라보며 혼자서 쓸쓸한 후회의 입맛을 다셨다. 그는 지금까지 재산을 모으는 데만 너무 집착했던 일이 후회되었다. 옛말에 '과유불급'이라고 했는데 자기 욕심을 채우느라 주위 가족들의 고통을 등한시했던 자신의 행동이 후회막급이었다. 그는 이런저런 생각에 젖어서 물끄러미 소-산을 바라보다가 지난번에 구례 김 개묵의 집에 갔을 때의 일이 생각났다.

　몽환은 구례 김 개묵의 집에 처음 자고 오던 날 아침에 놀라운 광경을 보았었다. 그는 아침에 김 개묵의 집 대문이 열리고 나서 바람 쐬러 대문 밖으로 나갔는데 대문 앞에 거지들 수십 명이 모여 있었다. 김 개묵은 그들에게 큰 가마솥에 밥을 지어서 반찬과 같이 나누어 주었다. 그 모습을 보고 몽환은 아무리 부자라고 저렇게 인심을 쓰다가는 곧 망할 것 같다는 생각이 들었었다. 그런데 지금 다시 그때의 일을 생각해보니 김 개묵의 처사가 이해가 갈 것도 같았다.

　'재산을 내 욕심대로 모은다꼬 그기 다 내 재산이 되는 기 아인 갑네…'

　몽환은 이번 일로 깊이 깨달은 바가 있었다. 이후부터 몽환은 아내에게 집에 찾아오는 거지들을 푸대접하지 말고, 반드시 동냥을 주어서 빈손으로 돌려보내지 말라고 단단히 일러두었다.

조 우^{遭遇}

현수는 양아버지인 김경필의 희망에 따라 고전보통학교를 졸업한
뒤에 상급학교에 진학하기 위해 혈혈단신으로 상경했다. 그는 먼저 혜
화동에 있는 보성고등보통학교에 입학했다. 그의 양아버지는 혜화동
에 하숙집을 구해 주고 돌아가면서 현수에게 신신당부했다.

"현수야, 내가 기대허는 사람은 현수 네뿌이 없데이. 부디 나뿐 친구
들 새기서 재작⁴⁾지지 말고 열심히 공부해야 헌다. 그라고 공부 잘해서
꼭 출세해야 헐 끼다."

"예, 아부지, 걱정 마이소. 열심히 공부해서 아부지, 어머이 꼭 호강시
키 디릴낍니더. 걱정 마시고 하동꺼지 먼 길 조심해서 내리가시이소."

현수는 보성고보에 들어가서 열심히 공부했다. 신학문공부가 신기하

---

4) 재작: 손짭손(좀스럽고 얄망궂은 손장난)의 방언

기도 하고 선생님이 들려주는 발전된 과학 문명 세계에 대한 동경심도 커서 학교공부가 재미가 있었다. 그는 학교뿐만 아니라 하숙집에 돌아와서도 다른 친구들과 어울려 놀지 않고 공부에만 열중하였다. 그래서 항상 성적도 우수했다. 현수는 성적표를 받아들 때마다 마음속으로 기뻐하실 양부모님 얼굴을 떠올리며 더욱 노력해야겠다고 다짐했다. 그렇게 현수는 양아버지의 기대에 어긋나지 않게 공부를 열심히 하여 보성고보를 졸업하고 경성제국대학 법문학부에 입학할 수 있었다.

대학교에 들어간 뒤에도 공부를 열심히 하면서 여가가 있으면 도서관에 들러서 책도 많이 읽었다. 그는 어릴 적부터 유학공부를 한 때문에 동양 서적이 재미있고 좋아서 처음에는 주로 동양 서적을 많이 읽었다. 현수가 처음에 즐겨 읽은 책은 사마천의 사기나 사마광의 자치통감, 손자병법, 초한지, 삼국지와 같은 역사 서적이었다. 그리고 사서삼경과 도덕경과 같은 고전을 탐독하기도 하였다.

그러다가 서양 서적을 접하게 되면서 셰익스피어의 희곡이나 톨스토이나 괴테의 소설을 읽고는 미지의 서양세계에 대한 동경심을 가지게 되었고, 로맨틱하고 드라마틱한 내용에 깊은 감명을 받았다. 그러는 사이 현수는 점차 독서삼매경에 빠지면서 책벌레가 되어 갔다.

현수는 세월이 지남에 따라 경성제국대학에서 공부하면서 대도시 서울 사람들과 잘 어울리며 도시생활에 적응해 갔다. 그는 농촌 사람들이 꿈에나 그리던 서울생활을 하면서 자신에 대한 자존감이 더욱 고양되었고 양부모에 대한 존경심도 더해 갔다.

현수는 대학공부를 하면서 더 많은 책을 구해 읽고 싶었다. 그렇다고 비싼 서적을 구하기 위해 양아버지한테 더 많은 학비를 보내 달라고 요청하기가 미안했다. 양아버지는 그 많은 등록금을 대시느라 고생하시는데 책 산다고 돈을 더 요구하는 것은 무리라고 생각했다. 그래서 그는 한 가지 방도를 찾아냈다. 그것은 하숙비를 아껴 책을 사기로 한 것이다. 현수는 혜화동에 있는 하숙집에서 나와 종묘 옆의 권농동에 있는 허름한 집의 골방을 구하여 자취하기로 했다. 장소를 권농동으로 정한 것은 방세도 싸고 근처에 헌책방이 많은 인사동과 가까웠기 때문이다.

우선 전기도 들어오지 않고 땔나무로 밥을 지어 먹을 정도만 되는 허름한 방을 싼값에 구했다. 그리고 고물상에 가서 냄비며 다 떨어져 가는 이불 등의 자취에 필요한 간단한 가구들만 구해서 자취를 시작했다. 그리하여 하숙 경비를 줄이니 상당한 용돈이 남았다. 그는 그 돈으로 인사동에 있는 헌책방에 가서 더 많은 책을 사 읽을 수 있었다. 현수는 하교 후에 시간이 나면 자취방을 나와서 인사동에 있는 헌책방을 돌면서 책을 구하여 읽는 것이 그의 취미활동이 되었다.

특히 톨스토이의 〈전쟁과 평화〉를 즐겨 읽었다. 그것은 책의 제목이 동양의 음양 사상과 비슷하게 '전쟁과 평화'라는 서로 의미가 대비되는 용어의 제목이 마음에 들었다. 또한, 초한지 등의 역사서를 즐겨 읽는 그의 취향과도 맞았기 때문이다. 현수는 대학공부도 열심히 하면서 책을 즐겨 읽느라 친구들과 어울리는 대학생활의 낭만을 즐기지도 못했다.

현수는 여름방학이 시작되자마자 고향에 돌아가기 위해 아침 일찍 서울역에 가서 부산으로 가는 기차표를 끊었다. 현수는 오랜만에 정든 고향에 돌아가는 기분에 들떠서 상쾌한 마음으로 경부선 열차에 몸을 실었다. 기차 승객들은 주로 양복을 입고 중절모를 쓴 일본 사람들이었고, 그 속에 한복을 입은 조선 사람들도 더러 섞여 있었다.

현수는 열차 좌석에 앉아 달리는 차 창 밖의 지나가는 풍경을 구경하다가 무심코 열차 안의 승객들을 둘러보았다. 그런데 건너편 좌석에 점잖게 앉아있는 한 중년 신사가 유난히 눈에 띄었다. 그는 얼굴이 허옇고 풍채가 좋은 체격에 눈을 지그시 감고 앉아있는 모습이 첫인상에는 대학교수나 아니면 총독부 고위 공직자처럼 보였다. 그런데 그 사람이 이상하게도 현수에게 어딘가 낯익은 얼굴처럼 느껴졌다.

현수는 다시 차창 밖을 내다보면서 오랜만에 돌아가는 고향 생각에 잠겨 있다가 잠시 꼬박 잠이 들었다. 현수가 잠에서 깨어나 눈을 뜨면서 열차 안을 다시 둘러보다가 자기도 모르게 또 그 신사를 향해 고개를 돌렸다. 그 신사는 아까와는 달리 신문을 펼쳐 읽고 있었는데 얼핏 보기에 신문은 한글이나 한문이 섞여 있는 민족지가 아니고 순 일본어와 한자로 된 일본신문 같아 보였다.

현수는 그 신사가 일본신문을 보고 있는 것으로 미루어 보아 아마도 일본 사람이려니 하고 관심을 접기로 했다. 평소에 일본인들에게 무시당하고 사는 현실적인 선입견도 있었고, 일본인들에게 관심을 가질 필요성도 느끼지 못했기 때문이다.

현수는 오후 5시경에 부산역에 도착하여 열차에서 내려 근처에 있는 시외버스 정류장으로 갔다. 거기서 진주로 가는 버스 시간표를 확인한 뒤에 정류장에서 버스를 기다렸다. 기다리던 진주행 버스가 정류장으로 들어오자 버스에 올라탔는데 출발 시간이 꽤 많이 남아있어서 그런지 빈 좌석이 많았다. 현수는 아직 젊은 학생이어서 될 수 있으면 뒤쪽에 있는 자리가 불편한 좌석에 앉아서 버스가 출발하기를 기다렸다.

버스에 점차 손님이 들어차더니 출발 시간이 30분 정도 남았을 때 이미 좌석에는 손님이 다 들어찼다. 이후 버스에 타는 사람은 서서 가야만 했다. 뒤따라 올라온 손님들이 서서 가기 위해 버스 양쪽에 나 있는 손잡이를 잡고 늘어서기 시작하였다.

버스로 부산에서 진주까지 가려면 대여섯 시간은 족히 걸렸다. 현수는 웬만하면 나이 많은 승객에게 자리를 양보하고 싶었지만 그렇게 하면 진주까지 가는 동안 긴 시간을 서서 가야 했다. 그래서 현수는 눈을 지그시 감고 고개를 숙이고는 다른 승객들을 못 본 척하고 앉아있었다.

그러다가 현수가 버스가 출발할 시간이 다 되어서 고개를 들어 서 있는 손님들을 우연히 쳐다보다가 깜짝 놀랐다. 자기 바로 앞에 아까 서울서 기차를 타고 올 때 보았던 그 신사가 떡하니 버티고 서 있는 것이었다. 현수는 엉겁결에 자리에서 일어나며 말했다.

"손님, 여기 앉으시지예?"

그러자 그 신사는 현수를 천천히 아래위를 살피듯이 훑어보고는 점잖게 조선말로 사양했다.

"젊은 학생, 괜찮아요. 먼 길을 가시는 모양인데 긴 시간을 서서 갈

수 있겠어요?"

그 신사는 현수의 예측과는 달리 조선 사람이었다. 현수는 그 신사에게서 풍기는 뭔가 세련되고 위엄이 있어 보이는 분위기에 압도당했거나 아니면 무엇에라도 홀린 사람처럼 다시 허리를 굽히면서 정중히 자리를 권했다.

"손님, 아입니더. 저는 아직 젊은 학생입니더. 제 걱정은 마시고 자리에 앉으시이소."

현수가 그 신사의 팔을 끌며 자리를 권하자 신사는 마지못해 자리에 앉았다. 이 버스가 진주로 가는 막차여서 그런지 오늘따라 손님들이 많아서 버스 안은 왁자지껄하게 시끄러웠다. 어떤 이는 술이 거나하게 취해 옆 사람은 아랑곳하지 않고 큰 소리로 이야기하며 떠들고 있었다. 또 어떤 사람은 오랜만에 만난 친구 사이인지 경상도 특유의 사투리로 마치 싸우는 사람처럼 큰소리로 대화를 나누는 사람도 있었다. 그리고 여자 등에 업힌 아이가 우는 소리, 버스 엔진 소리 등이 섞여서 옆 사람과 큰 소리로 말하지 않으면 서로 말을 알아듣기 힘들 정도였다.

버스는 신작로 위를 먼지를 부옇게 일으키고 덜컹거리며 달리다가 해 질 녘이 다 되어서 김해에 도착했다. 김해정류장에서 상당히 많은 손님이 내리거나 타고 버스는 다시 진주를 향해 출발했다. 버스 안에는 아까보다 승객이 줄어 몇 사람을 제외하고는 대부분의 승객이 좌석을 차지하고 앉았다. 아까부터 좌석에 앉아 떠들썩하게 이야기하던 사람들도 이제는 지쳤는지 앉은 채로 졸거나 잠든 사람도 있었다. 서 있는 사람들의 이야기 소리도 잦아들면서 버스 안은 점차 조용해졌다.

지금까지 눈을 지그시 감고 잠자고 앉아서 버스를 타고 가던 신사가 자기 앞에 손잡이를 잡고 서 있는 현수를 쳐다보며 말을 건넸다.

"학생, 배지를 보니 서울 경성제국대학생 같아 보이네요."

"예, 맞십니더. 그런디 손님, 말씀 낮추시지요. 제는 아직 새파란 젊은 학생입니더."

그러자 그 신사는 조금 뜸을 들인 뒤에 차분한 목소리로 말했다.

"학생, 말씨가 경상도 사투리를 쓰는데 혹시 고향이 진주이신가?"

"아입니더. 제 고향은 하동입니더."

그 말을 들은 신사는 반가운 사람을 만난 듯이 이마에 주름살을 짓고 웃으며 말했다.

"그래? 뜻밖에도 고향 사람을 만났네그려. 반가우이. 내 고향도 하동 양보일세."

현수는 고향 사람을 만난 것이 반가워서 허리를 굽혀 다시 정중히 인사를 올리고는 서울에서 부산으로 기차를 타고 올 때의 기억을 떠올리며 정겹게 말을 건넸다.

"아이구, 반갑십니더. 제는 고전면에 삽니더. 아까 서울서 기차 타고 부산으로 오싰지예? 그래서 그런지 어딘가 낯이 익어 보있십디더. 지는 부족헌 기 많십니더. 앞으로 잘 좀 이끌어 주이소."

"하여튼 반가우이. 그런데 자리가 없어서 어쩌나? 나 때문에 서서 너무 고생이 많네그려."

"무신 말씀을 그리 허십니꺼? 고향 사람 만낸 것도 반가운디 서서 가모 어떻십니꺼?"

"그래, 어떻든 고생이 많으시네. 나중에 진주에 내리면 어디 조용한 데 가서 고향 이야기나 나누도록 험세."

"아이구, 고맙십니더. 그리 허모 제헌티는 영광이지예."

그리하여 두 사람은 예전부터 알고 지내던 사람처럼 허물없이 이야기를 나누면서 진주까지 버스를 타고 갔다.

두 사람이 진주에 도착하여 버스에서 내린 시각은 밤 열 시가 넘어서였다. 차에서 내린 현수가 먼저 인사를 건넸다.

"밤이 늦었는디 어디 가실 디나 있십니꺼?"

"그러는 자네는 어디 갈 데가 있나?"

"갈 데가 어디 있겠십니꺼? 제는 어디 여인숙에나 가서 자고 갈랍니더."

"그래? 그러면 아까 차에서 말한 대로 어디 가서 이야기나 나누면서 술이나 한잔할까? 숙소는 천천히 구해보도록 허세. 요즘 대학생들도 술 잘 허지 않나?"

그 신사는 고향 사람을 만나서 정감을 느꼈던지 경상도 사투리를 섞어가며 말했다.

"집안 내림이 있어서 술은 좀 헙니더마는 초면에 실례가 아인가 모리겠네예?"

"실례는 무슨 실례? 내는 젊은 친구들과 술자리를 같이하며 이야기 나누는 거를 젤로 좋아하는 사람일세. 자 이리 따라오게."

그리 말하며 신사는 현수를 데리고 주차장 근처 중앙시장 안에 있는 술집을 찾아 들어갔다.

"주모, 여거 술안주 헐 속이 시원한 대구탕이나 돼지 수육 있십니꺼?"

그러자 주모가 반갑게 두 사람을 맞이하며 말했다.

"있고 말고예. 안주는 얼매든지 있십니더. 퍼뜩 들어오이소. 날씨도 덥운디 여거 이 부채로 시원허고로 바람을 좀 부치이소."

두 사람은 나무로 만든 식탁을 마주하고 딱딱한 나무의자에 앉았다. 먼저 중년의 신사가 말을 꺼냈다.

"자, 인제 한잔하면서 천천히 이야기나 해 봄세. 먼저 수인사부터 해 볼까? 자네 고향이 고전면이라고 했는데 고전면 어디신가?"

"예, 제가 자라난 디는 배드리장터 옆에 있는 죽전입니더. 그라고 제 이름은 김현수라고 헙니더."

"아, 그래? 그럼 자네 부친은 누구신가?"

"예, 저의 부친은 김 경 자 필 자이시고 저의 양아부지 되십니더."

"아, 그랬구먼. 그러면 친부모가 안 계시는가? 양아버지를 소개하는 걸 보니 허는 말일세."

"아, 예, 친부모님이 계시기는 헙니다마는 집이 원체 가난해서…"

현수는 자기의 가난했던 과거를 내세울 만한 것이 못 된다고 생각하여 말끝을 흐렸다.

"허어, 내가 자네 아픈 처지를 건드렸나 보군. 그런 일에 너무 괘념치 말게. 어디 가난이 죄인가? 그래 양아버지께서 하시는 일은?"

"배드리장터에서 쌀장사를 허십니더."

"아, 그런가? 배드리장은 촌장치고는 제법 큰 장이지. 싸전 장사도 제법 크게 허시겠네?"

"예, 부산이나 삼천포로 다니시며 쌀장사를 하고 계시지요. 그러모 아까 고향이 양보라 허싰는디 양보 어디 사는디요?"

"내는 양보 율촌이 고향일세. 그리고 내 이름은 이만성이라고 허네."

현수는 그의 이름을 듣고 깜짝 놀랐다. 자신이 이미 알고 있던 이름과 같았기 때문이다. 하지만 내색은 하지 않고 말을 이어갔다.

"그런디 제가 보기에는 제보다 연세가 들어 보이서 그러는디 앞으로 선배님으로 모시도 데겠십니꺼?"

"허허, 그거 듣던 중 반가운 말일세. 내가 뜻밖에도 멋진 후배를 한 사람 두게 되었네그려."

"아이구, 부족헌 제헌티 선배님으로 모실 기회를 주시서 감사허지예. 그러모 혹시 선배님이 율촌 만석꾼 집에 사는 분 아입니꺼?"

현수는 그가 자신이 예상했던 사람과 동일인인지 확인해 볼 겸해서 궁금한 것을 물어보았다.

"만석꾼이라… 다 옛날이야기지. 지금은 아닐세."

"예-, 지는 어릴 적부터 율촌 만석꾼 이야기를 소문으로 들어서 잘 알고 있었십니더. 그런깨로 선배님이 그 유명헌 동경제국대학에 댕기 싰다는 분인 갑지예?"

"허, 그 참. 그래, 내 소문이 그기까지 퍼졌던가? 동경제국대학이 무슨 대수라고…"

"아이지예? 하동군에서는 일본에 있는 대학에 들어간 기 처음이라 쿠던디요? 이렇게 만나 뵙게 돼서 정말 영광입니더. 앞으로 잘 받들어 모시겠십니더. 부족헌 저를 잘 좀 봐 주이소."

현수는 동경제국대학까지 다닌 사람을 선배로 모시게 된 것이 기뻐서 다시 자리에서 일어나 허리를 굽혀 인사를 올렸다. 주모가 술과 술안주를 내오자 두 사람은 술잔을 주거니 받거니 하면서 고향 선후배 간에 정겨운 이야기꽃을 피웠다. 만성은 주로 일본에서의 학창 시절 이야기를 했고, 현수는 자기가 자란 배경과 서울에서 시작한 대학생활에 관해 이야기하며 밤이 깊어 가는 줄 몰랐다.

주모가 두 사람의 술자리가 끝나기를 기다리다가 지쳤는지 나무걸상에 앉아서 졸고 있었다. 현수가 그 모습을 보고 이만성에게 눈짓하며 말했다.

"선배님, 이거 시간이 너무 늦은 것 같십니더. 주모가 졸고 있는 거 겉은디예?"

"그런가? 그러면 우리 자리를 옮기기로 허세. 주모, 시간이 너무 늦어서 미안헙니더. 우리 다른 데 가서 한잔 더 할 수 있도록 술안주하고 술병 좀 챙기주실 수 있십니꺼?"

그러자 주모가 눈을 비비고 일어나면서 기지개를 크게 켜고는 말했다.

"아, 예! 싸디리고 말고예. 그런 걱정은 안 해도 됩니더."

그러자 이만성이 자리에서 일어나 주머니를 뒤지며 주모에게 술값을 계산하려고 했다.

"그래요? 그러면 술값이 얼맙니꺼?"

그 말에 현수가 황급히 이만성을 제지하고 나서며 말했다.

"선배님, 와 이러십니꺼? 제가 선배님을 모시는 자린디 당연히 제가 계산을 해야지예."

"자네, 지금 학생 아닌가? 집에서 학비 타 쓰는 학생에게 술값을 부담시킬 수야 없는 일이지."

"선배님, 이러시모 제가 섭하지예. 이 정도 술값 계산헐 돈은 있십니더. 이본에는 제헌티 양보를 좀 해 주시지예."

현수는 한사코 만성을 뒤로 밀쳐 내고는 자기가 술값을 치렀다. 두 사람은 주모가 싸 주는 술과 안주를 들고 술집을 나왔다.

"선배님, 밤이 늦었는디 어디로 가모 데겄십니꺼? 어디 조용헌 여인숙을 찾아 볼까예?"

"여인숙? 자네는 역시 학생티를 못 버리는구만. 근처 어디 깨끗하고 괜찮은 여관방을 찾아보게나. 그리고 방을 따로 두 개 구허게. 돈 걱정은 말고…."

"예, 알겄십니더. 그런데 방을 두 개나 구허라고예?"

현수는 방을 두 개나 구하라는 이만성의 말에 놀란 표정을 지으며 되물었다.

"실은 내가 잠잘 때는 옆에서 누가 부스럭거리는 소리만 나도 잠을 못 이루어서 그런다네. 이해를 허시게나."

현수는 이만성이 부잣집 아들이라서 그런지 역시 돈 씀씀이가 다르다는 것을 느꼈다.

다음 날 아침, 두 사람은 버스를 타려고 시외주차장으로 같이 갔다. 거기서 두 사람은 하동으로 가는 버스를 타고 가다가 양보면 구정 삼거리에 도착하여 같이 버스에서 내렸다. 그곳에서 그들은 진교 쪽으로 나 있는 신작로를 따라 같이 걸어갔다. 두 사람이 감당, 쌩기를 지나 멜 때심에 이르러 길을 갈라섰다.

만성은 율촌으로 가고 현수는 배드리로 가려면 여기서 헤어져야 했기 때문이다. 현수가 먼저 인사를 건넸다.

"선배님, 안녕히 가입시더. 초면에 신세 마이 졌십니더."

"그래, 잘 가게. 머, 신세랄 거까지야 있나? 여가 봐서 우리 집에 한 번 놀러 오게."

"예, 꼭 들리도록 허겄십니더."

미지의 동굴 샘

현수는 이만성이와 헤어진 뒤에 양보보통학교 앞을 흐르는 주교천의 방죽을 따라 고향인 죽전으로 걸어갔다. 무더운 한여름인데도 들판에는 농부들이 논을 매거나 논두렁에서 풀을 베느라 분주하게 일을 하고 있었다.

현수의 생각에 고향산천은 비록 일본에게 빼앗겼지만 하얀 옷을 입은 농부들은 예전처럼 농사를 짓고 있어서 겉보기에는 변한 것이 없어 보였다. 하지만 엄연히 나라를 빼앗겼다는 사실을 인정하지 않을 수 없는 현실에 마음 한구석이 아려 왔다. 들판 멀리서 일하던 농부들이 검은 사각모에 양복을 입고 걸어가는 현수의 생소한 옷차림을 보고, 허리를 일으켜 잠시 구경하다가 하던 일을 계속했다.

현수는 7월의 무더운 뙤약볕 아래 신작로를 따라 걸어서 명교다리를 건너 고향인 죽전마을에 이르렀다. 길모퉁이에 있는 커다란 물레

방아는 명교 아래쪽 보에서 모아온 물을 안고 물방울을 시원하게 사방으로 튀기며 힘차게 돌아가고 있었다. 현수는 오랜만에 그리던 고향 풍경을 보니 시야에 들어오는 주위의 풍경이 마치 어머니 품 안에 안긴 것 같은 포근한 느낌을 주었다.

현수가 물레방앗간을 돌아 대밭이 우거진 언덕 아래에 있는 자기 집의 대문 안으로 들어섰다. 그때 점심밥을 짓기 위해 보리쌀을 씻고 있던 형수가 현수를 반갑게 맞아 주었다.

"아이고, 데럼5) 오이십니꺼? 씨어무이, 데럼 왔십니더. 퍼뜩 나와 보이소."

그러자 뒤뜰의 대나무 그늘에서 길쌈을 하고 있던 어머니가 하던 일을 팽개치고 안채를 돌아 달려 나오며 현수를 반겼다.

"아이고, 우리 현수 왔나? 이 보래, 이 귀헌 양복이 땀에 다 젖었네. 얼른 오이라. 양복 벗어 걸치 놓고 웃통 벗고 샘가로 가서 먼첨 목물부터 치고 오이라."

"어머이, 아무리 더워도 절은 받으시야지요? 청으로 올라가이소."

"아! 그래 보까? 달디 같은 우리 아들 절 한번 받아 보까? 그래, 내가 얼른 청에 올라가마."

어머니가 대청마루에 올라앉자 현수가 축담에서 큰절을 올렸다.

"그런디 아부지는 어디 가있십니꺼?"

"아, 너거 아부지는 논 둘러보러 댕밑에 논에 가있니라. 곧 돌아오실

---

5) 도련님

끼다. 더운디 빨리 목물이나 치고 오이라."

현수가 집에 온 다음 날은 배드리 장날이었다. 경필은 새벽같이 일어나 논을 둘러보고 나서 뭔가 기분이 좋아 들뜬 사람처럼 콧노래를 부르며 집으로 돌아오고 있었다. 그는 동네 골목길을 지나면서 동네 사람을 만나면 일부러 큰소리로 인사를 하였다.

"아이구, 아재 안녕허십니꺼? 어제 서울서 대학교 댕기던 우리 현수가 왔는디 아직 몬 밨지예? 집에 가 게시이소. 곧 우리 대학생 현수가 인사디리러 갈 낍니더."

"현수가 왔어?"

동네 사람들이 인사를 받고 말대꾸를 해 주면 그는 더욱 신이 나서 현수에 관해 묻지도 않은 것을 친절히 설명해 주었다.

"예. 멋진 사각모자 씨고 꺼어먼 양복을 입고 왔다 아입니꺼? 그라고 시꺼먼 가죽 구두 구경도 한번 해 보이소. 아매도 그런 구두는 생전 첨 봤일 낍니더. 나중에 한번 보이소마는 진짜 떼깔납니더."

"그래, 알겠네. 그래서 그런지 자네 기분이 날아갈 거 겉이 보이네."

"하모요, 날개라도 단 기분입니더."

경필은 일찍 아침을 먹고 나서 현수를 데리고 동네에 사는 친척과 동네 어른들께 인사를 올리게 했다. 물론 경필은 그들을 뵐 때마다 현수 자랑을 입에 침이 마르도록 했다.

현수가 동네 어른들께 인사드리는 일을 마치고 나서 경필은 현수와 같이 배드리장에 가려고 대문을 나섰다. 그는 돌담길을 따라 아직 현수가 만나보지 못한 이웃집을 일일이 들러 아까처럼 인사를 드리게 했다.

"동숭! 집에 있는가? 퍼뜩 한번 나와 보게. 우리 현수가 왔다 아이가?"

그리고 또 다른 집을 들르며

"성님! 아침 자이십니꺼? 우리 현수가 왔십니다. 현수야, 감다이 성님 헌티 인사드리라. 이분이 눈지 알재?"

경필은 비록 양아들이긴 하지만 그의 친아들인 행수에게 크게 실망한 나머지 현수에게 그의 모든 희망을 걸고 있었다. 경필에게 있어서 그런 현수가 고전면에서는 처음으로 서울에 있는 대학교에 들어가서 사각모를 쓰고 돌아온 것이 여간 자랑스러운 일이 아니었다. 경필은 현수와 동네 앞의 신작로를 따라 배드리장으로 향했다. 그는 하마치 앞을 지나면서 어제 했던 말을 또 꺼냈다.

"현수야, 내헌티 돈이 읎나, 논이 읎나? 내가 부럽은 거는 지수 몽환이 친구 아들맨키로 공부해서 출세허는 거뿌이다이. 내는 왜놈 세상이고 뭣이고 따질 때가 아이라꼬 본다. 네는 대학꺼지 댕깄잉께로 지수 내 친구 아들보다 더 출세해야 헐 끼데이."

"예, 아부지, 걱정 마이소. 제가 꼭 아부지 소원을 풀어 디릴 낍니더."

"현수야, 그라고 나중에 장터 싸전에 일 좀 보고 나서 방깨 계시는 네 훈장님 허싰던 종조부님도 만내서 인사디리고로 허거라. 그라고 지수에 사는 내 친구 몽환이 아재 집도 댕기 오이라이. 그 친구 아들이 일본서 공부허고 와서 군청에 댕긴다 아이가?"

"예, 아부지, 잘 알겄십니더."

현수는 아버지의 싸전에 들러 잠깐 아버지 일을 도와 드리고 나서 방깨로 갔다. 서당 훈장이신 종조부님 집에 들어서니 종조부님은 옛날처럼 서당에서 아이들에게 한학을 가르치고 있었다.

"종조부님, 안녕허십니꺼? 현수가 왔십니더."

삼현 선생은 학동들에게 공부할 과제를 내주고 나서 현수를 안방으로 안내했다.

"현수가 오랜만에 왔구나. 자 안으로 들자."

현수는 안방으로 들어가서 종조부님께 인사를 올렸다. 현수는 그간에 서울에서의 대학생활에 관한 이야기와 대학에서 배우는 신학문에 대한 말씀을 드리며 서로의 의견을 나누었다. 그러다가 삼현 선생이 현수에 대해 궁금한 것을 물었다.

"현수야, 그런디 내는 신학문에 대해서는 아는 기 읊다마는 네는 인제 한학 공부는 손을 뗀 기가?"

"아입니더. 학교공부를 험시로 사마광이 쓴 자치통감이나 초한지, 삼국지 겉은 역사책도 마이 읽고 있십니더. 그리고 시간이 나모 사서삼경도 더러 읽어봅니더."

"그래, 한학 공부가 지업지도 않더냐?"

"송추이가 솔잎을 무야 사는 거 아이겠십니꺼? 저는 아부지 기대에 어긋나지 않고로 대학에 가서 학교공부도 열심히 하고 있지만, 암캐도 유학의 깊은 사상에 매료될 때가 많십니더."

"현수 네는 머리도 명석하더이만 수학(修學)허는 자세도 견실허고나. 내 생각에는 우리 조선이 유학을 국가이념으로 하여 나라를 다스리다가 지금은 나라가 망허고 없는 처지재. 그렇다고 내는 동양의 학문인 유학의 가치가 퇴색되어 간다고 생각허지는 않는다."

"예, 제도 종조부님허고 같은 생각입니더."

"그런디 내 밑에서 한학을 배운 네가 동양사상에 관한 관심을 징기고 있다고 허니 내가 네헌티 공부신 보람이 있는 거 겉에서 기분이 좋내."

"과허신 칭찬입니더. 그런디 종조부님, 제가 중국역사뿐만 아이고 우리 조선 역사책도 좀 읽어 보고 싶은디요. 학교도서관에는 일본 사람들이 부래로[6] 조선 역사 서적을 읎애 삐리서 그런지 눈을 씻고 찾아봐도 구할 수가 읎십니더."

"왜놈들이 능히 그리 했일 끼다."

"그러니 종조부님께서 어디 아는 디 있이모 우리 역사 서적을 좀 구헐 수 있일까 해서 말씀디립니더."

"구헐 수 있고말고… 가마이 있자, 그래, 회정 선생을 만내 보모 되겠내. 내가 아는 선비 중에 곤양 무구동에 사는 회정 선생이라쿠는 분이 있다. 그 사람 성함이 김호곤이라 헌단다. 내보다는 나이는 젊지만 참 훌륭헌 선비니라. 네가 거기 한번 찾아가 볼래?"

"예, 찾아가 보고말고요."

"그러모 여가 봐서 한번 찾아가 보거라. 거기 가모 동국통감이나 삼국사기 겉은 우리 역사서를 구헐 수 있일 끼다. 내가 소개장을 써 줄 낀께로 먼 길이지만 찾아가 보모 배울 끼 많을 끼다."

---

6) 일부러

"예, 종조부님 고맙십니더."

현수는 종조부와 헤어지고 나서 지소에 사는 아버지 친구인 몽환의 집으로 찾아갔다. 집안에 들어서자 진송이 반갑게 맞이해 주었다.

"아이고, 이기 누고? 죽전에 사는 현수 동숭 아이가? 인제 인상도 훤헌 대학생이 다 뎄네. 퍼뜩 안으로 들어오이라."

"아재는 어디 가이십니꺼?"

"논 둘러 보러 가싰는디 좀 있이모 오실 끼다. 더운디 방에 가서 시원한 샘물에 탄 미숫가루나 한잔 마시고로 허자."

"예, 성님, 그리 허지요."

진송은 사랑방 옆방에서 공부를 하고 있는 동생을 불러냈다.

"진영아, 서울서 대학교 댕기는 현수 세이가 왔다. 나와서 퍼뜩 인사해라."

진영은 보고 있던 책을 덮고 나와서 현수에게 반갑게 인사했다.

"성님, 안녕허십니꺼? 저 진영입니더."

"아, 그래, 니가 서울서 공업학교에 댕긴다 쿠는 가아가? 같은 서울에 있음시로 한번 찾아오지 그랬나? 네는 마, 공부벌레라고 소문이 났던디?"

"아입니더. 공부는 무신? 하여튼 미처 몬 찾아가 봐서 미안헙니더. 서울 가모 한번 여가 내서 찾아 보겠십니더. 서울서 어디 산다 캤십니꺼?"

"권농동에 산다 아이가? 나중에 내가 주소 적어 줄 낀께로 꼭 한번 찾아 오이라이."

현수가 진송과 서울 이야기나 시국에 관한 이야기를 나누고 있을 때 해 질 무렵이 다 되어 논을 둘러보러 갔던 몽환이 돌아왔다.

"아재, 논에 갔다 오이십니꺼? 그동안 안녕허싰십니꺼?"

"이게 누고? 싸전 친구 아들 현수 아이가? 네가 서울서 대학교 댕긴다더이 볼씨로 이리 컸는가? 인제 봉께 장가도 되겠데이."

"아재도 참, 사람 놀리지 마이소. 진영이도 서울서 공부헌다 카데요."

"그렇다네. 자식들이 하도 '공부 공부' 해싸서 내가 졌다 아이가. 내는 왜놈 밑에서 배우는 거는 절대 반댄기라. 그런디 내가 신학문에 어둡다 보니 어쩌겠능가? 그래, 자네는 대학공부는 잘허고 있는가?"

"예. 그런대로 허고 있십니더."

"그러모 대학 졸업허고 머 헐 끼고?"

"우리 아부지가 진석이 성님맨키로 공부해서 출세허라고 서울꺼지 공부허로 보냈는디요. 아부지 기대에 어긋나서야 데겠십니꺼?"

"그리 해야재, 만사에 효도가 으뜸일세. 공부험시로도 자네는 늘 너 아부지 고생허는 거 잊아삐지 말고 공부 잘해야 허네. 그라고 자네는 늘 조선 사람이라는 걸 잊아삐모 안 될 걸세."

"예, 아재, 무신 말씀인지 잘 알겄십니더."

현수는 진송의 형제와 한참 동안 정담을 나누다가 어두워질 무렵이 되어서 집으로 돌아왔다.

다음 날, 현수는 아침에 아버지께 곤양에 가게 된 연유를 말씀드리고 곤양으로 길을 나섰다. 현수는 동네 잎의 신작로를 따라 걸어서 진교를 지날 무렵이 되니 뙤약볕이 사정없이 내리쬐기 시작했다. 그렇지만 현수는 읽고 싶은 우리나라 역사책을 구하러 가는 기분에 들떠 버드나무 가로수를 벗 삼아 즐거운 마음으로 걸어갔다.

밤티고개에 이르러 땀을 뻘뻘 흘리며 비탈길을 올라가서 평평한 고갯마루에 다다랐다. 멀리 사천만이 한눈에 내려다보였다. 바다와 작은 섬이 어우러져 한 폭의 그림처럼 아름다웠다. 가파른 고갯길을 올라오느라 바지저고리가 이미 땀에 흠뻑 젖었다. 푸른 바다 위에서 불어온 시원한 바람이 현수의 온몸에서 흘러내리는 땀을 식혀 주었다. 거친 숨을 몰아쉬며 나무 그늘에 앉아 이마에 흐르는 땀을 씻으며 잠시 휴식을 취했다. 현수는 다시 기운을 내어 굽이굽이 '열두 모래이_{모퉁이}'를 돌아서 내려갔다.

밤티고개를 지나 길가는 사람들에게 무구동으로 가는 길을 물어 회정 선생의 집을 찾아갔다. 회정 선생의 집은 제법 큰 기와집이었다. 현수가 대문을 지나 사랑방 앞으로 가서 회정 선생을 뵙기를 청하자 회정 선생이 방문을 열고 마루로 나왔다. 유명한 선비라서 그런지 사랑방에는 한복에 갓을 쓴 손님들이 몇 사람 와 있었다. 사랑방 손님들은 사각모를 쓴 젊은이가 주인 뵙기를 청하는 모습을 보고 꽤나 놀란 표정으로 현수를 바라보았다. 회정 선생이 현수를 맞이했다.

"누구신지 모르지만 우시내 안으로 들어오이소."

현수는 사랑방으로 들어가서 먼저 회정 선생님께 정중히 인사를 드렸다. 그리고 자기를 소개했다.

"저는 하동 고전에 사는 김현수라고 헙니더."

그런 뒤에 삼현 선생이 써 준 편지를 회정 선생님께 드렸다. 회정 선생은 편지를 읽어 보고 반가운 표정을 지으며 현수를 손님들에게 소개했다.

"현수 학생, 초면이지만 반가우이. 그래, 내가 삼현 선생님을 잘 알지. 여보게들, 이 학생이 삼현 선생의 제잘세그려. 그라고 시방은 서울에 있는 그 유명헌 경성제국대학에 댕긴다고 히네."

회정 선생은 방 안에 있는 다른 손님들에게도 인사를 권했다.

"학생, 이왕 여기꺼정 오신 김에 이분들께도 인사를 드리시게."

"예, 제는 김현숩니더. 제는 아직 젊어서 부족헌 기 많은 사람입니더. 앞으로 많은 지도편달을 바랍니더."

인사 소개가 끝난 뒤에 회정 선생은 젊은 대학생이 자기를 찾아온 것이 대견하다는 듯이 말했다.

"이 젊은이가 우리 지방에서는 보기 드물고로 서울에 있는 대학꺼정 가서 신학문을 공부허는 대학생인가 배. 그런디 이 촌구석에서 케케묵은 한학이나 허는 나를 찾아 줘서 너무 고맙고도 대견스러우이. 안 그런가 이 사람들아."

그 말에 방 안에 앉아있던 사람들이 모두 그렇다고 고개를 끄덕였다. 현수는 회정 선생을 찾아온 연유에 대해 자초지종을 말씀드렸다. 현수의 말을 듣고 회정 선생은 더욱 기뻐하며 현수를 칭찬했다.

"삼현 선생님의 제자는 참 대단허이. 지금 우리는 나라도 빼앗기고 없는 처지가 아닌가. 그런디 일본 총독부에서 세운 대학교에 댕기는 젊은 학생이 우리 민족의 뿌리를 찾겠다고 역사책을 구허로 댕기다니 정말 놀라우이.”

“과찬이십니다. 선생님. 사정이 허락허시모 제가 원하는 책을 구헐 수 있도록 좀 부탁드립니더.”

현수는 회정 선생에게 정중히 부탁드렸다.

“도와주고 말고가 어딨는가. 이 사람아! 비록 나라는 망했지만, 역사를 잊지 않은 민족은 아직 뿌리가 살아 있는 나무와 같은 거 아이겠능가?”

“예. 좋은 가르침으로 받아 들이겠십니더.”

“내가 김부식이 쓴 삼국사기하고 서거정이 쓴 동국통감을 일본 사람들 모리고로 가보처럼 보관하고 있다네. 내가 자네 같은 훌륭한 젊은 학생을 위해서 기꺼이 빌려줌세.”

“정말 감사헙니더.”

“내가 일본 사람들 눈을 피해 꼭꼭 숭카 논 귀헌 책잉께 자네가 잘 읽고 꼭 돌려주게나.”

현수는 자리에서 일어나 다시 크게 허리를 굽혀 감사의 인사를 올렸다.

“정말 고맙십니더. 제가 이본 여름방학 동안 서울에 가기 전에 다 읽고 꼭 다시 돌려 드리겠십니더.”

“내가 오늘 우리나라 민족혼을 가진 젊은 대학생을 만나게 된 기 동쪽의 새벽하늘에 비치는 여명을 보는 거 같애서 너무 기분이 좋네. 학생, 고향에 돌아가거든 삼현 선생님께 꼭 안부 전허도록 허시게.”

“예, 선생님!”

회정 선생은 장롱 깊숙한 곳에 보자기로 꼭꼭 싸서 보관해 두었던 역사책을 꺼내 와서 현수에게 건네주었다. 현수가 역사책을 싼 보자기를 받아보니 상당히 무거웠다. 현수는 참으로 구하기 어려운 귀한 고서를 빌린 기쁨에 책의 무게감이 마치 금덩이와 같은 보물을 든 기분이었다. 현수는 역사책을 쾌히 빌려주신 회정 선생님께 다시 한 번 고마운 마음을 전하고 하직 인사를 올렸다.

"회정 선생님! 귀헌 역사책을 빌려 주셔서 정말 감사힙니다. 안녕히 계십시오."

현수는 책 보따리를 등짐처럼 위장하여 등에 지고는 밤티고개를 넘었다. 자기가 원하는 귀한 책을 얻어서 너무 기분이 좋았던 현수는 그 먼 길을 휘파람을 불면서 발걸음도 가볍게 집으로 돌아왔다.

현수가 집에서 더운 여름인데도 동국통감을 읽느라 독서삼매경에 빠져있을 때 양아버지가 장에서 싸전 일을 마치고 집으로 돌아왔다.

"현수야, 네 혹시 율촌에 아는 사람이 있나?"

"아, 예, 일본서 동경제국대학을 졸업한 선배를 알고 있십니더. 와 그럽니꺼?"

"오늘 율촌 사람이 배드리장에 왔다가 우리 싸전에 들러서 전허는 말인디. 네보고 그 사람 집에 한번 댕겨 가라고 헌다더라."

"예, 잘 알겠십니더."

다음 날, 현수는 날씨가 시원해지는 해 질 녘이 되기를 기다렸다가 율촌으로 이만성의 집을 찾아갔다. 이만성의 집은 옛날 만석꾼 살림을 살던 집이라서 그런지 꽤 큰 기와집이었다. 현수가 대문을 들어서자 이만성 선배가 반갑게 맞아 주었다.

"현수 후배, 오랜만일세, 지난번에 진주에서 자네와 한잔 기울이며 정담을 나누던 일이 생각나서 내가 기별을 했네. 어서 오게, 오늘 또 기분 좋게 한잔해 볼까?"

"그거 좋지예, 선배님과 대화를 나눈다는 자체가 지헌티는 영광이지예."

두 사람은 갓방으로 가서 이만성의 부인이 차려온 술상 앞에 앉아서 이야기를 나누기 시작했다. 이만성은 예전처럼 동경 학장 시절의 추억과 현 시국에 관해 이야기하다가 뜻밖의 이야기를 꺼냈다.

"현수 후배, 자네 혹시 제국주의에 대해 생각해 본 적이 있나?"

현수는 뜻밖의 질문을 받고 엉겁결에 대답했다.

"아니요, 제는 그런디 대해서는 별로 생각해 본 적이 읎십니더만…"

"그렇겠지? 그래서 실은 내가 자네를 철석같이 믿고 아끼는 마음으로 꼭 해주고 싶은 말이 있었다네. 그것은 자네가 아직 알지 못하는 새로운 세상에 관한 이야기일세."

"아, 예-"

현수는 이만성이 자기도 모르는 새로운 세상에 관해 이야기한다는 말에 긴장하여 간단히 대답만 했다.

"그렇다고 머 그리 긴장할 것까지야 없네. 그러니 지금부터 내가 하는 말을 들어보고 시간을 두고 천천히 생각해 보기 바라네. 그리고 오늘 저녁에 내가 하는 말은 꼭 비밀을 지켜 주기 바라네."

"예, 멩심허겠십니더. 무신 말씀인지는 몰라도 말해 주시모 잘 새겨

들겄십니더."

　현수는 평소에 존경하던 선배의 말인 데다가 '비밀'이라는 단어에 긴장해서 자세를 바로 하고 귀담아들었다.

　"자네, 일본이 왜 우리나라를 침략했는지 혹시 그 이유를 생각해 본 적이 있는가?"

　"그야 일본이 서양에서 도입헌 신식무기로 무장해서, 병력이 강해지닌께로 자기 나라 땅디를 넓히 볼라고 그리 헌 거 아입니꺼?"

　"다들 그리 알고 있지. 그런데 자네 제국주의라는 말은 자주 들어 봤겄지?"

　"예, 귀에 못이 백히도록 들어 봤지예. 일본 사람들이 자기 나라를 대일본제국이라 쿤다 아입니꺼?"

　"맞는 말일세. 그런데 제국주의가 역사적으로 어떻게 탄생했는지도 생각해 본 적은 있는가?"

　"아니예, 아직 그런 생각은 해 본 적이 읎십니더."

　"그렇겠지? 제국주의란 말일세, 원래 서양에서 산업혁명으로 자본주의를 발전시킨 국가들이 자국의 이익을 위해 펼친 정책일세. 그러니까 강대국들이 강한 군사력으로 약소국을 침략하여 식민지로 삼아 값싼 자원을 수탈해 가는 정치·경제적 구조를 일컫는 것일세."

　"아, 예, 그렇십니꺼? 그러닝께 일본이 서양의 나쁜 국가 정책을 배워서 우리나라를 침략했다 이 말입니꺼?"

　이만성은 현수의 말에 고개를 끄덕이며 진지하게 말을 이어갔다.

　"그렇지, 그러니까 서양의 제국주의 나라들은 자국의 경제발전을 위해 아시아뿐만 아니라 아프리카, 아메리카에 있는 약소국가들을 닥치는 대로 식민지로 만들었다네. 그런 뒤에 자기 나라 경제발전에 필요한 자원을 다 약탈해 가서 대량으로 공산품을 생산하여 비싼 가격으로 되팔아 큰 이익을 챙기고 있다네."

"아! 예, 그렇십니꺼?"

"자네 말대로 일본도 약삭빠르게 서양의 악독한 제국주의 정책을 그대로 받아들여서 우리나라를 식민지로 만들어 무차별적으로 착취하고 있는 걸세."

"제는 마음속으로 일본이 우리나라를 집어삼킨 원흉이라는 거는 알았십니더. 하지만 일본이 서양에서 제국주의라는 못된 짓을 배워서 약소헌 우리나라를 식민지로 맨들고, 우리 민족을 착취허는 숭악헌 나라인 줄은 몰랐십니더."

"그렇다네. 그런데 일본이 서양과 좀 다른 점은 일본은 천황을 구심점으로 옹립하고, 군사력을 내세워 전쟁과 그 준비를 최우선 정책으로 채택허는 군국주의 나라라는 점일세. 그래서 일본은 서양의 제국주의보다 더 자유를 억압하며 전쟁 준비를 위해 우리나라를 핍박하고 자원을 약탈해 가고 있단 말일세."

"나쁜 놈들."

현수는 울분을 참지 못해 욕부터 나왔다.

"그런데 내가 오늘 여기서 자네한테 하고 싶은 이야기는 더 중요한 내용일세."

"더 중요한 내용이라니요?"

현수는 만성이가 자기에게 해 줄 더 중요한 내용이 있다는 말에 더욱 호기심이 생겨 신경이 곤두섰다.

"일본 놈들이 지배하고 있는 우리나라 사람들이 모르는 사이에 세상이 변하고 있단 말일세."

"그게 무신 말입니꺼?"

"자네, 그러면 자본주의란 말은 들어보았는가?"

"들어 본 거는 겉은디, 자세히는 잘 모리겄는디요."

"자본주의란 앞에서 내가 말한 제국주의의 핵심을 이루는 경제제도라네. 이것은 자본가와 자국의 경제적 이윤추구를 목적으로 자본이 지배하는 경제체제를 가리키는 말일세."

"네-."

"자네, 내가 자꾸 질문해서 미안하네만 그러면 또 칼 마르크스란 사람의 이름을 들어 본 적이 있는가?"

현수는 만성에게서 자꾸만 자기가 잘 모르는 분야에 대한 질문을 받고 어안이 벙벙했다.

"아니요, 금시초문입니더."

"그럴 테지, 일본 놈들이 그 사람에 관한 서적을 구해 읽는 것을 철저히 금하고 있는데 자네가 알 턱이 없지."

"그래서 그런지는 몰라도 그런 책은 한 번도 본적이 읎십니더."

"그 사람의 주장으로는 앞으로 반드시 자본주의 나라는 망하고 노동자들의 세상이 온다는 것일세."

현수는 그 말을 듣고 잘 이해가 가지 않았다. 우리나라에서 노동자라야 서울에 있는 작은 공장에 다니는 사람들 정도인데, 세상이 그들의 나라가 된다는 것이 상상이 가지 않았다. 그러자 만성은 현수의 속마음을 다 읽고 있다는 듯이 빙그레 웃으며 말했다.

"자네가 놀랄 만도 한 일이지. 내가 자네의 그런 마음을 잘 알고 있네. 그러니까 우리 젊은이들은 앞으로 발전될 세상의 변화에 대비해서 새로운 관점에서 공부를 다시 해야 한다 이 말일세."

"그래요? 그런 공부를 할라 카모 선배님이 소개헐만헌 좋은 책이라도 있십니꺼?"

"그래서 오늘 내가 자네를 보자고 헌걸세. 인제 내 마음을 알겠는가?"

"아, 예, 그러모 그 책 좀 소개해 주이소."

"그리 함세, 그런데 이 책은 마르크스가 쓴 〈자본론〉이라는 책이고 다른 책도 있네. 이런 책은 일본인들이 출판이나 구독을 절대로 금하는 책이라 발견되면 즉시 체포되어 형무소에 수감되고 말 걸세."

"그기 그리 위험헌 책입니꺼?"

현수는 만성이의 말을 듣고 더 긴장되었다.

"그렇다네. 그러니 조심하고 또 조심해서 혼자서만 비밀리에 읽어봐야 허네. 그리고 이 책은 최신 과학을 근거로 해서 완벽한 논리로 쓴 책이니 탐독하고 또 탐독해서 핵심 내용을 잘 이해해야 헐 걸세."

만성은 갓방 다락 깊숙한 곳에서 낡은 책 두 권을 꺼내서 현수에게 건네주었다. 그 책은 칼 마르크스의 〈자본론〉과 블라디미르 레닌의 〈유물론과 경험비판론〉이었다. 만성은 현수에게 공산주의 이론에 대한 새로운 이야기를 열변을 토하며 설명하기 시작했다. 두 사람이 마시는 술기가 얼근해지자 만성이는 점점 열기를 더해 가며 진지하게 자기의 의견을 토로했다.

현수는 만성이 하는 말이 너무도 생소하고 놀라움을 금치 못하는 내용이어서 긴장한 마음으로 무엇에 홀린 사람처럼 멍한 자세로 듣기만 했다. 그러다 보니 어느덧 밤이 깊었다. 술기도 오르고 해서 비몽사몽 간에 만성의 이야기를 듣다가 졸기 시작했다. 그제야 만성은 하던 이야기를 멈추고 화제를 돌렸다.

"현수 후배, 내가 하는 말이 너무 지루헌가 보지?"

"아입니더. 술기운에 고마 꼬빡 졸고 말았네예. 미안허게 됐십니더."

"그런 걸 갖고 뭐, 사과까지 할 거야 없지. 그건 그렇고 밤도 깊었는데 우리 집에서 자고 가는 것이 어떻겠는가?"

"아입니더. 부모님이 집에서 기다리고 계시는디 고마 집에 가서 잘랍니더."

현수는 만성 선배가 꼭 자고 가라는 것을 뿌리치고 희미한 달빛으로 길을 밝히며 집으로 돌아왔다. 잠자리에 들어서 만성이 선배가 한 이야기를 곰곰이 생각해보니 이해가 잘되지 않은 부분이 많았다. 생각할수록 혼란스럽기만 하여 우선 방학 동안에 동국통감과 삼국사기를 먼저 읽어 보기로 했다. 그런 뒤에 만성이 선배가 빌려준 책은 서울에 가서 천천히 읽어 보기로 마음먹었다.

내선일체 內鮮一體

나는 아재의 이야기를 들으며 뭔가 가슴에서 울림이 일어남을 느꼈다. 내가 자라면서 현수 아재를 몇 번 본 적도 있어서 그럴 수도 있겠지만, 무엇보다 현수 아재의 처지가 나에게 감정이입이 된 까닭이 더 클테다.

나도 현수 아재처럼 학장 시절 자본론과 유물론의 유혹을 받았다. 그러나 나의 학장 시절은 군사독재에 대항하기 위한 몸부림이었으나 현수 아재는 일제에 저항하기 위한 몸부림이었으니 나 때보다 그때가 훨씬 더 처절했을 것이다.

나의 학장 시절에 유신維新과 일제 말기의 내선일체內鮮一體는 다른 듯 매우 닮은 모습이다. 나는 일본이 왜 조선인을 상대로 '내선일체' 정책을 시행하여 자국의 전쟁 도구로 이용하려고 했는지를 알아보기 위해 그 당시 일본의 국내외 정세에 대해 고찰해본 적이 있다.

일본은 구한말에 조선을 식민지로 삼은 뒤에 고의로 만주사변을 일으켜 만주를 자국의 식민지로 삼았다. 일본은 이에 그치지 않고 식민지를 더욱 확장하려는 야욕을 채우려고 식민지 쟁탈을 위한 전쟁 준비에 혈안이 되어 있었다.

일본은 전쟁 준비에 필요한 군수품을 조달하려고 조선인들로부터 식량을 비롯한 여러 가지 자원을 착취해 갔다. 이로 인한 조선인들의 불만을 무마하기 위해 모든 피식민지 민족들은 3등 국민으로 대하면서 조선인들만 2등 국민으로 우대한다는 회유정책을 폈다.

일본은 계속하여 중국 본토까지 식민지로 만들려고 호시탐탐 기회를 노리고 있었다. 그러다가 어느 정도 전쟁 준비 목표를 달성하자 드디어 중·일 전쟁을 일으켰다. 일본은 중·일 전쟁에 소요되는 인적, 물적 자원을 조선에서 수탈하기 위한 사전작업으로 조선인들의 독립의지를 말살하고 조선인을 아예 일본국민으로 동화시켜 전쟁 도구로 이용하기 위해 악랄한 내선일체 정책을 시행했다. 그리고 이에 병행해서 군수 식량 자원을 조선식민지에서 수탈하기 위해 공출제도를 처음으로 시행했다.

일본이 중·일 전쟁을 치르는 중에 2차 세계대전이 일어났다. 전쟁 초기에 프랑스와 네덜란드가 독일에 패망하자 일본은 이들 두 나라의 식민지였던 베트남과 캄보디아, 인도네시아 등지를 점령했다. 일본은 이에 만족하지 않고 식민지를 더욱 확장하기 위해 영국의 식민지였던 말레이시아와 버마로 쳐들어갔다.

그러자 미국은 일본의 세력 확장을 막기 위해 일본에 대한 석유, 곡물, 철강, 고무 등의 전략물자 수출을 전면 금지했다. 그로 인해 일본은 전쟁물자뿐만 아니라 국민 생필품까지 부족하게 되어 일본 경제가 치명타를 입게 되었다. 이에 일본은 국민 경제활동과 전쟁 수행에 절대적으로 필요한 자원을 확보하기 위해 미국과도 전쟁을 일으킬 수밖에 없었다.

이제 일본은 중국뿐만 아니라 미국, 영국 등의 연합국을 상대로 전쟁을 치르게 되었다. 이로 인해 일본은 전장이 중국 본토와 인도차이나반도에서 태평양 일대에 이르기까지 광범위한 지역으로 확장되었다. 일본은 이제 미국으로부터의 전략자원 수입이 금지된 상황에서 중국뿐만 아니라 미국, 영국 등의 연합국을 상대로 2차 세계대전을 치러야 했기 때문에 더욱 막대한 전쟁물자가 필요하게 되었다.

이에 일본은 조선인을 군대뿐만 아니라 징용과 정신대로 동원하기 위해 내선일체 정책을 강화했고, 공출대상을 식량뿐만 아니라 온갖 전략물자로 확대하여 수탈해 갔다.

일본이 시행한 내선일체는 일본 천황폐하를 위해 조선인들의 충성심을 이용하려는 교묘하고도 악독한 음모가 숨겨져 있는 정책이었다. '내선일체' 정책은 조선인들을 일본인들과 동등한 국적과 지위를 보장해 준다는 감언이설로 회유하여 그들의 전쟁 도구로 이용하려는 기만술책이었다.

'내선일체內鮮一體'의 '내內'라 함은 일본의 해외식민지에 대한 일본 본토인 '내지內地'를 가리키는 말이다. 그리고 '선鮮'은 조선을 가리키는 말이다. 따라서 '내선일체'란 일본 '내지'의 첫 자와 조선의 '선' 자를 합성하여 일본과 조선은 원래 같은 나라이며 뿌리를 같이 하는 민족으로 일체一體라는 뜻이다. 일본은 이를 합리화하기 위해 내세운 허무맹랑한 주장이 '동조동근설同祖同根說'이다. 이것은 조선인과 일본인은 원래부터 조상의 뿌리가 같다는 황당한 주장이었다.

일본은 이러한 허위 주장을 합리화하기 위해 조선인 어용학자들을 동원하여 내선 동조동근론內鮮 同祖同根論을 지지하는 글을 써서 언론에 발표하도록 강요하였다. 그리고 조선인들을 이 사상으로 세뇌시키기 위해 그들의 조상이라는 아마테라스 오미카미天照大神의 신위를 조선인들의 가정마다 모셔놓고 우상으로 숭배하게 했다. 그뿐만 아니라 조선인들의 혈통까지 조작하기 위해 창씨개명을 강제로 시행하여 한민족의 혈통을 근원적으로 단절시키려고 했다.

그리고 각종 집회 때마다 조선인들에게 일본 천황에 충성을 맹세하는 구호를 제창하게 하고 신사참배神社參拜를 강요하면서 조선어 교육 및 사용을 금지했다. 이에 더하여 조선인들의 눈과 귀를 막고 언론을 통제하기 위해 동아일보와 조선일보 등 양대 조선민족 일간지와 여타 민족지를 강제 폐간시키고, 조선어로 된 출판물의 출간을 금하는 언론 탄압을 자행하였다.

결국 '내선일체' 사상의 핵심은 조선인들은 이제 일본인과 같은 황국신민皇國臣民이 되었으니 동양의 전통사상인 충효 정신으로 일본 천황에 대한 의무로서 몸과 마음을 바쳐 충성을 다해야 한다는 것이다.

일본은 이러한 내선일체 정책으로 조선인들의 일본 천황에 대한 충성심을 끌어내는 한편 조선인들의 철천지원수인 일본에 대한 민족저항 의식을 차단하려고 했다. 일본은 '내선일체' 정책의 시행으로 조선인에게도 일본인과 동등한 권리를 부여했다는 것을 생색내기 위해 조선인들의 고급관료 등용문을 열어주었다.

이리하여 조선인들도 고급관료를 뽑는 각종 채용 고시나 군 장교 양성기관인 사관학교와 교사 양성기관 등에 응시하는 자격을 얻게 되었다. 이것은 일본이 일부 조선인들에게 보여주기 식의 혜택을 부여하는 대신에 모든 조선인은 황국신민으로서 의무적으로 전쟁터에 나가 싸우고, 인적, 물적 자원조달에 앞장서기를 강요하기 위한 기만술이었다.

결국, 내선일체 정책의 본질은 일본이 조선인들에게 천황을 중국의 황제와 기독교의 하나님에 대응하는 절대자로 숭배하도록 하여 헌신적인 충성을 강요하려는 것이었다. 일본은 '내선일체' 정책으로 조선인들을 황국군에 자원입대하게 하여 자국에 충성하기 위해 목숨을 바칠 것을 강요했다. 그리고 일반인들은 징용으로 강제 동원하여 지하 탄광이나 군수 사업장 등의 위생시설도 갖추지 못한 열악한 환경의 작업장에 보내서 전쟁이 끝날 때까지 강제노동을 시켰다.

그뿐만 아니라 조선 여성들도 강제로 징집하여 일본 본토와 중국, 그리고 멀리 인도차이나반도와 태평양 일대의 섬에까지 보내서 낮에는 일본의 군수공장에서 탄약을 운반하거나 취사, 세탁 등의 노동을 시키고, 밤에는 병사들의 사기를 북돋우려고 위안부로 혹사시켰다.

일본에 의해 강제로 동원되지 않은 모든 조선인에게는 공출제도를 만들어 온갖 생필품을 전쟁물자로 강탈해 갔다. 원래부터 농사를 지으며 가난하게 살아오던 조선인들이 곡식과 쇠붙이 등의 온갖 생필품을 공출로 빼앗기게 되자 그들은 추위와 기아의 고통에 시달려서 죽지 못해 겨우 목숨을 연명해 가는 처지에 놓이게 되었다.

나는 일본이 식민지 쟁탈을 위해 일방적으로 원심력을 행사하여 일으킨 이러한 전쟁으로 우리 민족뿐만 아니라 동아시아인들에게 혹독한 고통과 시련을 안겨다 준 행위가 저주스러웠다. 국가나 인간의 집단 사고방식의 경향에 따라 인류가 공존 공영하느냐 아니면 전쟁으로 피아간에 수많은 인명과 재산을 잃고 불행의 나락으로 떨어지는지가 결정된다고 본다.

일본은 식민지 국민들을 황민화정책과 우상 교육으로 인간 정신을 통일하여 천황폐하에 충성하는 획일적인 집단사고를 조성하려고 했다. 그리고 이를 자국의 세력을 확장하는 탐욕의 도구로 악용하는 짓을 서슴지 않았다. 나는 일본이 이와 같이 선을 가장한 악행을 저질렀기 때문에 패망의 길을 걸을 수밖에 없다고 보았다.

나는 일제 말기 일본에 대한 고찰을 통하여 전 세계의 인류가 개방적인 차원으로 사고하여 사상이나 문화의 다양성을 인정하고 상생의 길을 찾기 위해 노력해야 공존 공영하는 평화로운 세계가 이루어질 수 있다는 희망을 가져보았다.

청명한식 ^{淸明寒食}

—

청명·한식을 기해 염치수는 집안사람들과 조상 산소를 손보기로 했다. 그는 산소에서 일할 일꾼들의 찬거리도 사고 가사에 필요한 물건을 사려고 황대성과 동네 사람들을 자기의 통통배에 태우고 하동장으로 갔다.

염치수는 우선 김 도매상점에 가서 김을 팔고 나서 일꾼들을 위한 반찬거리와 이것저것 생활에 필요한 물건을 샀다. 그런 뒤에 황대성을 만나 국밥집에서 점심을 먹었다. 황대성은 염치수에게 전에 했던 말을 또 꺼냈다.

"염 구장, 내가 자꾸 헌 말 또 허고 해서 미안허네만 우리 덕출이 말일세. 언제쯤 되면 덕출이헌티 해태조합에 들어갈 자리가 나겠능가?"

"글쎄, 내 아들놈이 늘 심을 쓰고 있기는 헌디… 그런디 조합에 들어오고 잡은 사람이 하도 많아서 곤란헌 거 겉다 쿠더마."

"그래, 그기 하늘의 별 따긴 줄은 아는디 무슨 수라도 좀 생각해 주게. 친구 좋은 기 먼가?"

염치수가 황대성의 말을 듣고 잠시 생각하다가 좋은 생각이 떠올랐다는 듯이 밝은 표정을 지으며 말했다.

"그러모, 이러모 어떻겠능가?"

"와, 무신 좋은 수가 있기는 있나?"

"시방 우리 동네에 노랑학교 나온 아들이 너무 많다 아이가?"

"그거는 그렇지."

"그런깨로 덕출이를 하동읍이나 진교에 있는 중학교에 보내는 기 어떨까 해서 말일세."

"뭐 중학교 나온다고 뾰족헌 수가 있겠나?"

"그래도 덕출이를 중학교에 보내서 졸업을 시키 보게. 그러고 나서 조합에 자리가 나모 그때 덕출이를 조합에 넣고로 해보자는 기지."

"그래서?"

"그리허모 중학교 나온 사람이 덕출이뿐인디 다린 사람들이 그 자리를 욕심 내겠능가?"

"그기 말이 되는 거 겉네. 내가 머 돈이 읎나? 살림이 읎나? 우리 덕출이를 중학교에 못 보낼 것도 읎지. 안 그런가?"

"그렇고말고, 그리 되모 덕출이가 조합에 못 들어가도 중학교를 나왔는디 다른디 또 존 자리가 안 생기겠능가?"

"그래, 거기 그럴 듯 허이. 그러모 그리 허기로 허세."

"그라고 이거는 내가 하동읍에 사는 사람들헌티 들은 이야길세. 아

글씨, 일본 사람들이 뭣이 급했는지 인제부텀 조선 사람들도 판검사로 뽑고, 장군 되는 사관학교 시험도 치고로 해 준다 쿠데.”

“판검사는 또 뭣이고, 무신 학교라 캤나? 그기 다 뭔디?”

“죄 진 사람 재판허는 사람 말일세. 그러고 일본군 별자리 장군 키우는 디가 사관학교라 카이.”

“그런디 그런 이야구는 내헌티 뭔다꼬 허는가?”

“시방 세상이 변허고 있다 이 말일세.”

“내사 마, 세상이사 변허든지 말든지 내허고는 상관없는 일일세.”

황대성은 친구가 별 이야기를 다 하고 있다고 생각했는지 무심코 술잔을 들어 꿀꺽꿀꺽 마셨다.

“내는 우리 준성이 밑에 손주들이 커서 공부 잘허모 꼭 판사로 꼭 만들어 볼 참일세. 판사가 안 되모 진주사범학교에 보내서 선생이라도 시켜볼 생각일세.”

염치수는 마음속으로 무슨 작심을 했는지 표정이 사뭇 진지했다.

“참, 자네는 꿈도 크네. 그러모 일본 사람들이 허는 일은 다 해 볼 참인가 배?”

“세상이 그리 변해 가는디 어쩌겠는가? 세상만사 흘러가는 대로 사는 기지. 뭐.”

“친구 자네는 참 비위도 좋네. 인제 좀 있이모 일본 사람 다 되겠데이.”

“내가 일본 사람이야 되겠나마는 세상 편헌 대로 살자는 기지. 그런디 황 구장, 오늘 자네허고 내허고 했던 이야구는 다른 사람들헌티는 허지 말게. 남들이 알아서 좋을 기 머 있겠능가?”

"그리 험세."

두 사람이 국밥집에서 점심을 먹고 막 일어서려는데 김유원과 정일석이 점심을 먹으러 들어왔다. 그러자 염치수가 김유원을 반기며 농을 걸었다.

"어이, 후배 구장, 오랜만일세."

"머시기 후배라고라? 무신 그리 섭헌 말을 헌당가?"

"자네가 내보담 뒤에 구장을 했잉께로 선배를 잘 모시라 이 말일세."

"김칫국부터 마시지 말랑께이. 자네가 내보다 생일이 늦은깨로 성님 대접헐 궁리나 잘해 보랑께."

"질고 짜린 거는 대 봐야 알 거 아이겠나? 그런디 친구가 요참에 통통배를 샀다매? 자네가 내보다 통통배를 늦게 샀싱께로 통통배 선장으로 쳐도 내가 대선밴기라. 알아 모시겄능가?"

"무신 구신 씻나락 까묵는 소리를 그리 허벌라게 헌당가? 잔소리 치우고 술이나 한잔해야 쓰것지라."

"술이야 이 선배가 얼매든지 사 주지? 아까 봉께로 광양상회서 짐[7] 팔러 가는 거 봤는디 짐 폴아서 마누래 줄 구리무[8]라도 사서 챙깄는가?"

"그런 거는 아이지라. 낼 모래 우리 집에 제사가 있어서 제물 좀 샀당께."

"자, 일석이 자네도 한 잔 허게. 바늘 가는 디 실 따라댕긴다 카더이 자네들 두 사람은 떨어져 댕기는 꼬라지를 몬 봤네."

---

7) 김
8) 크림

"사돈 남 말 허모 워쩔기여? 자네들도 마찬가지 아인기여?"

네 사람은 기분 좋게 술을 곁들여 점심을 먹고는 신기 나루터로 향했다. 사실 유원이 광양상회에 들른 것은 따로 볼일이 있어서였다. 유원은 김을 팔고 물건값을 치르면서 상회 주인이 남몰래 손에 쥐여주는 것이 있었다. 그가 뒷간에 가서 몰래 쪽지를 펼쳐 보니 구례로 김 팔러 갈 때 남의 눈을 피해서 혼자 한번 들르라는 내용이었다.

유원은 '아마 광양상회 주인이 김헌필에게 전할 무슨 비밀 정보가 있는가 보다' 하고 짐작하고는 쪽지를 찢어서 똘똘 뭉쳐 뒷간에 던져버렸다.

진영은 나고야에 있는 공업고등학교에 입학하기 위해 부관연락선을 타고 현해탄을 건넜다. 진영은 이참에 조선에 와서 고전보통학교에 다니던 사촌 동생 진명을 일본 작은아버지께 다시 데려다주기 위해 같이 배를 가고 갔다.

진영의 작은아버지는 몇 년 전에 아버지에게 편지를 써서 진명이가 고전보통학교에 다니면서 큰아버지 밑에서 조선말과 전통예절을 익히게 해달라고 부탁했던 일이 있었다. 이제 진명이 고전보통학교를 졸업하게 되어 진영이가 일본으로 가면서 같이 데려가게 된 것이다. 이번에 진영이 일본 나고야로 공부하러 가게 된 것은 진석이 형이 아버지를 간곡하게 설득하여 허락을 받았기 때문이다.

진석은 일본이 '내선일체' 정책을 시행하면서 조선인들에게도 고급 기술을 배우는 공업고등학교 입학을 허용했다는 사실을 알았다. 그는 서울에서 중학교를 마친 자기 동생을 정식 공업고등학교에 보내기 위해 일본 나고야의 동구 오소네조[9]이 있는 '나고야 이공과고등학교'에 입학시험을 치게 해서 합격시켰다.

진영은 형 진석이 나고야에서 공부할 때 부모 몰래 큰형이 어렵게 학비를 마련해 주었던 것과는 달리 아버지가 보내 주는 학비로 공부할 수 있게 되었다. 진영이 나고야에 왔을 때 작은아버지는 꽤 많은 돈을 벌어서 상당한 부자로 살고 있었다. 그래서 진영은 작은아버지의 도움을 받으면서 경제적 곤란을 겪지 않고 편안히 공부할 수가 있었다.

진영은 나고야에서의 학교생활이 즐거웠고 장래의 희망에 부풀어서 열심히 공부하였다. 그가 고등학교 수업을 받으면서 가장 재미있는 시간은 역사 시간이었다. 일본 역사 선생님은 일본인이면서 조선 역사에도 조예가 깊었다. 그는 일본 역사 시간인데도 조선 역사에 대해 자주 가르쳐 주었다. 그 선생님은 진영이 조선에서 학교 다닐 때 단 한 번도 들어보지 못했던 조선 역사에 관한 이야기도 많이 들려주었다. 그런데 일본 역사 선생님이 가르쳐 준 조선 역사에 관한 내용은 진영에게 큰 충격을 주었다.

'일본 문화는 본래 한반도를 통해 건너온 것이다. 그래서 원래 조선 문화는 일본 문화보다 앞서 있었다. 현재 일본이 무력이 강하다고 조선을 침략해서 식민지로 만들었지만, 이것은 역사의 흐름을 거스르는 일이다. 조선은 언젠가 독립하여 그들의 문화와 역사를 되찾게 될 것

---

9) 정

이다.'라고 하며 마치 자신이 조선 역사 선생님이나 된 것처럼 조선 역사를 자주 들려주었다. 진영은 마음속으로 일본 역사 선생님이 저렇게 조선 역사를 가르치다가 일본 경찰에 잡혀가지나 않을까 하는 걱정이 되기도 했다.

역사 선생님이 진영에게 더욱 재미나고 통쾌하게 들려준 이야기는 그가 실제로 조선인 행세를 했다는 경험담이었다. 일본인들이 조선인을 무시하는 이유는 조선 사람들에게서 야만인 같은 마늘 냄새가 난다는 것이었다. 그래서 일본 사람들은 조선인이 마늘 냄새가 난다는 말로 무시했다. 그래서 조선인들에게 '조센징, 닌니쿠 쿠사이다'라고 하며 대놓고 모욕을 줬다. 그런데 그 역사 선생님은 수업하다가 자기는 극장에 갔을 때 관객이 많아서 자리 잡기가 힘들면 아주 간단하게 자리 잡는 방법이 있다고 학생들에게 소개하기도 했다.

그는 극장에 들어가기 전에 미리 마늘 몇 조각을 가지고 간다고 했다. 그가 극장 안에 들어갔을 때 좌석이 없으면 극장 한가운데로 가서 마늘 몇 개를 입안에 깨물어 씹고 나서 사방을 둘러보며 마늘 냄새를 훅훅 풍긴다고 했다. 그러면 금세 옆에 있던 일본 사람들이 마늘 냄새를 피해 자리를 비우고 다른 데로 가버린다는 것이다. 그리하여 빈자리가 나면 아는 사람을 불러서 옆에 앉도록 한다는 것이다. 진영은 그 이야기가 너무 재미있었다. 그러나 일본 학생들은 그 이야기를 별로 탐탁지 않게 받아들이는 눈치였다.

진영은 그 역사 선생님의 영향으로 학습 동기를 유발하는 계기가 되었나. 신영은 그때까지 일본인들에 대한 열등의식과 일본제국에 대한 패배의식으로 공부에 소극적으로 임했기 때문에 성적이 별로 오르지 않았다. 그러나 역사 선생님으로부터 예전에는 조선문화가 일본보다 앞섰다는 충격적인 말을 듣고, 처음에는 그 말이 사실인지 반신반의했다. 그런데 일본 역사 선생님으로부터 조선의 역사와 문화에 관한 이야기를 자주 듣게 되고, 극장에 갔을 때의 마늘 이야기를 듣고 나서 그 진정성을 믿게 되었다.

진영은 비로소 생전 처음으로 조선인으로서의 자부심과 긍지를 가지게 되었다. 그때부터 그는 일본 학생들과의 경쟁에서 꼭 이겨야겠다는 의욕이 아버지의 한을 풀어 드려야겠다고 마음속에 품어온 꿈과 겹쳐 용솟음쳐 올랐다. 강한 학습 동기가 생기자 수업시간에 집중도 잘 되었고, 그의 타고난 명석한 두뇌로 열심히 공부하여 성적이 일취월장하였다. 그리하여 그는 '나고야 이공과고등학교'에서 조선인으로서 두각을 나타내기 시작했다.

몽환은 상처한 아들을 위해 서둘러 큰며느리를 새로 구하려고 노력하였다. 그러나 자기가 부자이긴 했으나 자식이 넷이나 딸린 홀아비 큰아들에게 혼처가 그리 쉽게 나타나지 않았다. 그래서 그는 큰아들 혼처를 구해 달라고 적량면 삼화실에 사는 누이에게 신신당부하였다.

몽환은 처녀 집안이 가난해도 괜찮으니 인물 따위는 가리지 말고 대농가의 농사일을 감당할 수 있을 정도의 체격을 갖춘 처녀를 구해보라고 사정했다. 다행히도 얼마 지나지 않아 삼화실 누이에게서 처녀를 구했다는 연락이 왔다.

누이가 사는 옆 마을의 웃실에서 홀어머니 밑에 2남 2녀가 살고 있는 집의 큰딸이라고 했다. 그 집의 아들들은 돈벌이하려고 만주와 김해로 떠나 집에 없고, 두 처녀가 홀어머니를 모시고 산다고 했다.

그런데 그 집 큰딸이 심성도 곱고 인물도 좋으며 체격이 큰 처녀인데 집안이 가난한 것이 흠이라고 하였다. 몽환은 재산 형편은 신경 쓸 필요도 없으니 그 처녀와 혼인이 성사되도록 주선해 달라고 서둘러 누이에게 연락했다.

그런 뒤에 몽환은 일사천리로 혼사를 밀어붙였다. 몽환은 의외로 일이 쉽게 술술 풀려 맏이가 새장가를 들게 되어 그런 다행이 없었다.

몽환은 새 며느리를 들인 뒤에 이전에 생각했던 일을 즉각 실행에 옮겼다. 그는 여자 식구들의 고생을 덜어 주기 위해 부엌 앞에 새로 우물을 팠다. 그런데 집이 워낙 높은 지대에 위치하고 있어서 한 달 넘게 깊이 파고들어서야 겨우 물이 솟아 나왔다. 그런데 그나마 겨울이 되어 가물 때는 물이 나오지 않았다.

몽환은 다시는 예전의 큰며느리에게 있었던 우환을 되풀이하지 않기 위해 안식구들을 위한 겨울 준비를 단단히 했다. 그는 우물에 물이 나오지 않을 때를 대비하여 미리 부엌에 커다란 독을 마련해 두었다. 여름에 사용하던 우물에 겨울이 되어 물이 나오지 않으면 머슴이 물장군으로 물을 길어다 채우게 했다.

그리하여 안식구들이 독에 채워둔 물로 부엌일을 하도록 했다. 이후부터는 여자들이 물을 긷거나 쌀을 씻기 위해 물동이를 이고 개울가의 우물로 가는 일이 다시는 없도록 하였다.

　입춘을 지난 이른 봄날 아침, 날씨는 꽤 쌀쌀했지만, 오늘따라 진석은 출근길이 즐겁고 기분이 들떠 있었다. 오늘은 일제가 조선을 강점한 이래 하동군청에 조선인 군수가 처음으로 부임하는 날이었기 때문이다.

　이번에 부임하는 이항녕 군수는 일본이 '내선일체' 정책으로 조선인에게 처음으로 응시자격을 부여하여 시행한 고등고시에서 사법·행정 양과를 우수한 성적으로 합격한 사람이다. 그는 이번에 조선인 최초로 지방행정기관장인 하동군수로 발령을 받고 취임하게 되었다. 하동군청에서는 아침부터 모든 직원들이 부산하게 움직였다. 새로 부임하는 군수에게 각 부서마다 보고할 업무정리와 취임식을 준비하느라 바빴던 것이다.

　정문 옆에 서 있는 벚꽃 나무는 겨울잠에서 깨어난 꽃망울이 촉촉

한 봄기운을 머금고 볼록하게 부풀어 올라 있었다. 하동군수의 도착 예정시각인 오후 한 시가 되자 모든 군청직원들이 군청 앞으로 나와 진입로의 양쪽에 잘 다듬어 가꾼 두 줄의 향나무 정원수 옆에 줄지어 늘어섰다.

하동 버스주차장에 나가 있던 직원에게서 군수님이 타고 오는 버스가 도착했다는 연락이 왔다. 시간이 조금 지난 뒤에 신임군수는 부군수의 영접 의전을 받으며 버스주차장에서 군청까지의 약 100m 정도 되는 거리를 인력거를 타고 와서 군청 진입로에 들어섰다.

그런데 군청 직원들이 인력거를 보고 모두 깜짝 놀라는 눈치였다. 인력거에 탄 군수의 모습이 잘 보이지 않았기 때문이다. 그 까닭은 군수가 인력거에서 내리는 모습을 보고서야 알게 되었다. 신임군수의 키가 너무 작았다.

진석은 '저렇게 키가 작은 분이 그렇게 어렵다는 고등고시의 양과에 합격했을까? 아마도 저분은 대단한 능력을 갖춘 사람이 아닐까?' 하는 생각이 들어 놀라움을 금치 못했다. 이항녕 신임군수가 부임하고 나서 공식적인 취임행사와 각 부서별 업무보고 등을 마쳤다. 그 과정에서 진석이 궁금한 것은 일본인 부군수와 각 부서의 일본인 과장들이 조선인 군수를 어떻게 대할까? 하는 점이었다.

그런데 진석이 염려했던 것과는 달리 일본인다운 교활함이 있어서 그런지 다들 예전의 일본인 군수를 대할 때와 별 차이가 없이 고분고분하게 대했다. 진석은 나와 한 핏줄인 조선인 군수인데도 일본인들에게 제대로 대우받는 것을 보고 남몰래 안도의 한숨을 내쉬었다.

이항녕 군수가 부임한 지 얼마 안 되어 일본인 마코토 하동경찰서장이 읍내에 있는 한 식당에 신임군수 부임을 축하하는 환영회 자리를 마련했다. 그런데 그곳에서 진석이 은연중에 염려하고 있던 일이 기어이 일어나고 말았다.

꽤 큰 식당에 마련된 환영회 자리에는 신임군수와 경찰서장 그리고 하동군청과 경찰서의 중견간부들과 각 읍면 기관장들이 동석한 가운데 신임군수 부임 환영회가 열렸다. 부군수의 양 기관장 소개에 이어 기관장 인사말이 끝나자 동석한 사람들이 걸게 차려놓은 요리상 주위에 둘러앉아 회식을 하기 시작했다. 하동군수와 경찰서장이 건배 제의를 하고, 양 기관 직원들이 술잔을 주고받으며 환영회 자리는 술기운과 함께 무르익어갔다.

양 기관의 간부들은 누가 먼저랄 것도 없이 군수와 경찰서장 앞으로 가서 직접 술잔을 올리며 예를 갖추었다. 그러던 중 이항녕 군수의 직속수하인 캔시 학무과장이 경찰서장 옆으로 가서 술잔을 올리려고 하자 일본인 서장이 본색을 드러냈다.

마코토 경찰서장은 조선총독부에서 조선인 군수를 감시하기 위해 군수가 부임하기 전에 천황폐하에 대한 충성심이 강한 일본인 서장으로 하동경찰서에 미리 발령해 둔 인물이었다. 그는 캔시 학무과장이 올리는 술잔을 받으며 은근히 뼈 있는 말을 건넸다.

"캔시 학무과장님, 요즘 학생들에게 황국신민교육을 철저히 잘 시키고 있으무네까?"

"예, 서장님! 아주 철저히 교육시키고 있으무네다."

경찰서장은 마치 캔시 학무과장이 자기 직속수하인 것처럼 지시하듯이 말했다. 그러면서 이항녕 군수의 폐부를 찌르는 말을 모든 직원들이 들으라는 듯이 큰 소리로 말했다.

"캔시 과장님."

"하이, 서장님."

"원래 말이오, 조센징들은 야만민족이라는 것을 잘 알고 있으무네까?"

그러자 캔시 학무과장은 이항녕 군수를 힐끗 쳐다보고는 말을 망설였다. 그러자 서장이 자기가 한 말을 재차 확인이라도 하려는 듯이 더 크게 말했다.

"캔시 과장, 조센징은 원래 야만민족이오. 만약에 조센징들의 역사나 문화가 있다면, 그것은 야만인들의 수준에 불과한 것이오. 또 그것은 다른 나라 역사나 문화와 비교할 가치조차 없는 것들이오."

"하이, 서장님."

"그리고 조센징들의 민족성은 만나면 툭하고 쌈박질을 일삼는 것이지요. 그런데도 우리의 인자하신 천황폐하께서는 이렇게 우매한 조선인을 내선일체 정신으로 품 안에 안아주고 은전을 베풀지 않았으무네까?"

"하이! 서장님."

"캔시 과장님은 조선 학생들이 이렇게 위대하신 천황폐하께서 베푸신 은혜에 대해 부모님 이상으로 감사하는 마음을 갖도록 교육해야 할 것이무네다."

"지당하신 말씀이무네다."

"그리하여 조선 학생들을 천황폐하께서 베푸신 은전에 보답하기 위해 혼신을 다해 충성심을 바치는 신민으로 기르도록 철저히 교육하도록 하십시오."

"하이! 마코토 서장님 말씀을 명심하겠스무네다."

마코토 서장은 켄시 학무과장을 자기 부하처럼 지시했다. 그는 또 이항녕 군수를 향해 일부러 동의를 구했다.

"노부하라 군수님! 내가 한 말이 틀렸으무네까?"

마코토 서장은 행정서열에서 자기보다 위인 조선인 군수에게 도발이라도 하려는 듯이 말끝에 더 힘을 주며 말했다. 이 군수는 여러 수하직원이 지켜보는 앞인지라 대답을 피할 수가 없었다.

"예, 서장님 말씀이 전적으로 맞는 말씀입니다. 그래서 우리 조선인들은 천황폐하의 하늘과 같은 은혜에 보답하기 위해 분골쇄신해야 한다고 생각합니다."

이 군수는 속으로는 울분이 부글부글 들끓었지만, 겉으로는 태연한척하며 확실하게 대답해 주었다.

"캔시 과장, 그런데도 우리 천황폐하께서 넓으신 도량으로 은전隱田을 베푸시어 내선일체 정책으로 조선인을 일본인과 똑같이 대우받도록 하지 않았으무네까? 이 점을 조선 학생들이 깊이 감사하는 마음을 가지도록 교육을 철저히 해야 할 것이무네다."

"예, 서장님! 서장님 말씀을 명심하여 시행토록 하겠으무네다."

캔시 과장은 서장을 마치 자기 직속상관을 대하듯이 깍듯이 예를 올리며 하명을 시행하겠다고 다짐했다. 마코토 서장은 캔시 학무과장이 자기 자리로 돌아가자 마치 신임군수를 크게 환영이라도 한다는 듯이 잔을 들고 큰 소리로 말했다.

"여러분, 다시 잔을 들어보시오. 존경하는 우리 노부하라 군수님은 얼마 전에 위대한 천황폐하의 하늘같이 넓으신 은전으로 조선인에게도 응시 기회를 베푼 고등고시에 합격하는 명예를 얻었스무네다. 더구나 이렇게 뛰어난 재능을 가진 노부하라 군수님이 영광스럽게도 우리 하동군에 군수발령을 받고 부임하셨으무네다. 모두들 진심으로 환영하는 뜻에서 다시 한 번 건배 제의를 합니다. 자, 다 같이 대일본 천황폐하께 충성을 위하고, 노부하라 군수님의 부임을 환영하는 뜻에서 간빠이."

모두들 마코토 서장의 건배 제의를 받아서 잔을 높이 들어 올리며 큰소리로 외쳤다.

"천황폐하를 위해 간빠이. 노부하라 군수님 환영을 위해 간빠이."

이항녕 군수는 마코토 서장의 뼈 있는 건배 제의를 받고 속으로는 몹시 기분이 상했으나 내색은 하지 않았다. 마코토 서장은 이후로도 기회 있을 때마다 이항녕 군수가 시행하는 군청 행정업무에 감 놔라 배 놔라 하면서 시시콜콜 간섭해 왔다. 심지어는 일본인 부군수와 모의하여 군청직원들의 업무 분장과 인사에까지 개입하려고 들었다.

이항녕 군수는 아무리 조선인 군수가 나라 없는 민족이라 할지라도 조선인으로서의 자존심이 이를 용납하지 않았다. 이항녕 군수는 경찰 서장과 이대로 지낼 수는 없다고 단단히 결심하고 그를 반격할 묘안을 궁리하기 시작했다.

그러던 중에 이 군수는 마코토 서장이 부산으로 출장 갔다는 소식을 듣게 되었다. 이 군수는 이번 기회에 혹시나 경찰서장에게 반격을 가할 건더기라도 건질 게 있지나 않을까 하여 일부러 조선인 직원인 김 서기를 대동하고 갑자기 경찰서장 관사를 방문했다. 김 서기가 서장 관사 대문의 초인종을 울리자 식모 아이가 나와서 대문을 열어주었다. 김 서기가 식모 아이에게 말했다.

"군수님이 방문했다고 서장님께 전해라."

그러자 식모의 전갈을 받고 서장 부인이 대신 게다를 신고 급히 밖으로 나오며 이 군수를 반갑게 맞이했다.

"오하이오 고자이마스, 군수님, 어서 오십시오."

그러자 이 군수는 능청스럽게 서장 부인에게 말을 건넸다.

"서장님이 나를 좀 보자고 해서 왔는데 지금 안에 계십니까?"

그 말을 듣고 서장 부인이 어찌할 바를 몰라 당황해서 언짢은 표정을 지으면서도 겉으로는 예를 갖추어 이 군수를 맞이했다.

"하이, 그랬으무네까? 그런데 어쩌지요. 서장님은 오늘 출장 가셔서 지금은 안 계시무네다."

"아, 예, 그렇습니까?"

"그렇지만 잠깐 안으로 드셔서 차 한 잔 드시고 가시지요."

"예, 그래도 괜찮겠습니까?"

"하이, 안으로 드시지요."

이 군수는 못 이기는 척하고 직원과 같이 서장 부인을 따라 관사 안으로 들어갔다. 이 군수가 현관 안으로 들어서서 보니 현관 오른쪽에 커다란 신발장이 놓여 있었다. 이 군수는 신발장 문을 열고는 일부러 자기 구두를 높은 곳에 올려놓으며 신발장 안을 유심히 살펴보았다. 그런데 이 군수는 이곳에서 경찰서장에게 결정적인 일격을 가할 수 있는 물증을 발견했다. 그것은 신발장 위쪽에 놓여 있는 흰 고무신이었다.

당시는 일본이 중국과 연합국을 상대로 2차 세계대전을 벌이고 있는 전시상황이었다. 일본 정부는 전쟁 수행에 필수적인 품목을 전략물자로 지정하여 민간인이나 공무원이 사사로이 소유할 수 없도록 엄하게 관리하고 있었다.

이 군수는 속으로 쾌재를 부르며 겉으로는 아무것도 못 본 척하고 거실로 들어갔다. 그는 직원과 같이 거실에서 간단히 차를 마시고는 바쁜 일이 있어서 돌아가야 한다고 둘러대고 곧바로 현관으로 나왔다. 이 군수가 신발장을 열고 위쪽에 놓여 있는 자기 구두를 꺼내며 아까 보아 두었던 흰 고무신을 보고는 갑자기 깜짝 놀랐다는 듯이 김 서기에게 큰 소리로 말했다.

"김 서기! 저기 보이는 저것이 고무신 아닌가요?"

그러자 김 서기가 본대로 대답했다.

"예, 흰 고무신이 맞십니더."

이 군수는 김 서기의 말을 듣고 나서 서장 부인을 향해 정중히 양해를 구했다.

"사모님, 죄송합니다만 지금은 우리 대일본제국이 연합국을 상대로 대동아 전쟁을 치르고 있는 비상 전시상황임을 잘 알고 계시지요."

"하이, 군수님."

서장 부인은 이 군수가 비상 전략물자인 고무신을 발견하고 질문하자 불안해서 어쩔 줄을 모르고 떨리는 목소리로 대답했다.

"그래서 개인이나 가정에서 전략물자인 고무신 같은 것을 가지고 있는 것이 발각되면 반드시 조사하게 되어 있습니다."

"하이, 알고 있으무네다."

이 군수는 서장 부인의 기어들어 가는 목소리로 대답하는 것에 아랑곳하지 않고 사무적인 어투로 말했다.

"미안하지만 우리 직원이 잠시 저 고무신을 가지고 가서 간단한 조사를 마친 뒤에 오늘 중으로 돌려드리도록 하겠습니다. 그러하니 저의 직원이 조사를 잘할 수 있도록 양해를 구합니다."

그리고는 서장 부인의 대답이 나오기도 전에 직원을 재촉했다.

"김 서기, 저 고무신을 잘 챙기시오. 그리고 오늘 중으로 조사를 마치고 꼭 돌려드리도록 하시오."

"하이, 군수님."

이 군수는 직원에게 고무신을 챙기도록 해서 현관 밖으로 나오며 서장 부인에게 작별인사를 하였다. 서장 부인은 얼굴빛이 붉으락푸르락하며 당황해하는 기색이 역력해 보였다. 하지만 그녀는 이 군수의 갑작스러운 행동을 미처 제지하지 못하고 엉겁결에 김 서기가 고무신을 가지고 가는 것에 동의하고 말았다.

"예, 군수님, 잘 알겠으무네다."

그리고 서장 부인은 이 군수를 따라 대문 밖까지 배웅하러 나왔다. 그녀는 억지로 속마음을 감추고 일본 여인 특유의 친절한 표정을 지으며 상냥한 말투로 인사했다.

"군수님, 다음에 또 여가가 나시면 들러 주시기 바라무네다."

그녀는 이 군수가 골목길을 돌아서 사라질 때까지 손을 흔들며 배웅을 하고 서 있었다.

이 군수는 일본 정부에서 전략물자를 공무원뿐만 아니라 민간인이 소지하거나 보관하는 것을 엄히 금하고 있었으며 이를 어길 경우 중벌로 다스리고 있다는 사실을 잘 알고 있었다.

이 군수는 이 점을 노리고 경찰서장의 허점을 찾기 위해 서장이 출장 갔을 때를 기다렸다가 일부러 핑계를 만들어서 서장 관사를 방문했던 것이다. 그는 혹시나 하는 심정으로 서장 관사를 급습했다가 의외로 소기의 목적을 달성할 수 있었다.

이 군수는 군청으로 돌아오면서 김 서기에게 단단히 일렀다. 오늘 있었던 일은 절대로 비밀로 할 것을 명했다. 만일에 이러한 소문이 퍼지기라도 하면 그것은 김 서기가 발설한 것으로 간주하고 전적으로 책임을 물어 용서치 않을 것이라고 엄포를 놓아두었다. 그리고 김 서기에게 고무신은 군청직원들이 아무도 모르게 군수실의 캐비닛에 넣어 두라고 지시했다.

며칠 뒤에 이항녕 군수는 마코토 서장이 출장을 마치고 돌아왔다는 소식을 전해 들었다. 그는 서장이 돌아온 다음 날, 경찰서장실로 일부러 직접 전화를 걸었다. 서장이 출장 다녀오느라 수고했는데 위로 겸

해서 단둘이서 점심을 같이하고 싶다고 은근히 제안했다. 그랬더니 마코토 서장이 군수의 성의에 고맙다고 '아리가또'를 연발하며 그의 제의를 쾌히 받아들였다.

다음 날, 두 사람은 군청 앞에 있는 조용한 식당에 앉아서 점심을 같이했다. 이 군수는 전날에 고무신을 가지고 온 말은 입 밖에 꺼내지도 않고 일부러 능청을 떨며 통상적인 업무 이야기만 했다.

불의에 뒤통수를 얻어맞은 마코토 경찰서장은 이 군수의 느긋한 태도에 더욱 안달이 나서 안절부절못하였다. 그는 예전과는 확 달라진 태도로 이 군수의 비위를 맞추느라 마치 수하직원이라도 된 것처럼 갖은 아양을 다 떨었다. 이 군수는 평상시처럼 태연하게 점심을 먹으면서 일상적인 대화를 하다가 헤어질 때가 되어서 경찰서장에게 점잖게 뼈 있는 말을 던졌다.

"마코토 서장님, 우리 두 사람은 하동군을 대표하는 지방행정 기관장이 아니겠습니까?"

"하이, 그렇쓰무네다."

"그러니 우리 두 사람이 힘을 합쳐서 하동군 행정과 치안업무를 잘 수행하여 천황폐하께 충성을 다하도록 합시다."

"하이, 군수님!"

"그리해서 하동군민들이 대일본제국 천황폐하께서 베푸신 은혜에 감사하도록 하기 위해서도 우리 두 사람이 잘 협조하고 솔선수범해야 하지 않겠습니까?"

"하이, 군수님의 말씀이 정말 지당하시무네다. 우리는 다 같은 황국신민이니 당연히 서로 잘 협조해야 하지 않겠으무네까?"

"서장님, 앞으로 잘 부탁합니다."

"하이, 존경하는 군수님! 오늘 이 자리를 마련해 주셔서 너무 감사하무네. 아리가또, 아리가또 고자이마스."

마코토 서장은 식당에서 이 군수와 헤어질 때도 부동자세를 취한 뒤에 깍듯이 인사하며 친절을 다했다. 이 군수는 식당에서 군청으로 돌아온 뒤에도 마코토 서장에게 고무신에 대해서는 일언반구 하지 않았고, 고무신도 돌려주지 않았다. 그리고 그가 창녕 군수로 발령이 나서 하동군청을 떠날 때까지도 그 고무신은 마코토 서장에게 돌려주지 않았다.

설날이 지난 지 며칠이 안 되어 몽환의 집에 청암에 사는 당질인 진덕이 세배하러 왔다. 몽환의 작은아버지가 돌아가신 뒤로는 명절이 되면 몽환이 청암으로 세배를 가는 대신 청암의 진덕 조카가 지소로 세배하러 왔다.

"먼 길 오니라 고생했네. 날씨도 춥운디 어서 들어오게."

"아재, 세배 받으이소."

진덕은 몽환의 식구들과 세배를 나누고 나서 사촌 동생을 찾았다.

"진송이 동숭은 어디 갔십니꺼?"

"가는 맨날 태평세월일세. 글 읽는 기 그리 싫은지 원."

"제가 괜한 걸 물어봤네요."

몽환은 큰손자를 방깨에 사는 삼현 선생에게 보내서 우리 집에 손님이 와 있으니 여가가 나면 들르라고 전갈했다. 저녁때쯤이 되어서 삼현 선생은 한 사람의 손님을 대동하고 몽환의 집으로 왔다. 삼현 선생은 손님을 몽환에게 소개하고 다른 사람들과도 인사를 나누었다.

"회정 선생, 이 집 주인은 내허고 친형제처럼 지내는 절친헌 사람일세. 그라고 동숭, 이 사람은 곤양 무구동에 사는 대 선비이신 회정 선생인디 서로 인사들 허시게."

"저는 강몽환이라고 헙니다. 그런디 제는 선생님을 전에 한 번 본 적이 있어서 구면인 거 겉십니다. 만내서 정말 반갑십니다. 여거 이 사람은 청암에서 온 제 당질입니다."

몽환이 청암의 진덕 조카를 소개했다.

"회정 선생님, 안녕허십니꺼? 제는 청암에 사는 강진덕이라고 헙니다."

"아, 예, 저는 무구동에 사는 김호곤이라고 헙니다. 아까는 삼현 성님이 너무 과찬을 허신 기고 실은 별 볼 일 없는 사람입니다. 그런디 이사람은 우송 선생의 자제분이 아니신가?"

"예, 회정 선생님께서 저를 알아봐 주시서 감사헙니다. 오래간만에 뵙게 되었십니다."

회정 선생이 진덕을 안다는 말을 듣고 삼현 선생이 놀라는 표정을 지으며 말했다.

"허허, 그라고 봉께로 이 사람들이 이미 다 아는 사이였구만… 내는 우송 선생은 소문으로만 들어서 아는 정돈디 회정은 다 아는 사이든 가 배."

그 말에 진덕이 허리를 굽히며 정중하게 대답했다.

"예, 맞십니더. 제가 어리서 새실 살 적에 회정 선생님을 뵌 적이 있십니더. 그라고 삼현 선생님, 만나 봬서 반갑십니더. 삼현 선생님은 우리 아재 낯을 봐서 앞으로는 제를 조캐처럼 맨맨허이 대해 주이소."

그러자 삼현 선생이 너털웃음을 웃으며 반갑게 대해 주었다.

"허-허, 그래도 되겠능가? 그러모 그리 허지 머. 죽은 사람 소원도 들어주는디 산 사람 소원이야 못 들어주겠능가?"

모두들 삼현 선생의 말을 듣고 한바탕 웃었다. 몽환은 자기의 관례 때에 자를 지은 내력에 대해 말했다.

"실은 제가 관례를 올릴 적에 선생님 부친께서 새실에 있는 우리 집에 오시서 제 자를 '사형'으로 지 주싰지요. 그때 같이 오시지 않았십니꺼? 그런 고마운 분의 자제이신 선비님을 이 누추헌 집에서 맞이허게 된께로 이런 경사가 어디 있겠십니꺼?"

"아! 그러셨네요. 그러고 과찬의 말씀입니더."

이어서 회정 선생이 궁금한 것이 있다는 듯이 물었다.

"그런디 삼현 선생님, 예전에 사형헌티 큰 송사가 있었다는 소문을 들은 거 겉은디요?"

그 말에 삼현 선생이 웃으며 화답했다.

"말도 마시게. 전에 내가 회정 선생헌티 이야기 안 허던가 배. 세상에 뺨 한 대에 나락이 백 사십 섬이라. 조선 천지에는 별로 없었던 희안헌 송사였네."

"그런디 그때 소문으로는 범새 홍 씨 편에 서서 위증을 서서 사형이 벌금형을 받는데 결정적인 역할을 했던 사람들이 이 동네에 같이 산다던디요?"

"그렇다닝깨로, 그런디 이 동숭이 재판에 진 기 전화위복이 돼서 구례 김 개묵이가 고전면에 있는 자기 논 관리를 동숭헌티 다 넘겼다 아인가 배."

"아이구, 오히려 잘 뎄네요."

"그렇재, 그리 된깨로 이 동네 삼시로 위증했던 사람들 처지가 어찌 되겠능가? 그래도 이 동숭은 그 사람들을 다 용서허고 그들이 그 전에 짓던 소작논을 그대로 배정했다네. 그리해서 그들이 전에맨키로 다 농사 잘 짓고 살고로 인심을 베푼 기지."

"사형의 그 넓은 도량이 참 대단헙니더."

"무신 그런 말씀을 다 허십니꺼? 그것은 우리 조부님이 늘 가르치신 적선여경 허라는 뜻을 따른 것뿐이지요."

"또 그뿐이 아닐세. 이 집 사립문에는 삼동부터 봄꺼정 동냥 얻을라꼬 오는 거지가 하루에도 이삼십 명씩이나 된다네."

"적선을 실천허는 기 쉬운 일은 아인디. 사형은 참 좋은 일을 허십니더. 한 번이라도 인심을 쌓으모 덕이 돌아오지 않겠십니꺼?"

회정 선생의 말에 진덕이 동감을 표했다.

"아재는 효제孝悌를 예의 근본으로 알고 우리 아부지꺼정 친부모처럼 섬기싰지요. 그래서 제가 그 은혜를 쪼깸이라도 갚을라고 여기꺼지 세배허로 온 거 아입니꺼?"

"예, 친척끼리 우애 있게 지내는 참 좋은 집안입니더."

회정 선생이 고개를 끄덕이며 칭찬하였다. 삼현 선생이 세상 돌아가는 것이 걱정스럽다는 듯이 화제를 돌렸다.

"헌디, 요새 일본이 또 전쟁을 일바씬 모양이재?"

그 말에 진덕이 조선인들의 처지를 걱정하며 말했다.

"일본 사람들이 중국의 만주 땅을 차지허더니만, 그것도 모지래서 기어코 중·일 전쟁을 일바씼다지요? 고래 싸움에 새우 등 터진다고 우리 조선 사람들만 피해를 입을 낀디 앞날이 걱정시럽십니더."

회정 선생도 한숨을 내쉬며 전쟁 걱정을 했다.

"그뿐마이 아이고 일본이 서양에 있는 독일과 이태리라는 나라와 군사 동맹을 맺고 미국과도 전쟁을 일바씼다는디 첩첩산중이네요."

"일본이 우리 동양의 교린과 상생의 전통은 내버리고 서양의 약육강식弱肉强食의 논리를 받아들인 기 문제지요."

진덕이 서양전통을 비판하며 말했다.

"그 말에 일리가 있네. 현재 일본 군국주의 지도자들이 화이부동의 오묘한 진리를 언제나 깨칠는지."

삼현 선생이 걱정스레 말했다. 뒤이어 회정 선생이 사대의 예를 설명했다.

"국제간에는 언제나 대국과 소국이 존재하는 법이지요. 국제간에 선린의 도를 지키기 위해 맹자님이 허신 말씀에 '유인자 위능이대사소惟仁者 爲能以大事小 유지자 위능이소사대惟智者 爲能以小事大'라 허지 않았십니꺼?"

진덕이 삼현 선생의 말을 거들었다.

"맹자님이 제나라 선왕과의 대화에 나오는 구절이지요."

회정 선생이 자기 의견을 말했다.

"이 말은 음양의 이치와 같이 상대적으로 존재헐 수밖에 읎는 대국은 인덕으로 소국을 보살피고 소국은 자기 나라 백성을 지키기 위해 대국을 예로 섬겨서 공존 교린해야 펭화롭고로 상생헐 수 있다는 거 아이겄습니까?"

진덕이 회정 선생의 말에 동감하며 말했다.

"예, 지도 같은 생각입니다. 그라고 우리 세종대왕께서는 대국인 명나라에 사대했지요. 그럼시로 한편으로는 대마도의 왜구를 징벌한 뒤에 부산포와 내이포, 염포에 왜관을 설치헌 뒤에 왜인들에게 무역을 개방허고 살길을 열어주어 사소의 외교도 펼쳤지요."

삼현 선생도 세종대왕의 업적을 칭송했다.

"맞는 말일세. 그라고 세종대왕은 사대의 외교를 펼칠 수 있는 근본적인 힘이 곧 국력임을 아시고, 사대와 아울러 자강정책을 펴서 압록강과 두만강 유역의 여진족을 물리치고 4군 6진을 개척허지 않았던가?"

"그런디 그때 최윤덕 장군은 일만여 명의 대군을 이끌고 압록강유역의 4군을 개척험시로 적군인 여진족을 몇십 명뿐이 안 직있다는 기록을 본 거 겉은디요."

진덕이 우리 역사서를 읽은 내용을 말하자 삼현 선생이 설명을 덧붙였다.

"세종대왕은 적군과 싸울 때도 강한 군사력으로 적을 물리치려고 함부로 인명을 살상하는 것을 가급적 삼가도록 해서 적국 백성들의 민심도 잘 보살폈재."

"스승님, 삼국지에 보모 제갈공명이 남만을 정벌허고 나서 비록 적군이지만 전쟁에 희생된 군사들의 위령제를 지내준 대목이 나오지요."

진송이가 또 삼국지 읽은 내용을 말했다.

"그렇지, 우리 세종대왕도 적군의 목숨이라고 함부로 다루지는 안 했재. 세종대왕은 기소불욕己所不欲의 정신으로 적군의 입장을 이해허시고 물시어인勿施於人을 실천해서 중용의 정신을 잘 살리신 분이재"

"그래서 성군이라 허는 기지요. 아무리 적군이라 해도 힘으로 제압허모 겉으로는 복종하지만 언젠가는 복수헐라고 다시 전쟁을 일으키기 마련이지요. 세종대왕은 이를 경계해서 이웃 나라와 교린을 지키려고 노력허싰지요."

회정 선생의 말에 삼현 선생이 동의하면서 유학의 이상세계에 대해 말했다.

"맞는 말일세. 세종대왕이 이렇게 해서 이룬 태평성대가 그 뒤로 이백 년이나 지속됐지. 그때 우리 조상들은 긴 세월 동안 태평성대를 누렸다고 보네."

"그렇지요. 세종대왕은 부국강병을 해서 유학의 이상인 태평성대를 이루신 분이라 봅니더."

이번에는 삼현 선생이 삼국지 이야기를 꺼냈다.

"그런디 중국 소설 삼국지에 보면 위, 오, 촉이 전쟁을 헐 적마다 죽는 놈은 조조 군사라 안 쿠던가?"

"예, 제도 삼국지를 읽어 봤는디 조조 군사가 마이 죽었지요."

진송이가 삼현 선생의 말을 거들었다.

"그래, 내 제자도 삼국지를 읽어 봤구나. 그때 어디 조조 군사만 죽었겄능가? 오나라와 촉나라 군사들이라고 희생자가 읎었겄나 이 말일세. 그래서 전쟁이 일어나모 수많은 사람들 목숨이 희생당허고 민생이 도탄에 빠지고 마는 기재."

삼현 선생이 평화가 깨지면 민생이 도탄에 빠진다는 것을 설명했다.

"그래도 조조가 죽은 뒤에 사마염이 세운 진晉나라가 삼국을 통일허지 않았십니꺼?"

진덕이 진나라의 통일을 이야기하자 회정 선생이 태평성대의 중요성을 강조했다.

"그러나 진나라가 통일하는 과정에서 군사력도 약해진 데다가 외세를 끌어들이는 바람에 통일제국을 지탱헐 수 없을 지경이 되고 말았재. 그 땜새 진晉나라는 또 5호 16국으로 분열해서 약 3~4백 년 동안이나 전쟁에 휘말리는 바람에 그 당시 중국 인구가 십 분의 일로 줄었다고 주장허는 사학자도 있다는군."

"옳으신 말씀이네. 군웅이 할거하면 세상은 혼란해지고 그 희생은 고스란히 백성들 몫이 돼서 난세가 되고 마는 기재. 그래서 중국 속담에 전쟁 중에 하루를 사는 것보다 폭군 밑에서 백 년을 사는 것이 낫다고 허지 않는가?"

삼현 선생이 전쟁의 참담한 실상을 설명했다. 뒤이어 회정 선생이 세계평화에 대한 유학 정신을 말했다.

"모두가 화이부동해서 대동 세상을 맨드는 기 유학의 이상세계가 아이겠십니꺼?"

"맞는 말일세, 그런디도 요새 사람들은 유학의 고귀헌 정신은 내팽

개치고 유학 땜에 우리나라가 망했다고 험시로 유학을 외면허는 기 한심헌 일이재."

삼현 선생이 훈장으로서의 유학을 배우는 후학이 사라져 가는 현실을 한탄하였다. 그때까지 잠자코 다른 사람들의 이야기를 듣고만 있던 몽환이 회정 선생의 고견에 대한 감사의 인사를 올렸다.

"회정 선생님의 고견을 듣고 보니 참말로 배울 점이 참 많은 거 겉십니더. 그런디 보잘 것도 없는 저의 집에 오시서 훌륭헌 말씀을 들리 주시닝깨 너무 감사헙니더."

그러자 삼현 선생도 동감을 표했다.

"동숭, 내도 동감일세. 회정 선생의 학식이야 사천서는 제일이재. 과연 명불허전일세."

"참 내, 삼현 선생님, 너무 과찬을 허시서 낯이 간지럽네요."

진덕이가 걱정스러운 표정을 하며 화제를 바꾸었다.

"삼현 선생님 말씀대로 젊은이들이 유학을 경시허는 것도 문제지만 그보다 인제 우리 조선인들이 해방될 희망도 읎이 일본인들헌티 당헐 시련이 더 걱정되는디요?"

"청암 선비 말이 맞는 말일세. 그러나 역사란 늘 흥망성쇠가 있는 법이지. 언젠가는 쥐구멍에도 볕 들 날이 안 오겠능가?"

회정 선생이 실낱같은 희망도 버리지 말자는 듯이 두 눈을 지그시 감으며 말했다. 그러자 몽환이 한숨을 쉬며 삼현 선생을 보고 말했다.

"성님, 그런 날이 오기나 허겠십니꺼? 내는 배드리장에 갈 때마다 왜놈 경찰 낯빤대이 안 보는 기 소원입니더."

"또, 전에 낸 벌금 땜에 그러재? 자네 심정을 알만도 허이."

일행은 호롱불을 켜고 술상 주위에 둘러앉아 밤늦게까지 세상 돌아가는 이야기를 나누었다. 몽환은 회정 선생의 이야기를 들으면서 마음속으로 존경심이 더해 갔다. 저분은 앞으로 나와 우리 집안 자손들의 교육을 위해서라도 깊이 사귀어야 할 분이라고 생각했다.

다음 날, 몽환은 아침을 먹고 나서 회정 선생에게 한 가지 청을 했다.

"회정 선생님, 모처럼 저의 집에 오신 짐에 한 가지 청을 드려도 데겠십니꺼?"

"예, 어려워 마시고 말씀허시지요."

"농사뿌이 모리고 사는 저와 우리 식구들을 위해 교훈이 될만헌 말씀 한 가지만 해 주시면 정말 감사허겠십니더."

"허, 참, 내가 무신 대단헌 사람이라고. 여기 훌륭헌 우송 선생의 자제분도 있는 자린디."

"그래도 한 말씀 남겨 주시기를 부택이 디립니더."

몽환의 간곡한 부탁에 회정 선생은 잠시 생각하다가 자기 의견을 내놓았다.

"마음에 드실지 모리겠십니다만 사형께서 농사짓는 디는 신농이라는 말을 들었십니더 그렁께로 농사뿌이 아이고 모든 일에 관한 권언을 말씀드려 보겠십니더. '농사農事 유비예有備豫' 즉 농사는 미리 준비가 있는 것이 으뜸이라는 뜻이지요. 그리고 가족들에게는 모든 가사에 '미리 예'자 주장하라고 허는 '가사家事 유비예有備豫'가 어떨까 싶습니다만⋯."

그러자 삼현 선생이 칭찬을 아끼지 않았다.

"회정 선생, 그 참 좋은 가훈일세. 동숭헌티는 '농사農事 유비예有備豫'라 캐도 잘 어울릴 거 겉네."

"두 분께서 좋은 명언을 지 주시서 뭐라꼬 감사드려야 헐지 모리겄십니더. 회정 선생께서 지어 주신 '가사家事 유비예有備豫'를 우리 집 가훈으로 삼아 온 식구가 잘 새기서 지키도록 허겠십니더. 다시 한 번 감사 디립니더."

몽환의 말을 듣고 삼현 선생이 농담했다.

"회정 선생, 그러코롬 좋은 가훈을 사형헌티만 지어 줄 낀가? 동숭 밥값이 비싸긴 비싼 모양일세. 허허. 덕담으로 허는 소릴세."

몽환은 회정 선생에게 감사하고 또 감사를 드렸다. 그리고 방깨 삼현 선생한테 들릴 일이 있으면 꼭 자기 집에도 자주 들러 주시기를 신신당부하였다.

몽환은 새 며느리도 맞이하고 또 손주들도 무럭무럭 잘 자라 고전보통학교에 다니게 되었다. 그는 항상 근검절약하면서 자식이나 손주들의 가정교육에 힘썼다. 그는 손주들이 학교에 다니면서 학비를 달라고 하면 자기가 아들들에게 했던 것과 마찬가지로 그 돈이 마련되기까지의 전 과정을 설명하도록 한 뒤에 돈을 주었다.

"너힉들이 커서 아무리 춤세허고 돈을 마이 벌어도 농사 안 짓고는 물 기 안 나오는 기다. 농사뿌이 아이고 모든 일에는 회정 선생이 '미리 예자 주장허라'는 '가사家事 유비예有備豫'의 가르침을 잊지 말거라."

하면서 돈을 주고 나서는 입버릇처럼 회정 선생이 지어 준 가훈을 실천하도록 다짐을 받았다.

그리고 손주들의 용돈 관리도 철저히 하였다. 자기 손자들이 부자라고 해서 다른 집 아이들보다 용돈을 더 주지는 않았다. 용돈을 주는 날은 일 년에 서너 번으로 정해서 주었다. 그것은 설, 추석 명절과 학교에서 봄가을 소풍을 갈 때뿐이었다. 용돈도 많이 주지 않았다. 한 사람당 겨우 사탕 하나 사 먹을 정도밖에 주지 않았다. 손주들은 용돈이 너무 적어서 불만이었지만 할아버지가 하도 엄해서 누구 하나 불만을 토로하지는 못했다.

몽환은 오늘도 부엌에서 며느리와 안식구들이 식사 준비를 하고 있을 때 사랑방 문을 열고 부엌을 향해 큰 소리로 일렀다.

"야들아, 머슴 밥에 쌀 더 마이 섞고 반찬 한 개라도 더 챙기라이."

"예, 알겠심니더. 꼴때미야,10) 상 가 가라."

뒤이어 손주들이 부엌에서 밥상을 들고 큰방으로 들어와서 차례대로 빙 둘러 차려놓았다. 큰손주가 사랑방 앞으로 가서 할아버지를 불렀다.

"할아부지, 진지 잡수러 오시지예."

몽환은 식구들이 둘러앉아 밥을 먹을 때 여느 때와 마찬가지로 밥상머리 교육을 하였다. 오늘은 효제에 관한 이야기를 하였다.

---

10) 꼴머슴 또는 애머슴

"우리 조선 사람의 예의 근본은 효제고 부모님께 효를 다 허는 것은 천륜이니라. 그래서 날 낳아주시고 길러 주신 부모 은혜를 잊으모 안 된다. 알겠나?"

"예."

식구들이 다 같이 대답했다.

"이거는 쌀 찧는 디딜방아 허고 이치가 비슷헌 기라. 디딜방아가 쌀 찧을 적에 한쪽이 올라가모 한쪽은 내리가재. 부모 자식도 그와 같아서 부모가 능력이 있을 때 자식을 키와 주고, 부모가 늙으모 자식이 그 은혜를 갚기 위해 봉양해야 허는 기니라. 그래야 가정이 화목해지는 기다."

온 가족들은 할아버지가 말할 때는 조용히 경청하며 밥을 먹었다. 간간이 기침 소리와 함께 수저 소리만 들렸다.

"그리고 형제간에는 우애가 중요허니라. 부모 관계는 의복과 같은 기고, 형제는 수족과 같은 기라. 부모를 잃으모 새 옷으로 갈아입으모 되지만 형제를 잃으모 수족을 잃은 거맨키로 다시는 도로 찾을 수가 없는 것잉께로 우애가 그리 중요헌 기다. 잘 알겠나?"

"예, 잘 알겠십니더."

"그리고 동네 어른들 만내모 만낼 적마다 공손히 인사드리거래이."

"예-."

봉환이가 큰며느리를 잃고 난 뒤에 집에 찾아오는 거지들을 후하게 대하고 난 뒤로 거지들 사이에 소문이 퍼지면서 거지들 수는 자꾸만 늘어났다. 거지들이 가을걷이가 끝날 무렵부터 봄까지 매일같이 하루에도 이삼십 명이 찾아들었다. 거지들에게 주는 쌀의 양을 일 년으로 쳐서 따지자면 네댓 섬은 넘을 정도였다.

손주들은 할아버지가 거지들에게는 인심을 쓰면서 자기들의 용돈은 거지들에게 주는 쌀값보다 적은 것이 불만이었다. 그런데도 몽환은 손주들의 불만에는 아랑곳하지 않았다. 그는 식구들이 밥을 다 먹은 뒤에는 반드시 밥그릇에 물을 부어서 밥알 하나 남기지 않고 다 쓸어 먹게 했다. 그리하여 절약 정신이 몸에 배도록 교육했다.

지소 건너 들에 곡식이 누렇게 익어갈 무렵 몽환은 하동장에 가서 커다란 문어 한 마리를 사 가지고 왔다. 그것을 잘 말려서 가을걷이 후 구례 김 주사에게 가서 소작료 계산을 할 때 줄 선물로 쓰기 위해서였다.

그런데 문어가 쫄깃쫄깃 말라갈 무렵 몽환은 문어를 살피다가 깜짝 놀랐다. 문어의 제일 긴 다리 하나가 떨어져 나가고 없었던 것이다. 몽환은 이것은 틀림없이 자기 아들이나 손주들이 몰래 뜯어 먹었을 것으로 짐작했다.

몽환은 이 사실을 아무에게도 말하지 않고 저녁때가 되기를 기다렸다. 몽환은 저녁때 식구들이 안방에 차려진 밥상머리에 다 모이자 문어 다리가 없어진 연유를 캐물었다. 그는 먼저 손주들부터 다그치기 시작했다. 아무리 엄하게 꾸짖고, 어르고 달랬으나 누구 하나 자백하지 않았다.

몽환은 몹시 화가 났다. 그러나 아이들을 윽박지른다고 될 일이 아니었다. 몽환은 온 식구들과 밥을 먹으면서 엄하게 타일렀다.

"사람 몸과 마음뿐이 아이고 온 세상은 다 기氣로 차 있는 기니라. 이 기는 마음속에 생기기도 허고 흩어지기도 허는 마음의 씨앗과 같은 거다. 내가 오늘 너희들헌티 허고 잡은 말은 사람이 한 번 마음속에 나쁜 기운을 품으면 그 사람이 반성허거나 마음을 고쳐 묵지 않을 때꺼지는 절대로 안 없어지고 꼭 남아서 해코지를 헌다는 기다."

식구들은 아무 말 없이 밥을 먹으면서 할아버지의 이야기를 듣고 있었다.

"사람이 깜깜헌 방에서 이불을 뒤집어쓰고 아무도 모리고로 나쁜 마음을 먹으면 남이 그걸 모른다고 내 마음속에서 사라지는 기 아이다 이 말이다. 알겄나?"

"예, 할아부지 잘 알겄십니더."

큰손자 현식이 눈치껏 대답했다.

"문어 꼬랑대이를 누가 묵는지 내도 모리겄다마는 그걸 묵은 사람은 시방 말 안 해도 된다. 그런다고 그냥 묻혀 넘어가는 기 아이니라. 그 나쁜 기는 제 맴 속에 딱 붙어 있다가 언젠가 행동으로 나타나 화를 입게 되는 기다. 그러닌깨로 스스로 크게 반성해야 나쁜 기를 떼 내고 화를 면허기 되는 기다. 모도 알아 들었나?"

"예."

"그러고 오늘 내가 헌 말을 온 식구들이 꼭 명심허고로 해라."

"예, 잘 알겄십니더."

몽환은 하는 수 없이 다시 하동장에 가서 문어를 사다 말리는 수밖에 없었다.

이항녕 군수가 하동에 부임한 그해 가을에 부산에 있는 경상남도 도청에서는 시장·군수 연석회의가 열렸다. 도청에서 각 시군별로 쌀 공출 목표량을 배정하기 위해서였다. 이 군수는 전날 부산에 출장 와서 도청 근처의 여관에서 일박했다. 다음날 이 군수는 필요한 서류봉투를 들고 도청으로 갔다. 도청 회의실에는 이미 경상남도의 각 시·군 시장과 군수들이 와서 회의 시간이 되기를 기다리고 있었다. 하동군수를 제외하고는 모두가 일본인 기관장들이었다.

잠시 후에 시장·군수회의가 열렸다. 기관장 인사말이 끝난 뒤에 도청의 공출 업무담당자인 산업 계장이 단상 위로 올라왔다. 그는 시장·군수들에게 현재 대일본제국이 치르고 있는 중·일 전쟁 현황과 천황폐하의 군대인 황국군의 승리를 위해 공출의 필요성을 장황하게 설명했다. 그리고 각 시장·군수들이 공출정책에 적극적으로 호응하여 소기의 목적을 달성해야 한다고 강조했다.

그는 단상에서 내려와 업무용 책상 앞에 앉아서 공출 관계 서류를 보면서 시군별로 공출 할당량을 배정하는 작업에 들어갔다. 먼저 경상남도에서 쌀 경작면적이 가장 넓은 김해군수가 불려 나갔다. 산업 계장이 김해군수에게 물었다.

"김해군에서는 공출 목표량을 얼마로 정해 오셨습니까?"

그러자 김해군수는 미리 준비해 온 경지면적과 인구 등의 관련 통계자료를 제출하며 공출 목표량을 보고했다.

"우리 김해군에서는 최대한으로 계산해서 약 삼만 석을 목표량으로 정했습니다."

그러자 산업 계장이 어림도 없다는 표정을 지으며 단호하게 잘라 말했다.

"뭐요? 삼만 석? 김해군수는 대일본 천황폐하께 충성심이 그 정도밖에 안 된단 말이오? 아니면 지금 대일본제국이 거대한 중국을 상대로 전쟁을 치르느라 고군분투하고 있는 현실을 잘 모르고 하는 말이오?"

"예! 잘 알고 있습니다. 천황폐하를 위해 몸과 마음을 바쳐 충성을 다하고 있습니다."

"그러면서 공출량을 겨우 삼만 석으로 정했소? 삼만 석으로는 어림도 없소. 김해군 공출 목표량을 육만 석으로 정하겠소. 그리 알고 돌아가서 천황폐하에 대한 지극한 충성심으로 공출 목표량 달성을 위해 최선을 다하시오."

산업 계장이 김해군수에게 반강제로 공출 목표량을 정해주었다. 그러나 김해군수는 자신의 천황폐하에 대한 충성심을 의심받을 것이 두려워 어쩔 수 없이 산업 계장이 정해 준 공출 할당량을 수용하는 수밖에 없었다.

"다음은 밀양군수 나오시오."

"밀양군은 공출 목표량을 얼마로 정했나요?"

밀양군수도 김해군수처럼 관련 서류를 제시하며 자체로 정해 온 공출 목표량을 보고했다.

"예, 이만오천 석으로 정했습니다."

"밀양군수님도 김해군의 경우를 잘 보셨지요? 밀양군도 오만 석으로 정해서 목표량을 달성하도록 전력을 다하시오."

"예, 알겠습니다."

산업 계장이 다른 시장·군수들이 공출 목표량을 보고할 때마다 같은 방식으로 공출할당량을 시장·군수들이 제시하는 목표량의 두 배정도로 배정해 나갔다.

이윽고 하동군수 차례가 왔다. 키가 조그만 이항녕 군수가 서류봉투를 들고는 당당하게 산업 계장의 책상 앞에 섰다. 산업 계장이 물었다.

"하동군은 공출 목표량을 얼마로 정해 왔소?"

"예, 팔백 석으로 정했습니다."

그러자 산업 계장은 공출 목표량을 형편없이 적게 제시하는 이항녕 군수의 말을 잘못 들었다고 의심했는지 다시 물었다.

"이 군수님! 방금 공출 목표량을 얼마라 했소? 다시 한 번 말해보시오."

"예, 팔백 석입니다."

그러자 산업 계장이 흥분하여 얼굴빛이 붉게 변하며 큰 소리로 고함쳤다.

"여보시오. 하동군수님! 지금 나하고 장난하는 거요? 앞에 다른 시장·군수들이 만 석 이하로 공출목표를 정해 온 시·군은 한 군데도 없었소. 그런데 앞에 시·군 기관장들이 보고하는 것을 보고도 그따위 식으로 보고한단 말이오? 다시 말해보시오."

이항녕 군수는 산업 계장의 고함에도 눈썹 하나 까딱하지 않고 똑같은 어조로 대답했다.

"예, 분명히 팔백 석으로 말씀드렸습니다."

이 말을 들은 산업 계장은 이번에는 도저히 참을 수 없다는 듯이 악을 쓰며 반말로 고함을 질렀다.

"이 봐! 하동군수─! 당신 말이야 원래 조센징이었지 않소? 천황폐하의 은혜를 입어 고등고시에 합격하여 지방행정기관장이 되었으면 천황폐하의 은전에 보답하기 위해서라도 다른 시·군보다 공출 목표량을 더 높게 잡아 오지 않고 이게 지금 뭐하는 짓이요?"

그 말을 듣고도 이 군수는 계장 앞에 제출한 서류를 손가락으로 짚어가며 차분하게 하동군 실정을 설명했다.

"저는 황국신민으로서의 충성을 다하고 있습니다. 여기 이 통계자료를 보십시오. 우리 하동군에는 노약자와 극빈자가 이 보고서와 같이 타 시군보다 많고 경지면적이 좁아서 더는 공출을 거둘 수가 없습니다."

그러자 산업 계장은 흥분을 참지 못하여 두 주먹을 쥐고 부르르 떨다가 크게 한숨을 쉬고는 흥분을 가라앉혔다. 그러고는 일부러 목소리를 가다듬으며 사무적인 어투로 단호하게 말했다.

"여보시오, 이 군수님! 지금 제 분수를 알고 하는 소리요? 그러다가 잘못되면 대일본 천황폐하께서 하사하신 군수직에서 물러날 각오라도 되어 있다는 말이요?"

"죄송합니다. 만일 이 목표량으로 정하는 것이 불가하다면 저는 이 자리에서 당장 사표를 제출하겠습니다."

하면서 이 군수는 양복 안주머니에서 미리 써온 사직서가 든 봉투를 꺼내 계장의 책상 위에 올려놓았다. 그러자 산업 계장은 더는 흥분을 참지 못하고 이번에는 상말까지 섞어가며 고래고래 고함쳤다.

"빠가야로, 집어치우시오. 하동군수는 지금 제정신이요? 당장 밖에 나가 대기실에서 별도 지시가 있을 때까지 대기하시오."

산업 계장은 책상 위에 놓인 서류와 사직서를 밀치듯이 밀어버리고
는 다음 차례를 호명했다.

"다음, 사천군수 나오시오."

산업 계장은 분기를 참지 못하고 사천군수에게 화풀이라도 하려는
듯이 큰 소리로 호명했다.

이 군수는 대기실에 혼자 앉아서 산업 계장의 다음 조치가 내려질
때까지 기다렸다. 한참을 지나고 나서 산업 계장이 서류뭉치를 들고 대
기실로 들어왔다.

"하동군수, 천황폐하에 대한 충성심을 반성하고 있었소?"

그런데 의외로 산업 계장의 목소리가 아까와는 다르게 차분해져 있
었다.

"예, 계장님."

"그래요? 그럼 날 따라오시오."

하면서 계장이 출입문 쪽으로 돌아서다가 자기의 서류 뭉치를 대기
실 바닥에 떨어뜨렸다. 그것을 보고 이 군수가 황급히 서류 뭉치를 주
워서 계장에게 돌려주었다. 그런데 산업 계장이 서류를 받는 척하며
이 군수의 손에 무슨 쪽지 하나를 슬쩍 쥐여주며 뜻밖에도 눈을 찡긋
해 보였다. 이 군수는 영문도 모르고 그 종이쪽지를 받아서 호주머니
에 넣고는 계장의 뒤를 묵묵히 따라갔다.

산업 계장은 도청 사무실로 들어가서 이 군수를 자기 자리로 데리

고 갔다. 사무실 안에서는 각 부서마다 담당 업무를 처리하느라 자기 일에 열중하고 있었다. 이항녕 군수는 산업 계장의 책상 앞으로 가서 부동자세를 취하고 섰다. 그는 자기 자리에 앉아 공출 서류를 정리하며 다른 직원들이 다 들으라는 듯이 큰 소리로 이 군수를 다그치기 시작했다.

"아무리 봐도 하동군수는 천황폐하에 대한 충성심이 부족한 것 같소. 아니 그렇소?"

"아닙니다. 저는 황국신민의 의무를 충실히 수행하고 있습니다."

"그런 자가 공출 목표량을 이따위로 정해 왔단 말이오?"

"하동군 실정이 그러한지라 저로서는 어찌할 도리가 없습니다."

"그래요? 하동군수는 대일본제국 정부에서 시행하는 공출제도의 필요성을 잘 이해하지 못하는 것 같소. 그리고 아직도 자기의 행위에 대해 반성하지 못하고 있는 것 같소. 아무래도 나는 당신의 천황폐하에 대한 충성심이 의심되오."

"아닙니다. 대일본 천황폐하에 대한 나의 충성심은 누구보다 강하다고 자부하고 있습니다."

"그래요, 그러면 어디 황국신민 서사를 한 번 외어 보시오."

산업 계장은 이 군수를 아주 무시하려고 작정했는지 보통학교 학생들도 다 알고 있는 황국신민 서사를 외우게 했다. 이 군수는 산업 계장이 여러 도청직원들이 보는 앞에서 자기에게 창피를 주려고 일부러 그런 일을 시킨다는 것을 알면서도 묵묵히 그의 지시에 따랐다. 그 까닭은 아까 계장이 쪽지를 건네주면서 보낸 의미심장한 눈빛에 무슨 의도가 숨어 있을 것이란 예감이 들었기 때문이다. 이 군수는 큰 소리로 일본말로 유창하게 황국신민 서사를 외었다.

1. 우리들은 황국신민이다. 충성으로 군국에 보답한다.

2. 우리들 황국신민은 서로 신애 협력하여 단결을 굳게 한다.

3. 우리들 황국신민은 인고 단련 힘을 길러 황도를 선양한다.

도청직원들이 업무를 보다가 하동군수가 산업 계장에게 호되게 문책당하는 모습을 힐끗힐끗 훔쳐보고는 킥킥거리며 웃기도 하였다.

"그래도 황국신민 서사는 제대로 알고 있었구먼."

그는 공출업무 서류를 훑어보면서 혼잣말처럼 중얼거렸다. 그는 잠시 뒤에 자리에서 일어나 이 군수를 똑바로 바라보면서 엄숙한 목소리로 말했다.

"이 군수님, 그렇지만 오늘 이 군수가 보고한 공출 목표량은 도저히 용납할 수 없소. 이 군수는 공출제도에 대해 부정적인 신념을 지닌 것이 틀림없소. 그래서 이 군수의 거취 문제를 재검토해 보지 않을 수 없소. 다음에 별도의 지시사항을 공문으로 하달할 테니 오늘은 그만 돌아가시오."

이항녕 군수는 산업 계장에게 말없이 고개만 숙여 인사하고 그 자리에서 물러났다. 그는 도청에서 나오자 어깨에 힘이 쭉 빠졌다. 그동안 공출업무 보고 관계로 너무 긴장해 있어서 그랬던지 배고픈 줄도 몰랐다. 시계를 보니 오후 세 시가 다 되어가고 있었다. 그는 그제야 배가 고픈 것을 느끼고는 도청 근처의 식당으로 들어가서 설렁탕을 시켜 먹었다.

식사를 마치고 물을 몇 모금 마시다가 아까 계장이 건네준 쪽지 생각이 머리에 떠올랐다. 그는 화장실로 가서 그 쪽지를 몰래 꺼내어 읽어 보았다. 그 내용은 아주 짤막했다.

- 오후 7시, 영도다리

이 군수는 쪽지 내용을 보고 그 의미를 대강 짐작했다. 그는 즉시 쪽지를 찢어서 없애버렸다. 아마도 저녁 7시에 영도다리에서 만나자는 것 같은데 이 군수는 그 연유를 몰라 불안하기만 했다.

7시까지는 아직 시간이 많이 남아있었다. 이 군수는 인력거를 타고 보수동을 지나 용두산 공원으로 올라갔다. 그곳에서 이곳저곳을 거닐며 시내 구경도 하고 멀리 오륙도 너머 바다를 바라보며 시간을 보냈다. 그러다가 7시가 되기 전에 용두산 공원의 계단을 내려와서 영도다리로 걸어갔다.

그는 앞으로 무슨 일이 일어날지 몰라 궁금해하며 영도다리 난간의 가로등 밑에 서서 바다를 바라보며 7시가 되기를 기다리고 있었다. 때는 늦가을이라 서늘한 바닷바람이 불어왔다. 하늘에는 초승달이 외롭게 떠 있었고, 바다 위에는 가로등 불빛에 반짝이는 파도가 적막을 깨뜨리며 밀려오고 있었다.

이 군수가 영도다리에서 기다린 지 얼마 되지 않아 허름한 한복을 입은 한 남자가 다가와서 고개를 숙여 예를 표하고는 조용히 말을 건넸다.

"혹시 하동군수님이 아입니꺼?"

"예, 그렇소만."

"도청에 계신 분이 저의 집에 와서 기다리고 있십니다. 저를 따라 오시이소."

뜻밖에도 그 남자는 이 군수를 알아보고 경상도 사투리로 도청에서 온 사람의 말을 전했다. 이 군수는 마중 나온 이가 조선 사람인 것을 알고는 지금까지 마음 한구석에 품고 있던 불안감이 다소 사라졌다. 그 남자는 이 군수를 안내해서 영도다리 아래로 내려와 남포동 바닷가의 자갈밭을 지나 선술집들이 다닥다닥 붙어 있는 뒷골목으로 들어갔다. 그리고 구불구불한 골목길을 몇 번이나 돌아서 들어가더니 허름한 술집 앞에 도착했다.

그는 이 군수를 술집 맨 안쪽의 골방으로 안내했다. 이 군수가 방안으로 들어서자 도청 산업 계장이 미리 와서 기다리고 앉아있었다.

"하동군수님, 이렇게 누추한 곳으로 안내해서 미안헙니다. 퍼뜩 안으로 들어 오이소."

이 군수는 산업 계장이 조선말로 하는 말투를 듣고 깜짝 놀랐다. 그 말투는 뜻밖에도 이 군수의 귀에 익은 하동 사투리였다. 이 군수는 놀란 표정을 감추지 못한 채 두 손을 내밀어 산업 계장의 손을 잡으며 말했다.

"아니, 그러면 당신은 조선 사람?"

"예, 그렇십니다. 제는 하동군 금남면 한재 사람입니다. 정한식이라고 헙니다. 반갑십니더."

이 군수는 너무도 뜻밖에 산업 계장이 조선 사람이라는 것을 알고 반가워서 그의 손을 꽉 붙잡고 세게 흔들었다. 그리고 한참 동안 그를 부둥켜안고 동족으로서의 뜨거운 감정을 나누었다.

"군수님! 아까는 너무 심하게 대해서 죄송헙니다. 그런디 군수님! 역시 조선 사람 피는 몬 속입디더. 어디서 그런 기발헌 묘수를 짜낸 깁니꺼?"

"우리가 비록 일본의 지배를 받고 살지만, 자존심마저 버릴 수야 있겠습니까?"

"정말로 맞는 말씸입니다. 군수님이 아까 도청서 일본 사람들을 멋지게 한 방 먹인 거 아입니꺼? 내는 퇴근해서 일로 옴시로 기분이 얼매나 좋았던지 콧노래가 절로 나옵디더."

"조선인들이 나라 잃은 것도 서러운데, 그들에게 심하게 착취만 당하고 살아서야 되겠습니까?"

"예! 맞십니더."

"그자들을 위해 우리 조선 농민들이 피땀 흘려 거둔 곡식을 그냥 갖다 바칠 수는 없는 일이지요. 공직에 있는 우리가 힘닿는 데까지 조선 사람들을 도와야 하지 않겠습니까?"

"그렇고말고요. 군수님! 오늘 우리 조센징끼리 기분 좋게 코가 삐뚤 아지도록 한잔헙시더."

"예, 계장님! 좋습니다. 대찬성입니다."

"그럴라고 제가 술집을 이 집으로 정했십니더. 이 집 주인이 우리 하동사람이다 아입니꺼? 마음 놓고 푹 한잔헙시더."

"예, 그렇게 합시다."

이 군수는 계장의 제안을 쾌히 승낙하고 나서 궁금한 것을 물었다.

"그런데 계장님, 아까 제가 제출한 사직서는 어찌하기로 했습니까?"

"옛말에 사즉필생死則必生이라 허지 않습디꺼? 그들은 내허고 이 군수가 조선인이라는 걸 다 알고 있는지라 내가 한술 더 떴지요."

"어떻게요?"

"제가 이 군수의 사표를 수리해야 헌다고 아주 쎄게 주장했지요."

"그랬더니요?"

"하하! 그 교활한 일본인 산업국장이 허는 말이 참 가당찮십디더."

"뭐라고 했는데요?"

"아! 글씨, 일본 정부서 처음 발령을 내린 조선인 군수를 공출 일로 사표를 수리허모 조선인들이 내선일체 정책을 의심헐 끼라 걱정된다 쿠더만요 그럼시로 되레 사직서를 반려허는 기 좋겠다고 헙디더. 허허허!"

"아! 그리됐습니까?"

"예! 군수님! 내 작전도 군수님만치는 못해도 묘수라 헐만 허지요."

"하하하! 계장님도 일본인 뒤통수를 제대로 한 방 먹인 셈이네요."

"칭찬해 줘서 고맙십니더. 그리고 내년부터는 공출량을 경지면적에 따라 강제로 할당해야 하겠다 쿱디더. 허허허!"

"아, 예. 계장님께서 제 일로 신경을 많이 써 주셔서 감사합니다. 그런데 내년부터는 하동군 공출량을 줄이기가 어렵게 되었군요."

이 군수는 자기 사표 수리가 안 된 것보다 하동군민들의 공출문제를 걱정했다.

"그거는 그리 됐십니더. 그래도 군수님은 자기 신상 문제보담 우리 하동군민 걱정이 더 크시네요. 정말 고맙십니더. 우리 조선인을 위해 심댥는 디꺼정 한 번 심을 모아봅시더."

두 사람은 조선인들끼리의 같은 핏줄로 맺어진 끈적끈적한 민족감정을 교감하면서 밤이 깊어 가는 줄도 모르고 술잔을 나누었다. 그들은 그동안 숨겨왔던 조선인으로서의 속마음을 드러내 놓고 조선말로 마음껏 진한 대화를 나누었다.

이 군수는 경남도청 출장을 마치고 하동군청으로 돌아와서 산업 계장에게 공출미 징수계획을 수립하라는 지시를 내렸다. 그는 공출미 8백 석을 거두기 위한 각 면별 할당량과 담당 직원 배정 등에 관한 세부계획을 세워서 기안을 올리도록 했다. 그런데 이 군수는 결재 과정에서 일본인 부군수가 면별 담당자를 배정하면서 조선인과 일본인 직원을 반드시 섞어서 배정하라고 지시한 것을 알았다.

이 군수가 판단하기로 이것은 분명히 도청에서 부군수에게 공출 목표량을 훨씬 초과하여 달성하라는 별도 지시가 내려왔음이 분명하다고 판단했다. 잘못하다가는 이 군수가 하동군민들의 공출 부담을 덜어주려고 노력했던 일이 부군수가 따로 군청직원들에게 밀령을 내려 수포가 되게 할까 봐 걱정되었다. 그래서 그는 자기의 노력으로 하동군의 쌀 공출 목표량을 줄인 것을 그대로 시행하기 위해 비밀계획을 세워야겠다고 결심했다.

하루는 진석이 퇴근길에 평소 술을 좋아하던 몇몇 직원들과 어울려서 술집으로 향하고 있었다. 그때 우연인지 모르지만, 건너편 길을 걸어가고 있던 이 군수가 그들 일행을 보고 웃으며 말을 걸었다.

"다들 퇴근하십니까? 어디 한잔하러 가는 길인 모양이지요?"

그 말을 듣고 진석이 재치 있게 말을 받았다.

"예, 그렇십니다. 군수님도 출출허시모 저들허고 같이 가시지요?"

"허허, 그래도 될까요? 짝짜꿍 끼리 한잔하시러 가는 것 같은데요."

그러자 다들 허리를 굽히며 말했다.

"아입니다. 같이 가시지요."

"감사합니다. 강 선배님도 같이 있으니 가벼운 분위기로 한잔해 볼까요?"

일행은 평소에 자주 다니던 목고개 쪽으로 올라가서 소전 근처에 있는 술집으로 들어갔다. 그들은 돼지 수육과 내장 안주와 같이 술을 주문했다. 주모가 술과 안주를 내오자 진석이 먼저 군수에게 술잔을 따르며 기분 좋게 제안했다.

"오늘은 모처럼 군수님도 동참허있는디 기분입니다. 첫 술자리 술값은 아무도 건드리지 마이소이."

그러자 잔내 사는 정 서기가 농담을 받았다.

"아따, 강 서기, 군수님헌티 잘 보일라꼬 와이로 씨는 거 아이가?"

"와, 이럴 때 와이로 좀 쓰모 안 되나?"

일행은 한바탕 껄껄대고 웃었다. 그들은 돼지 수육과 내장을 안주 삼아 술을 마시며 점점 취기가 오르자 농담도 주고받으면서 분위기가 무르익어갔다. 처음에는 군수 앞인지라 술자리 분위기가 공출문제 등의 업무에 관한 내용을 주제로 대화를 나누었다. 그러다가 취기가 오르자 농담 좋아하는 정 서기가 군수님의 학장 시절에 있었던 재미있는 일화가 있으면 듣고 싶다고 청을 하였다. 그러자 이 군수는 점점 술에 취해 신이 난다는 듯이 학장 시절 이야기에 열을 올렸다. 그러고 나서

"여러분들 나한테만 학장 시절 이야기하라고 조르지 말고 강 선배한테도 한번 권해 보세요."

그러자 하동에 사는 김 서기가 말했다.

"군수님, 강 계장헌티는 일본 가서 공부헌 이야기를 귀에 못이 백히도록 들었십니더."

"아, 예, 그렇습니까? 강 선배님, 그래도 나한테는 그 이야기를 한 번도 안 했지 않습니까? 어디 좀 들어나 봅시다."

이 군수가 맞장구를 치며 은근히 이야기를 권하자 진석은 별일 아니라는 듯이 사양했다.

"군수님은 대학꺼지 공부허있는디 그따 비허모 제가 공부헌 거는 깨빨도 안 되지요?"

"강 선배님, 깨빨이 무슨 뜻인가요?"

"그 말은 하동 말로 비교헐 꺼리가 안 된다는 뜻이지요."

정 서기의 해석에 모두들 웃었다. 이 군수와 직원들은 수육 집에서 나와 이차, 삼차로 술자리를 옮겨가며 술을 마셨다. 그러자 이 군수가 술이 과했던지 길에서 비틀거리기 시작하였다. 그 모습을 보고 젊은 직원이 재빠르게 군수를 부축하며 그의 관사로 모시려고 하였다. 그런데 이 군수는 의외로 아직도 술이 모자란다며 술자리를 한자리 더 가

져야겠다고 우겼다.

"젊은 친구가 왜 이리 서둘러? 내가 술 취한 것 같애? 아직은 아니야. 한잔 더 해야지. 자, 갈 사람은 먼저 가세요. 그런데 강 선배님은 나하고 오늘 끝장을 봅시다. 강 선배님, 그리해도 되겠어요?"

진석은 군수의 말인지라 정신을 가다듬어 대답했다.

"군수님허고 같이 한잔허자모 밤새도록 마시도 무신 문제가 있겠십니꺼? 오히려 영광이지예."

"역시 강 선배님은 화통해서 좋아요. 그러면 어디 강 선배가 좋아하는 데로 한번 가봅시다."

"군수님, 시원헌 조개탕 집으로 가볼까요?"

"좋습니다, 자, 다른 사람들도 생각이 있으면 같이 갑시다."

이 군수의 말에 진석은 술자리를 대충 정리해야겠다는 생각이 들었다. 이 군수가 술에 취해 부하직원 앞에서 실수하는 것이 걱정되었기 때문이다. 진석은 정신을 차리고 일행들에게 말했다.

"자, 다들 술자리를 이만 정리허는 기 어떻겠십니꺼? 낼 공출미 거두로 출장 갈라모 피곤할 낀다… 내가 군수님께 시원헌 백합 국물 한 그릇 대접험시로 속을 풀어드리고 관사로 모실 낀께로 여기서 그만 헤입시다."

그러자 이 군수가 능청을 떨며 말했다.

"다들 그리하세요. 나는 강 선배하고 끝장을 보고 갈 테니까요? 자. 강 선배님, 하동 진미를 맛보려고 하면 어디가 좋습니까? 거기 가서 어디 하동 진미 맛이나 좀 봅시다."

그리하여 진석은 일행들과 헤어지고 나서 광평 들판 근처에 있는 조개탕을 잘하는 집으로 갔다. 진석은 시원한 백합 국물을 시켜 놓고 이 군수와 술잔을 나누었다. 이 군수가 막걸리를 몇 잔 마시더니 소변이 마렵다고 자리에서 일어섰다. 진석도 이 군수를 부축하여 술집 밖으로 소변보러 나갔다.

　때는 늦가을이라 술집에서 새어 나오는 불빛에 희미하게 보이는 들판에는 가을걷이가 이미 끝나서 허전하게 논바닥을 드러내 놓고 있었다. 두 사람은 빈 논에 가서 같이 볼일을 보았다. 이 군수가 사방을 둘러보더니 인기척이 없자 갑자기 나지막한 소리로 진석에게 귓속말했다.

　"강 선배님, 눈치채셨습니까? 나 지금 술 취한 게 아닙니다."

　"아, 그렇십니꺼? 그러모 무신 할 말씀이라도 계시는지요?"

　"강 선배님, 이건 아주 중요한 이야깁니다. 내가 도청에 출장 가서 공출 목표량을 줄인 걸 잘 알지요?"

　"예, 잘 알고 있십니더."

　"그런데 그 일본인 부군수가 나도 모르게 무슨 수작을 부리고 있는 것 같아요."

　"설마 그럴 리가 있겠십니꺼?"

　"그래서 오늘 내가 강 선배님한테 부탁할 말이 있어서 이렇게 쇼를 벌인 것입니다."

　"아! 예, 그렇십니꺼? 허실 말씀이 계시모 허물읎이 말해 보시소."

　이 군수는 다시 주위를 살피고는 목소리를 낮추어 말했다.

　"공출미를 내가 도청에서 정해 온 목표량보다 초과해서 거두면 하동군민들 피해가 얼마나 크겠습니까?"

"군수님, 그러모 제가 어찌허모 데겠십니꺼?"

"강 선배님이 책임지고 아무도 몰래 믿을만한 동네 구장들에게 공출 날짜에 대한 정보를 미리 흘리십시오. 그래서 쌀을 숨길 시간적 여유를 주도록 하십시오."

"예 군수님, 무신 말씀을 허시는지 잘 알겠십니더. 걱정 마이소."

"꼭 비밀을 지키시기 부탁합니다. 그리고 부군수를 특히 조심하시기 바랍니다. 선배님, 자 술집 주인이 눈치채기 전에 빨리 돌아갑시다."

이 군수는 진석과 술집으로 돌아오며 덩실덩실 춤을 추고 노래도 한 곡조 뽑았다. 그는 술집에 돌아와서 진석에게 능청스럽게 농담을 걸었다.

"아따, 술에 취해서 그런가? 소피보는 데 한참 걸리네요? 강 선배는 안 그래요?"

하동군청 직원들이 아침 일찍 공출미를 징수하러 옥종으로 가는 버스를 타고 출장을 갔다. 오늘은 하동군청 직원과 옥종면사무소 직원이 합동으로 옥종면 일대를 돌며 공출미를 징수하러 가는 날이다. 군청에서는 면별로 공출할당량을 정해서 공출미를 징수했다. 그러자 보릿고개를 넘기며 죽지 못해 겨우 목숨을 연명하며 가난하게 살던 농민들이 공출 징수에 반발하여 공출실적이 오르지 않았다. 그래서 군청에서는 공출미 징수목표를 달성하기 위해 군청직원들을 각 면으로 파견하여 면직원들과 합동으로 공출미를 거두기로 했다. 그도 안 되면 경찰력을 동원하여 공출미를 강제로 거두어들이는 방법을 강구할 계획이었다.

　군청직원들은 옥종으로 와서 옥종면직원들과 합동으로 세 개 조로 나뉘어 공출미를 거두러 담당 부락으로 나갔다. 제1조는 청룡에서 미산, 후평을 거쳐 범대리 쪽으로 갔고, 제2조는 양구, 의양마을 쪽으로, 제3조는 병천, 가종을 거쳐 두양 쪽으로 출발했다. 진석은 일본인 야마다 호병계장과 면직원들과 제3조에 편성되었다. 진석이 일행은 가종과 종화를 거쳐 두양의 숲촌마을로 향했다.

　진석은 면직원들과 같이 가종 들판의 논두렁길을 걸어가면서 조선인들이 땀 흘려 농사를 지은 쌀을 공출로 거두러 가는 자신의 처지가 씁쓸하게 느껴졌다. 비록 이항녕 군수가 기지를 발휘하여 하동군민들의 공출량을 줄이기는 하였으나 그래도 농민들에게는 쌀 한 톨도 가족들의 생계를 위해 아주 소중할 것이라는 생각이 들었다. 그런데 자신은 지금 농민들의 그런 실정을 알면서도 이들에게 한 푼의 보상도 해주지 못하면서 일본의 전쟁을 위한 공출미를 강제로 징수하러 가고 있는 것이다.

　얼마 전에 이 군수가 믿을만한 구장들에게 공출 날짜를 미리 알려 농민들의 피해를 줄일 수 있는 방법을 찾아보라고 했는데 그게 그렇게 쉬운 일이 아니었다. 진석은 먼저 믿을 만한 군청 동료직원들에게 군수의 뜻을 전하고 동참할 것을 권했더니 기꺼이 동의해 주었다. 진석은 이 동료들과 공출 날짜에 대한 정보를 빼내어 믿을만한 구장들에게 전했다.

　그런데 이 일은 비밀리에 추진해야 하고 혹시나 믿고 정보를 준 구장들이 밀고나 하지 않을까 걱정되어서 마음 놓고 정보를 전하기도 어려웠다. 그리고 이런 정보를 근무지를 떠나 구장들을 찾아다니면서 전할 수도 없는 처지여서 별로 성과를 거두지 못했다. 진석은 이 점이 이 군수에게 괜히 미안하기도 하고 뜻대로 조선인들에게 도움을 주지 못하는 현실이 안타깝기만 했다.

　진석은 문득 아버지가 농사일을 하고 있는 모습이 떠올랐다. 그리고 지난번에 작두 사건으로 벌금을 물고 나서 일본인들에게 다시는 이런 억울한 일을 당하지 않기 위해 일본까지 공부하러 갔던 일이 주마등처럼 머릿속을 스치고 지나갔다. 그런데 지금 나 자신의 모습은 이게 무엇인가? 일본에서 공부하다가 중퇴하고 돌아올 때의 꿈은 사라지고, 오히려 일본인들의 앞잡이가 되어서 그들의 전쟁 야욕을 채우는 일에 종사하게 된 자신의 운명이 얄궂기만 했다.

　진석이 일행은 두양의 숲촌마을에 이르렀다. 진석은 같은 조의 야마다 계장과 길가에서 약간 떨어진 어느 농가에 들어갔다. 진석은 안채 뒤를 살펴보고 야마다는 아래채 주위를 둘러보았다. 진석이 안채를 돌아 뒤꼍으로 가니 울타리 넘어 멀리 은열공 선조의 사당인 두방재가 있는 두방산이 보였다.

　진석은 문득 작년에 아버지와 같이 두방재에 시사 모시러 갔던 기억이 떠올랐다. 진석은 두방재를 향해 허리를 굽혀 예를 올렸다. 진석이 허리를 펴는 순간 갑자기 눈앞이 아찔해지며 환청이 들려왔다.

"네 이놈! 네가 감히 여기가 어디라고 와서 왜놈 앞잡이가 되어 죄 없는 백성들 쌀을 뺏으려 하느냐?"

진석이 정신을 차리고 뒤꼍을 살펴보니 안채 뒷벽에 쌓아놓은 장작더미 밑에 짚 검불로 덮어 놓은 쌀가마니가 지푸라기 사이로 뾰족이 내다보였다. 진석은 은열공의 호통에 놀랐는지 자기도 모르게 쌀가마니를 못 본체하고는 눈길을 딴 곳으로 돌렸다. 곧바로 그는 얼른 안채를 돌아서 안마당으로 나와 버렸다. 그러고는 시치미를 뗐다.

"야마다 계장님, 그쪽에는 뭣이 보입디꺼? 이쪽에는 개미 새끼 한 마리 안 보이는디요."

진석은 이후로도 공출미를 징수하러 농가를 돌아다닐 때 될 수 있으면 몰래 일본 직원들의 눈을 속였다.

하동군민들의 공출미 징수로 인한 고충을 덜어 주려는 이 군수의 노력도 다음해가 되자 수포로 돌아가고 말았다. 이번에는 도청에서 각 시군별로 공출 목표량을 경지면적에 따라 강제로 배정했기 때문이다. 하동군에 배정된 공출 목표량은 작년의 열 배가 훨씬 넘었다.

게다가 엎친 데 덮친 격으로 미국이 독일, 이태리와 연합을 맺은 일본에 대해 전략물자 수출을 금하자 일본은 공출미를 더 늘려서 징수했을 뿐만 아니라 공출 대상도 잡곡을 비롯하여 김, 미역 등의 수산물로 늘어났다. 심지어 철이나 놋쇠로 만든 농기구나 식기를 비롯하여 산에서 나는 마와 고사리, 송진 등에 이르기까지 사십여 종이 더 넘는 품목을 강제 징수했다.

이제 일본의 더 강력해진 전략자원 수탈정책이 이 군수가 하동군민들에게 해 줄 수 있는 일을 아무것도 없게 만들었다. 하동군민을 위한 그의 노력도 무색하게 하동군민들은 식량과 생필품마저 수탈당해 그야말로 초근목피로 연명해 갈 정도로 생활고에 시달리는 극한상황에 이르게 되었다.

몽환이네 집도 강제 공출로 살림살이가 어렵기는 남과 다르지 않았다. 아들이 군청에 다닌다고 해서 사정을 봐주는 일은 없었다. 고전면 사무소에서 공출을 부과할 때 농민들이 소유한 토지면적에 따라 공출량을 할당하였기 때문이다. 이항녕 군수가 하동군에 공출 목표량을 할당받은 첫해의 몽환의 집에 배정된 공출미는 열 몇 섬 정도밖에 안 되었다. 그러던 것이 이듬해에는 갑자기 100여 섬으로 늘어났다.

이제는 몽환의 집에서 식구들이 먹을 식량이 절대로 부족했고, 머슴들의 새경도 못줄 형편에 처하게 되었다. 그리고 괭이, 호미나 놋그릇을 비롯해 쇠붙이로 된 물건은 모조리 공출로 바쳐야 했다. 몽환은 하는 수 없이 식구들이 먹고살 방법을 찾아야 했다. 우선 쌀의 소비를 줄이기 위해 여자 식구들은 봄부터 들판에 나가 쑥이나 나물을 캐 와서 쌀가루를 조금 섞어 뿌려서 쑥버무리를 만들어 먹었다. 나물도 적게 날 때는 머슴을 데리고 배드리장에 가서 모자반이나 톳나물, 실말 같은 해조류를 지게째로 사서 집에 지고 와서는 쌀을 조금 넣고 나물과 같이 섞어서 밥을 지어 먹었다. 철, 놋쇠와 같은 쇠붙이를 공출로 내고 나니 밥그릇도 없어서 나무 그릇에 나무 수저로 밥을 먹어야 했다.

이처럼 쑥버무리나 나물밥과 변변치 못한 반찬으로 연명하는 것도 한두 달이었다. 영양가가 절대적으로 부족한 채식만 섭취하는 날이 수개월째 계속되자 식구들은 입맛이 떨어지고 영양 부족으로 건강은 점점 나빠져 갔다. 다음 해에는 몽환도 비상대책을 마련할 수밖에 없었다. 그는 추수가 끝나갈 무렵 밤을 틈타 안채 뒤 장작더미 밑에 구덩이를 파고 비상식량을 숨겨두고 먹기로 했다. 들킬 때 들키더라도 우선 식구들이 먹고살아야 했다.

이런 마당에 일본에 가서 공부를 하고 있는 셋째 아들 진영에게 학비를 대는 것은 엄두도 낼 수가 없었다. 몽환은 하는 수 없어서 나고야에 사는 동생에게 편지를 써서 당분간 진영의 학비를 대신 납부해 달라고 부탁했다.

또 한해가 지나고 새봄이 오자 지소동네 사람들은 공출로 먹을 것이 더욱 부족한 춘궁기를 맞이하게 되었다. 지소동네 사람들은 하도 먹을 것이 없어서 소나무 껍질의 거친 외피를 벗겨내고 그 안에 있는 하얀 속살을 갉아 송기를 해 먹었다.

그들은 산에 송기를 해 먹을 소나무가 부족해지자 고숙재에 아름드리 크기로 서 있는 소나무의 껍질까지 벗겨 먹기 시작했다. 그러는 바람에 고숙재의 소나무들이 하얗게 뼈만 드러나게 되어 밤에 멀리서 보면 마치 흰 기둥 귀신들이 서 있는 것처럼 흉측스럽게 보였다. 사람들이 굶주려서 장기간 초근목피만 먹게 되면 나중에는 사람이 퉁퉁 붓

다가 죽게 된다. 사람들은 그들에게 소량의 쌀이라도 밥을 지어 먹이면 곧 나아진다는 것은 다 알고 있었다. 하지만 그들을 도울 여유를 가진 사람은 적어도 지소 동네에는 별로 없었다.

지소 동민들이 공출로 인한 기근에 장기간 시달리고 있을 때 음달에 홀로 사는 한 할머니가 인기척이 없어서 이웃 사람이 가보았더니 온몸이 퉁퉁 부어서 죽어 있었다. 그녀는 혼자서 살다가 먹을 것을 구하지 못해 굶어 죽은 것이다. 이웃에 사는 사람이 죽어 가는데도 누구 하나 그녀를 도울 형편이 못되었다.

봉삼은 산림관리인이 되고 나서 일본 경찰의 손을 빌리면 안 되는 일이 없다는 것을 알게 되었다. 그래서 어딘가에 자기의 힘을 과시해 보고 싶은 충동을 느꼈다. 봉삼이 사는 용덕부락의 염 씨들은 이 마을의 토박이로 대체로 잘사는 편이었고 자기 집안 친척인 황 씨들의 형편은 그에 미치지 못하였다. 봉삼은 그 원인이 염 씨 집안의 대표라고 할 수 있는 염치수 구장의 수작 때문이라고 여기고 있었다.

그는 염 구장이 일본인 해태조합장과 잘 어울려 다니면서 아부를 하여 자기 아들도 해태조합 직원으로 들어가게 했다고 믿고 있었다. 그리고 염 구장이 해태조합의 돈과 관련된 정보를 미리 빼내어서 염 씨 집안사람들에게 도움을 주거나 아니면 장부를 조작하여 조합원들의 돈을 빼돌릴지도 모르는 일이라고 지레짐작하고 있었다.

용덕부락에서 통통배를 가진 사람만 따져 봐도 그렇다. 이 동네에서 통통배를 가진 사람은 황 씨 집안에는 아직 한 사람도 없는데 염 씨 집안사람은 벌써 다섯 명이 넘었다. 그들이 '해태조합에 있는 돈을 이용하지 않고서야 어찌 그 큰돈을 들여서 통통배를 살 수 있었겠는가?' 하는 것이 봉삼의 생각이었다. 그래서 황 씨 집안에도 염 씨 집안에서 감히 무시 못 할 힘을 가진 사람이 있다는 사실을 과시하고 싶었다. 물론 그런 사람은 자기 자신이어야 했다.

봉삼은 어떻게 하면 염 씨 집안사람들을 궁지로 몰 방법이 없을까, 하고 궁리를 하고 있던 차에 일본인들이 실시한 공출제도가 그의 욕망을 채우기 위한 좋은 소재를 제공해 주었다. 일본은 어민들에게까지 해산물 공출을 시행하면서 갈사만 일대의 어민들도 그로 인한 피해를 비껴갈 수가 없었다.

공출을 시행할 초기에는 주로 쌀을 대상으로 공출을 실시했기 때문에 갈사만 사람들은 피해가 적었다. 그러다가 공출 품목이 쌀에서 면화와 쇠붙이로 만든 가재도구뿐만 아니라 김이나 미역을 비롯한 수산물까지 확대되자 그들도 곤란을 겪기는 마찬가지였다.

심지어 그들은 농사를 짓지 않는 데에도 공출미를 할당하여 강제로 징수해 갔다. 그래서 갈사만 일대의 어촌에 사는 어민들은 하는 수 없이 외지에 가서 쌀을 사다가 공출로 내야만 했다. 그 때문에 그들도 경제 사정이 어려워졌고 가족이 먹을 쌀도 부족하게 되었다.

봉삼은 오늘도 산림관리인 완장을 차고 삼내, 덕천 뒤쪽의 소-산을 둘러보러 갔다가 덕천과 진정에 있는 술집에서 친구들과 술을 마시고 거나하게 취했다. 그는 날이 저물고 나서 구름 사이로 비치는 달빛에 의지하여 궁항의 바닷가를 돌아 집으로 돌아오고 있었다.

그가 한밤중이 다 되어 용덕부락에 도착하여 골목에 들어섰을 때였다. 그는 동네 입구에 있는 한 염 씨 집의 울타리를 우연히 넘겨다보다가 누군가 집 뒤꼍에서 무엇을 파고 있는 것을 목격했다. 봉삼이 몰래 살며시 다가가 살펴보니 한 여인이 땅속에서 쌀을 파내고 있었다. 그녀는 공출로 내야 할 쌀을 숨겨두고 있다가 밥을 지으려고 몰래 파내고 있었던 것이다.

봉삼은 속으로 쾌재를 불렀다. 봉삼은 그 일이 있고 나서부터 삼내와 덕천, 조금너리 일대의 산을 둘러보고 나서 일부러 밤늦게 집으로 돌아왔다. 그때마다 염 씨 집안사람들이 밤에 몰래 하는 행동들을 비밀리에 감시하기 시작했다. 봉삼이 염 씨 집안사람들의 비밀을 상당히 수집하고 난 어느 날, 금남면사무소 직원들이 봉삼을 대동하고 용덕부락으로 공출을 징수하러 왔다.

면사무소 직원들은 먼저 황 씨 집안사람들의 집부터 수색했다. 황 씨 집안사람들의 집에서는 숨겨 놓은 쌀이나 수산물은 별로 발각되지 않았다. 뒤이어 염 씨 집안사람들의 집을 수색하기 시작하였는데 희한하게도 면서기들이 쌀을 숨긴 위치를 귀신같이 알고 찾아냈다.

염 씨 집안사람들은 틀림없이 봉삼이 고자질했기 때문에 그런 일이 벌어졌다고 쑥덕대기 시작했다. 봉삼은 그런 소문이 온 동네를 떠도는데도 불구하고 그 일을 멈추지 않았다. 그리하여 염 씨 집안사람들과 봉삼은 대놓고 갈등을 빚어서 소소한 싸움을 벌이기 일쑤였다. 그러나 염 씨 집안사람들의 불만이 컸지만, 봉삼을 어떻게 할 도리가 없었다.

그래서 그들 사이에는 점점 감정의 골이 깊어 가기 시작하였다.

황대성은 염치수의 권고를 받아들여 그의 아들 덕출을 하동중학교에 보냈다. 그는 먼저 덕출을 공부시키기 위해 광평에 자취방을 구해 주었다. 황대성은 하동장에 갈 때마다 덕출에게 반찬거리를 싸다 주거나 하동장에서 맛 좋은 반찬을 사 와서 자취생활을 하는 데 불편함이 없도록 정성을 다해서 돌보았다. 황대성은 하동장에 가서 덕출의 자취생활을 도와주고 돌아올 때마다 기분이 부풀어 올랐다.

'인제 내 아들 덕출이도 중학교를 졸업허고 나모 염 구장 아들 준성이 맨키로 해태조합에 들어가서 네코따이[11] 매는 사람이 델 거 아이가? 그러모 우리 집에도 신사복 입은 월급쟁이가 새로 생기는 기라.' 사실 황 씨 집안사람들은 자식 공부에는 별로 관심이 없었다. 그리하여 덕출이는 황 씨 집안에서는 중학교에 처음 들어가는 학생이 되었다.

늦가을이 되어 서리가 내리자 경성제국대학 법문학부 건물 앞의 정원에 높이 자란 은행나무는 노란 단풍이 아름답게 물들었다. 가을바람에 은행잎이 하늘에서 몇 번이나 공중제비하며 날아다니다가 정원이나 보도블록 위에 살짝 내려앉았다.

현수는 은행잎이 떨어져 노란 장판을 깔아 놓은 듯한 마당의 벤치에 누워서 책을 읽고 있었다. 그는 어제 인사동 헌책서점에서 만난 박헌

---

11) 넥타이

영이라는 사람과의 일이 자꾸 머리에 떠올라 얼굴 위에 책을 덮고 생각에 잠겼다. 어제 현수가 하교한 뒤에 인사동에 있는 헌책서점에 가서 이것저것 책을 고르고 있을 때 한 젊은 신사가 다가와 말을 걸었다.

"혹시 김현수 학생 아니신가요?"

현수는 안면이 전혀 없는 사람이 아는 체를 하자 놀란 표정으로 그 신사를 바라보며 말했다.

"아니, 신사분께서 제 이름을 어찌 아십니꺼?"

"예, 놀라실 만도 하지요. 혹시 하동에 살았던 이만성 씨를 아시는지요?"

"아, 예! 알다마다요. 지금 일본에 계시는 분을 두고 허시는 말씀 아닙니꺼?"

"맞습니다. 저는 그분 소개로 학생을 찾아왔습니다. 그분이 학생을 찾으려면 인사동 헌책방에 가서 경상도 사투리를 쓰는 대학생을 찾으면 된다고 하더군요. 그래서 사각모를 쓴 사람에게 물어보던 중에 다행히도 쉽게 학생을 찾았네요. 사정이 허락하면 시간 좀 내주실 수 있을까요?"

"예, 잠깐이라면 별 상관이 없습니다만."

"감사합니다. 그럼 잠깐 나가실까요?"

서점에서 나온 젊은 신사는 가로수 밑을 걸어가면서 자기를 소개했다.

"나는 박헌영이라고 합니다. 김현수 학생에 대해서는 이만성 동지로부터 소개를 받아 전부터 잘 알고 있었습니다."

현수는 처음 보는 사람이 자기를 알고 있다는 사실이 좀 꺼림칙하기는 했지만 내색하지 않았다.

"그런데 어쩐 일로 저를 찾아오시는지요?"

"아, 예, 별일은 아니고 이 동지가 하도 현수 학생이 훌륭한 고향 후배라고 자랑을 많이 해서 말동무나 좀 했으면 하고 찾아왔습니다. 우리, 이러지 말고 어디 조용한 곳으로 가면 어떨까요?"

"예, 그러시지요."

현수는 별로 마음이 내키지 않았지만, 고향 선배가 소개하는 사람이고 초면에 너무 박하게 거절하는 것이 예의는 아니라는 생각이 들어서 일단 그의 청을 들어주기로 했다.

현수는 그가 왜 자기를 찾아왔는지 대강 짐작이 갔다. 이만성 선배가 소개했다면 지금 일본 경찰이 혈안이 되어 쫓고 있는 사상범임이 틀림없을 것이라고 짐작했다. 현수가 하동에서 이만성이 빌려준 책에 관심을 가지고 읽은 것은 사실이었다. 그러나 그가 준 칼 마르크스의 〈자본론〉을 읽어는 보았지만 아직은 책 내용에 관한 토론을 나눌 수 있을 정도로 핵심 내용을 이해하지 못하고 있었다.

게다가 근래에 일본 경찰이 사상범 체포를 위해 감시를 더욱 강화하고 있다는 사실도 잘 알고 있었다. 지금 자신은 양아버지의 기대를 안고 공부를 열심히 하고 있는 처지에 위험한 행동은 삼가고 싶었다. 그래서 지금 같이 가는 사람과는 적당한 거리를 두고 상대해 주다가 완곡하게 거절해야겠다고 속으로 마음먹었다.

현수가 예측한 내로 박헌영이란 사람은 길을 걸어가다가도 경계의 눈초리로 주위를 살피는 것 같이 보였다. 그리고 더 이상한 것은 자꾸만 허름한 뒷골목으로 자기를 데리고 들어가는 것이었다. 그러다가 현수가 자취를 하고 있는 집보다 더 허름한 집의 방문을 열고 안으로 들어갔다.

"학생, 초면에 이런 누추한 곳에 오라고 해서 미안합니다. 일단 앉으세요."

"예, 선생님."

"학생, 나를 부르는 호칭이 어색한 모양인데 앞으로 우리 서로 동지라고 부릅시다."

현수가 뭔가 어색하여 말을 하지 않고 머뭇거렸다. 그러자 박헌영은 거침없이 대화를 주도해 나갔다.

"학생 동지, 이만성 씨가 고향 선배라고 했지요?"

"예, 제가 존경하는 선뱁니다."

"그래서 현수 학생과 친분을 쌓고 싶어서 서로 동지라 부르자고 제안한 것입니다. 저의 마음을 잘 이해해 주리라 믿습니다. 그런데 그분한테 칼 마르크스 이론에 관한 이야기를 들으셨지요?"

"예, 고향의 선배님 집에서 조금 듣기는 했습니다만…"

"오늘 내가 학생을 좀 보자고 한 것은 그 이야기를 좀 하고 싶어서입니다. 내가 학생에게 초면에 이런 사상을 논하는 것이 실례인 줄 압니다만 이만성 동지의 이야기를 듣고 학생처럼 훌륭한 동지와 대화하면 교감할 것이 많을 것 같아서 이렇게 실례를 하게 되었습니다."

"저 선생님, 실은 저는 칼 마르크스의 책을 다 읽지도 못했고 그의 사상에 심취해 보지도 않은지라 대화를 나눌 상대가 될지 모르겠습니다."

"뭐 그리 심오한 이야기를 나누자는 것은 아니고, 세상 돌아가는 이야기를 나누면서 천천히 생각해보자는 것이지요."

"예."

"이만성 동지를 한번 보세요. 일본 동경까지 가서 동경제국대학의 법학과를 졸업한 사람이 왜 그런 책을 탐독하겠습니까? 앞으로는 세상이 전혀 다른 방향으로 바뀐다는 것을 확신하기 때문이지요. 학생도 나 같은 사람들과 동지가 되어 의사소통하다 보면 그 이유를 알게 될 것입니다."

현수는 더 깊이 이야기를 나누었다가는 앞으로 이 사람과의 관계를 끊기가 힘들 것 같다는 예감이 들었다. 그리고 자기는 칼 마르크스의 이론에 대해 별로 아는 것이 없는 상태에서 대화에 임했다가는 일방적으로 그의 주장에 말려들 것이 뻔했다. 현수의 자존심이 그런 상황을 용납하지 않았다. 그래서 현수는 이쯤 해서 그와의 대화를 마무리해야겠다고 마음먹고 용기를 내어 말했다.

"선생님, 죄송합니다마는 저는 아직 학생입니다. 그래서 세상사나 정치에 대한 관심은 아직 가져 보지 못했습니다. 선생님께서 이만성 선배님을 잘 안다고 하시기에 자리를 잠시 같이했습니다만, 저는 고향에서 고생하시는 부모님의 기대에 보답하기 위해서라도 공부에 전념하고 싶습니다. 양해를 부탁드립니다."

그러자 박헌영은 현수의 손을 잡으며 진지하게 말했다.

"학생 동지! 내가 학생의 공부를 방해하자고 이러는 것이 아닙니다. 나는 학생과 앞으로 우리가 살아갈 미래를 위해서 서로에게 도움이 되고자 해서 내 진심을 전하려고 하는 것입니다."

그래도 현수는 결심을 굽히지 않았다.

"죄송헙니더. 제가 잎으로의 제 처신에 대해서는 이 선배님께 편지를 써서 의논해 보도록 허겄십니더. 죄송헙니다만 오늘은 이만 돌아가야 할 것 같십니더."

"학생 뜻이 꼭 그러시다면 어쩔 수 없지요. 집에 돌아가서 다시 한번 생각해보시기 바랍니다."

"예, 모처럼 저를 찾아오셨는데 기대에 못 미치게 해 디린 거 같애서 미안헙니더. 그럼 이만…"

현수는 박헌영과 훗날에 대한 기약 없이 그냥 헤어졌다.

현수가 자취방에 와 보니 고향에 계신 아버지에게서 편지가 와 있었다. 현수가 주소를 옮기면서 하숙을 그만둔다는 말은 안 했기 때문에 아버지는 지금 주소가 하숙집 주소인 줄 알고 편지를 보냈다.

편지 내용은 올해부터 공출을 내게 되어 농민들 형편이 어려워졌다는 것인데, 그보다 더 강조해서 쓴 편지 내용은 조선인 이항녕 하동군수에 대한 칭찬과 현수에 대한 기대였다.

'이항녕 군수 덕분으로 하동군민들이 다른 지역 사람들보다 공출을 십 분의 일도 안 될 정도로 적게 내게 되어서 만나는 사람마다 입에 침이 마르도록 칭찬하고 있다. 현수도 대학 졸업 후에 이 군수처럼 꼭 고등고시에 합격할 수 있도록 공부 열심히 하라'는 부탁이었다.

현수는 현시국과 자신의 미래에 대해 곰곰이 생각해보았다.

'지금 시국은 일본이 중국에 이어 미국과도 전쟁을 일으켜 놓고 온 국민을 전쟁의 고통 속으로 몰아가고 있지 않은가? 그리고 그들은 자국민만으로 부족한 인력과 물자를 충당하기 위해 조선인을 강제동원하거나 조선인들에게 공출이란 명목으로 전쟁물자를 강제로 착취해 가고 있지 않은가? 이를 위해 그들은 '내선일체'라고 하는 전대미문의 기만술로 조선인들의 희생을 강요하고 있다. 내가 만일 하동군수였다면 하동군민들을 위해 그러한 기발한 착상을 해내려고 엄두나 낼 수 있었을까?'

현수는 이러한 시국임에도 일본의 정책에 맞서서 조선인을 위한 방책을 생각해 낼 수 있었던 이항녕 군수의 기개와 배포가 존경스러웠다. 현수는 이 군수에게 가슴 깊숙한 곳에서 용솟음쳐 오르는 짜릿하고 신선한 애족 정신을 느꼈다. 그런데 한편으로 의문이 가는 것은 앞으로 이 군수가 그런 의지를 펼칠 수 있도록 조선총독부가 그를 용납할 것인가 하는 점이었다. 현수의 짐작으로 어림도 없어 보였다. 그렇다면 이 군수는 앞으로 어떻게 처신해야 할까? 아마도 두 가지 길 중에 하나를 택하지 않으면 안 될 것으로 보였다. 그것은 사표를 내든지 아니면 일본인들의 충견 노릇을 하면서 자기 민족을 착취하는 일에 동참하여 자신의 안일을 꾀하든지 양자택일을 할 수밖에 도리가 없어 보였다.

현수의 생각이 여기에 미치자 아버지의 기대에 부응해서 자진하여 고등고시에 응시하는 것이 옳은 것인지 회의감이 들었다. 현수는 일본인들이 조선인들을 수탈하기 위해 던진 '내선일체'라는 미끼를 물고 그들의 충견 노릇을 해야 할지 고민하지 않을 수 없었다.

　현수는 자신의 미래에 대한 설계를 결정하기 전에 '내선일체' 정책을 펴고 있는 일본의 장래에 대해 역사적인 입장에서 고찰해보았다. 일찍이 식민지를 개척하여 서구의 강대국이 된 스페인의 펠레페 2세는 이베리아반도를 가톨릭으로 통일하려고 이슬람 세력과 유대인을 추방하고 이웃의 신교국가들과 전쟁을 벌였다. 그리하여 경제적인 부와 우수한 기술력을 가진 이슬람인과 유대인이 이베리아반도에서 추방되면서 국력이 약화되어 쇠퇴일로를 걸었다.

　그리고 프랑스의 루이 14세도 그의 조부인 앙리 4세가 가톨릭과 개신교 사이의 타협책으로 반포한 '낭트 칙령'을 철회하고 강력한 통일 가톨릭국가를 세우기 위해 자국 내에 모든 개신교를 탄압하고 국외로 추방했다. 그로 인해 우수한 상공업분야의 경제 엘리트 신교도들이 잉글랜드와 네덜란드, 프로이센 등지로 유출되어 프랑스 경제가 심각한 타격을 받아 국력이 쇠퇴하고 말았다.

　이러한 역사적 사실에 비추어 볼 때 일본의 획일적인 황도 정신으로 뭉친 군국주의 정책이 위의 두 나라와 비슷하다고 보았다. 따라서 일본도 동양의 전통인 구심력과 원심력의 조화로 상생하는 정신을 버리고 '내선일체'라는 획일 정책으로 나아가다가는 결국 패망하고 말 것이라고 예상하였다.

　현수는 이러한 역사적 교훈을 간과하고 일본의 '내선일체'라는 잔꾀에 속아 고등고시에 응시하는 것을 섣불리 결정할 일이 아니라는 생각이 들었다. 아버지에게는 좀 미안하지만, 이 일이 당장 급한 일은 아니어서 일단 접어두기로 했다. 그에게는 졸업할 때까지 아직 시간이 남아 있었기 때문이다.

현수는 박헌영과 헤어진 후 곰곰이 생각해보니 이만성 선배의 행동이 이해가 되지 않았다. 현수는 어려서 너무 가난하게 살았기 때문에 가난이 무엇이고 그 고통이 어떤 것인지는 누구보다도 잘 알고 있었다. 그런데 만석꾼 집의 부유한 가정에서 태어나 조선인들은 꿈에도 꾸지 못할 일본의 명문대학까지 졸업한 사람이 칼 마르크스의 사상에 빠진다는 것이 도저히 이해가 가지 않았던 것이다.

그래서 현수는 이만성 선배가 공산주의 사상에 빠지게 된 연유를 알고 싶어서 서양의 정치, 경제제도에 대한 호기심을 가지게 되었다. 그는 공산주의 사상을 이해하기 위해서는 공산주의 사상뿐만 아니라 서양에서 왜 그런 사상이 발생하게 되었는지를 알기 위해 다방면에 걸쳐서 서양의 역사, 정치, 경제, 문화, 종교 등 다양한 책을 읽어서 종합적으로 판단해 보기로 결심했다. 중국의 병법서兵法書인 손자병법에 '지피지기면 백전불태知彼知己 百戰不殆'라 하지 않았던가? 현수는 이 책에서 아는 것이 곧 힘이라는 교훈을 얻었다. 현수는 박헌영과 헤어진 뒤에 틈나는 대로 경성대학교 도서관에 가서 서양문물과 역사 등에 관한 책을 읽고, 인사동에 있는 헌책서점에도 자주 들러 그에 관한 책을 구해 읽었다.

빛 좋은 개살구

진영은 나고야에서 공고에 다니며 열심히 공부하고 있었다. 그러던 어느 날 진영이 학교수업을 마치고 작은집으로 돌아와 보니 온 집안이 난리가 난 듯이 시끄러웠다. 작은아버지가 어디로 갔는지 행방을 알 수 없다는 것이었다. 진영도 이웃집과 가까이 사는 조선인들을 찾아다니며 작은아버지의 행방을 수소문해 보았으나 헛수고였다.

온 가족들이 작은아버지를 찾아서 한참을 돌아다니고 있는데 나고야 동구의 니비야 경찰서에서 통지가 왔다. 뜻밖에도 작은아버지가 경찰서에 수감되어 있다는 내용이었다.

진영은 서둘러 고마끼小牧중학교에 다니는 사촌 동생 진명을 데리고 경찰서로 달려갔다. 진영이가 그곳에서 작은아버지를 만나보았더니 경찰서에 수감된 사유가 선거법 위반이라고 했다.

진영의 작은아버지는 얼마 전부터 일본 중의원선거에 출마한 조선인 임용길의 선거운동을 돕고 있었는데 그 과정에서 선거법에 저촉되는 행동을 했다는 것이다. 나고야에서 중의원선거에 출마한 임용길은 젊은 시절에 부산에서 독립운동을 하다가 조선이 독립할 가능성이 희박해지자 친일파로 전향하여 나고야로 와서 언론인으로 활동하고 있었다. 그러던 차에 일본이 '내선일체' 정책의 일환으로 일본에 사는 조선인들에게도 중의원선거에 출마할 수 있는 피선거권을 부여했다. 그는 이 기회를 이용해 정계에 진출하려고 나고야의 아이치현 제1선거구에서 조선인을 대표하여 중의원에 출마했다.

그는 당시에 나고야에 살고 있던 약 삼십여만 명이나 되는 조선인의 대변자로 중의원에 출마하여 조선인 유권자들의 표만 얻어도 충분히 당선될 수 있다고 판단했다. 그래서 그는 나고야에서 조선인들과 광범위하게 교류하면서 교분을 쌓아 온 강재환을 선거대책본부장으로 선임하여 선거운동을 개시했다. 그러던 중에 재환이 선거법 위반으로 일본 경찰에 체포되었던 것이다.

임용길은 평안북도 영변에서 태어났다. 그는 평양고등보통학교 사범과를 졸업한 뒤 부산 공립보통학교에 훈도로 발령받아 교사생활을 시작했다.

애국심이 강했던 그는 부산에서 교직 생활을 할 때 친일파를 처단하는 내용을 담은 민족부활단결사대 명의의 경고문을 부산경찰서를 비롯한 부산지역 관공서와 조선인 유력인사들에게 발송한 사건이 있었다. 그는 이 일로 일본 경찰에 체포되어 대구복심법원에서 금고 삼

년형을 선고받고 감옥살이를 했다. 그 뒤에 그는 부산, 경남 지역에서 청년회를 결성하여 독립운동을 하던 중에 다시 체포되어 부산형무소에서 복역하다가 가출옥했다. 그는 그 후에 신간회 부산지회 집행위원장이 되어 사회주의운동을 전개하기도 하였다.

그러던 그가 울산에서 「동아일보」 지국장을 역임하다가 일본 나고야로 건너가 민족지인 「동아신문」을 발간하여 사장이 되었다.

이때 일본이 중·일 전쟁에 이어 연합국인 미국과도 제2차 세계대전을 일으켜서 온 나라가 초긴장된 전시상황에 접어들고 있었다. 이에 따라 일본은 식민지 조선에서 더 많은 인적, 물적 자원을 수탈하기 위해 '내선일체' 정책을 강화하여 조선인을 억압하고 민족지에 대한 탄압을 가해오자 그는 큰 곤란을 겪게 되었다. 게다가 조국 독립에 대한 그의 희망과는 달리 일본이 필리핀을 비롯한 서태평양 일대와 인도차이나반도에서 세계 최강인 미국과 영국마저 물리치고 승전을 거듭하자 그는 조선의 독립은 요원하다고 판단했다.

그는 이러한 국제상황으로 봐서 조선이 독립할 가능성이 없다면 조선인의 살길은 차라리 일본의 '내선일체' 정책에 적극적으로 동참하여 조선인을 위한 새로운 길을 모색하는 것이 낫다고 판단했다. 그리하여 그는 일본의 황민화 정책에 적극적으로 호응하여 활동하기 시작했다.

그는 먼저 자신이 경영하던 「동아신문」을 「나고야일보」에 합병시키고 철저한 친일파 언론인으로 변절하여 활약했다. 그는 「나고야일보」에 '내선일체'를 강조하고 대동아공영권 확립에 정진해야 한다는 친일 사설을 게재하여 일본의 황민화 정책의 선전에 앞장섰다. 또한, 저술활동과 일본의 침략전쟁을 지원하는 각종 행사를 개최하는 등의 활동을 통해 '내선일체' 사상과 지원병제도를 선전하는 데 앞장섰다.

그러던 그가 일본 정부가 조선인에게도 피선거권을 부여하자 자기가 그동안 쌓아 왔던 친일행적을 내세워 아이치 현 제1선거구의 중의원선거에 당당하게 출마했다.

임용길은 강재환이 나고야 동구 오소네조정에서 사설 금융조합을 운영하기 위해 만든 사무실을 선거대책본부로 정하여 본격적으로 선거운동을 개시했다. 그가 이곳을 선거대책본부로 정한 것은 나고야에서는 이곳이 조선인들끼리의 교류가 가장 빈번하고 활발한 곳이어서 주민들과의 접촉이 용이했기 때문이다.

임용길은 강재환을 선거대책본부장에 임명하고 조선인 사설조합에 근무하는 여종업원과 계원들을 행동대원으로 활용하여 선거운동을 전개했다. 그런데 일본 정부는 겉으로는 '내선일체' 정책으로 조선인들을 일본인들과 동등한 처우를 해준다고 선전하면서도 실제로는 조선인들이 직접 정치에 참여하는 것을 암암리에 방해했다.

임용길이 선거운동을 본격적으로 개시하자 선거운동본부인 강재환의 사무실에는 매일 일본 경찰관과 헌병이 한 명씩 상주하면서 선거운동을 감시하기 시작했다. 임용길의 선거운동대원들이 합법적인 선거운동을 하는데도 그들 뒤를 따라다니면서 쓸데없이 꼬투리를 잡거나 죄명을 조작하여 선거법위반으로 처벌하는 것이 다반사였다.

강재환의 사무실에서 선거운동원들이 모여 선거대책회의를 하고 헤어지면 일본 경찰이 그중 특정인을 뒤따라 가다가 다짜고짜로 경찰서로 연행해 갔다. 그러고는 '불법선거운동을 계획하지 않았느냐? 조선 독립운동을 모의하지 않았느냐?'는 등의 혐의를 씌워 취조했다. 그리고 그런 식으로 체포해 간 사람들을 무단으로 감금하여 장기간 취조 활동을 계속해서 생업에 지장을 초래하는 수법으로 선거운동을 방해하였다.

그러던 어느 날, 한 조선인이 강재환의 사무실로 자기 계금을 내려 왔다. 그는 계금을 내고 나서 여직원에게 조선인이 중의원에 출마했다고 들었는데 그 사람 이름을 좀 적어 달라고 했다. 그 말에 여직원은 조그만 쪽지에 임용길의 이름과 선거후보 기호를 적어 주었다.

그런데 일본 경찰이 그 조선인이 사무실을 나서서 돌아가는 뒤를 따라 미행하다가 불심검문을 하여 소지품 수색을 했다. 일본 경찰이 조선인의 주머니에서 임용길의 이름을 적은 쪽지가 나오자 그것을 불법선거의 증거자료라고 하여 그를 경찰서로 연행했다. 일본 경찰은 그 사건을 빌미로 선거대책본부장인 강재환에게 선거법 위반혐의로 구속하였던 것이다.

일본 경찰과 헌병이 매일 임용길의 선거본부에 상주하면서 선거운동을 방해하자 임용길은 선거운동을 제대로 할 수가 없었다. 그래서 나고야에 거주하는 대부분의 조선인들은 조선인 임용길이 중의원에 출마했다는 사실도 모른 채 선거가 치러졌다. 이러한 선거환경에서 조선인 임용길이 중의원선거에 당선될 리가 만무했다. 임용길은 일본인들이 자기를 철저히 이용만 하고는 그들의 이익을 위해서 교활하게 배신하는 것을 보고 치를 떨었지만 때늦은 후회였다.

현수는 2차 세계대전이 막바지에 이르고 있을 무렵 교정의 벤치에 앉아서 은행나무 단풍잎이 떨어지는 모습을 바라보고 있었다. 노랗게 물든 은행잎은 가을바람을 타고 한여름의 푸르렀던 추억을 허공에 날리며 빙빙 돌다가 벤치 주위에 사뿐히 내려앉고 있었다.

잠시 가을 정취에 취해 있다가 졸업 후의 계획을 생각하니 얽히고설킨 자신의 현실적인 문제로 마음이 복잡해졌다. 신문에서는 연일 대일본제국의 군대가 미국을 물리치고 승승장구하고 있다는 보도가 주를 이루고 있었다. 학교 게시판에는 연일 대일본제국이 대동아 전쟁에서 연전연승하고 있으며, 학생들은 황국신민의 의무를 다하기 위해 학도병에 자원입대하라는 벽보가 나붙고 있었다. 그리고 각종 언론을 통해 조선인도 일본인과 마찬가지로 천황폐하께 충성을 바치기 위해 징용 동원이나 정신대 모집에 자원하라는 등의 구호와 이를 독려하는 기고문이 봇물 터지듯 쏟아지고 있었다.

현수는 어저께도 아버지한테서 온 편지를 받았다. 고향 사람들이 너나 할 것 없이 공출을 대느라 고생이 이만저만이 아니라는 내용과 함께 방깨에 사는 삼현 훈장님은 셋째 아들을 신식 학교인 진주사범학교에 보냈고, 고전면사무소에 다니는 김 서기의 큰아들은 진주 농대에 들어갔고, 작은아들도 진주사범학교에 우수한 성적으로 입학했다는 소식이었다. 그리고 마지막으로 현수의 장래가 걱정된다는 양아버지의 마음을 구구절절이 적어 보냈다.

'현수야. 아버지의 소원은 더도 덜도 말고 너의 학교 선배이신 하동군수 이항녕 씨처럼 네도 고시에 합격해서 관직에 나가는 것이다. 너의 큰형은 요즈음도 주색에 빠져서 부산에 간 뒤로 함흥차사가 된 지 오래다. 아버지가 오직 기대를 거는 사람은 너밖에 없으니 부디 고등고시에 합격해서 금의환향 허기 바란다'라는 내용이었다.

그런데 현수는 아버지가 또 고등고시 합격을 원한다는 편지를 받고, 하동군수 이항녕 씨처럼 일제가 시행하는 고시에 응시해야 할지에 대한 고민에 빠졌다.

'이제 우리나라는 일본의 영원한 식민지가 되어버리고 독립에 대한 희망의 등불은 영원히 꺼지고 마는 것인가?'

현수는 왠지 조국 독립에 대한 희망을 접고 싶지는 않았다. 우리의 반만년의 유구하고 찬란한 역사를 자신의 가슴속에서 그냥 지워버리기에는 고향의 회정 선생이 빌려준 삼국사기와 동국통감에 기록되어 있는 찬란한 우리의 역사와 문화에 대한 자긍심이 이를 용납하지 않았다.

'이항녕 군수님도 우리 민족의 장래에 대한 희망을 버리지 않았기 때문에 하동군민들의 고통을 덜어 주기 위해 자신의 희생을 감수하면서도 공출 목표량을 낮게 책정받기 위해 노심초사하지 않았을까? 그런데 그분의 그러한 노력이 얼마나 지속될 수 있을까? 내가 만약 고시에 합격하면 이항녕 군수처럼 일본을 위한 정책에 반기를 들고 나를 희생시킬 용기가 생길까? 그렇지 못한다면 나는 일본인들이 우리나라

의 식민 지배를 고착시키고, 우리 민족을 착취하는 일에 앞장서야 할 것이 뻔하지 않은가?'

현수는 자신의 미래에 대해 생각하면 생각할수록 가슴이 답답해졌다. 그는 졸업이 아직 일 년은 남아있으니까 그 문제는 다시 생각해보기로 하고 아버지께는 기대에 어긋나지 않게 열심히 노력하겠다는 내용의 답장을 써 보냈다.

현수가 수업을 마치고 학교 정문을 나서는데 길가에 서 있던 중절모를 쓴 한 신사가 현수를 알아보고는 손짓을 하고 있었다. 그 사람은 뜻밖에도 고향 선배인 이만성이었다. 현수는 오랜만에 그를 만나서 반갑기는 했지만 자기를 기다리는 목적이 무엇인지 짐작이 가는 데가 있어서 마음이 썩 내키지는 않았다. 그러나 자기 속마음을 내색하지 않고 그를 반갑게 맞이해 주었다.

"선배님, 정말 오랜만입니다. 여러 가지로 바쁘실 낀디 일부러 저를 찾아오시지는 않았십니꺼?"

"역시 후배님은 눈치 한번 빠르시군. 얼마 전에 귀국하여 고향에 내려가기 전에 후배님을 보고 싶어서 이렇게 찾아왔다네."

"하여튼 저를 찾아 주셔서 감사헙니더. 그러지 말고 어디 가까운 식당에 가서 식사나 같이 헙시더."

"식사는 천천히 하기로하고 다른 사람을 좀 만날 일이 있는데, 시간이 어떨지 모르겠네."

"모처럼 선배님이 오싰는디 당연히 시간을 내 드려야지예. 그라모 같이 가 봅시더."

"그래, 그럼 날 따라오게나."

이만성은 현수가 예측한 대로 그를 데리고 인사동 근처 박헌영의 은신처로 안내했다.

"허어, 박 동무, 오랜만이오. 그동안 잘 계셨는지요?"

"예, 이 동무, 어서 오시오. 오늘은 귀한 손님도 동행해 오셨네요? 김 동무도 오랜만이오. 다들 앉으시지요."

세 사람은 간단한 수인사를 나눈 뒤에 2차 세계대전의 전쟁 시국에 관한 이야기와 이만성이 일본에서 활약한 공산주의 지하조직 활동과 박헌영의 국내 정치 현실 등에 관한 이야기를 나누었다.

"요즈음 서울에서 일본 형사들의 감시가 얼마나 심한지 우리 동지들이 활동하기가 여간 힘들지 않아요. 여기 오시면서 주위는 잘 살폈겠지요?"

"당연하지요. 내 고향 후배는 정식 공산주의의 동지는 아니지만 조금 전에 내가 만나서 같이 오는 길이니 별걱정 안 하셔도 될 것입니다."

이제는 이만성이가 공산주의라는 용어를 거리낌 없이 사용하고 있었다. 그것은 이만성이가 현수를 그만큼 신뢰한다는 표현이기는 했지만, 현수는 별로 마음이 내키지 않았다.

"예, 잘 알고 있습니다. 혹시나 걱정되어서 하는 말이지요?"

이만성이 조금 뜸을 들이다가 그동안 자기가 현수에게 무슨 과제를 제시란 것을 확인이라도 하는 것처럼 정색하고 질문했다.

"후배님, 오랜만에 만나서 딱딱한 정치 이야기를 꺼내서 미안하네만…"

"괜찮십니다. 말씀 허시지요."

"고맙네. 그래, 내가 전에 빌려준 책을 읽고 공감이 가는 부분이 있던가?"

현수는 일부러 뜸을 들인 뒤에 대답했다.

"선배님, 사실은 선배님이 빌려준 책도 읽어 보고 또 서양의 정치, 역사에 관한 서적을 두루 구하여 읽어 보았습니다. 그런디 제는 원래 유학에 더 심취했던 탓인지는 몰라도 잘 수긍이 안 가는 점이 더러 있었십니더."

그러자 이만성은 목에 힘을 주며 말했다.

"후배가 자주 하는 말대로 지피지기하려고 동서양의 사상을 두루 살펴보는 것은 수학修學하는 자의 훌륭한 자세로 본받을 만한 일일세."

"과찬이십니다."

"하지만 후배는 현재 우리 조선이 처한 현실을 보고도 깨친 점이 없어 보여서 한편으로는 안타깝기도 하군."

"무신 말씀인지요?"

"이 사람아, 지금 국제정세가 어떻게 변할지도 모르는 판국에 아직도 공자 왈, 맹자 왈 하고 있을 땐가 이 말일세."

"죄송험니다."

"현수 동무, 지금 세계가 일본, 독일 등이 동맹을 맺은 추축국과 미국, 영국 등의 연합국으로 갈라져서 전쟁하고 있다는 사실은 잘 알고 있겠지?"

"예, 잘 알고 있십니더."

"그런데 후배가 잘 알다시피 지금 우리나라는 일본의 식민지가 아닌가?"

"그건 사실이지예."

현수의 대답을 듣고 있던 박헌영이 끼어들었다.

"현수 동무, 내가 고향 동무들끼리의 대화에 끼어들어 미안하오만 지금 전쟁을 하는 나라 중에 식민지가 없는 나라가 어느 나란지 혹시 알고 있나요?"

"혹시 소련을 두고 허는 말입니꺼?."

현수는 박헌영의 뜻밖의 질문에 지레짐작으로 대답했다.

"역시 현수 동무는 현명한 동지군요."

"별말씀을요."

"그래서 하는 말인데 지금 전쟁을 하는 나라 중에 식민지가 없는 나라는 소련과 같은 공산주의 국가뿐이라는 점을 잘 알아야 할 것이오."

"예."

현수가 가만히 생각해보니 박헌영의 말이 틀리는 말은 아니어서 그냥 수긍했다. 이만성이 또 말을 받았다.

"후배, 박 동무의 말이 무슨 뜻인지 알겠는가?"

"무슨 뜻인디요?"

"그럴 걸세. 지금 소련과 중국을 제외한 모든 나라들이 무슨 이유로 전쟁을 벌이고 있다고 보는가?"

"아매도 서로 땅을 마이 차지헐라고 싸우는 거 아입니꺼?"

"그것도 틀린 말은 아닐세. 그러면 후배는 일본과 미국의 전쟁이 끝나고 나면 우리나라가 독립이 가능헐 것이라 보는가?"

"제는 아직 그기꺼지는 생각해보지 몬했십니더."

"그러니까 이 전쟁은 강대국들이 서로 식민지를 마이 차지하려고 벌인 전쟁이라 이 말일세. 내가 좀 미안한 말이지만 자네는 아직도 유학에 대헌 미련을 버리지 못하고 있기 때문에 국제정세에 대헌 판단력이 예리허지 못하다는 말일세."

현수는 이만성의 말에 조금 속이 상했지만, 딱히 대꾸할 말을 찾지 못해 당황했다. 이때 박헌영이가 현수의 입장을 재빨리 눈치채고 부드러운 말로 이만성이 하는 말을 제지하고 나섰다.

"이 동무, 왜 김 동무가 그걸 모르겠습니까? 지적이 좀 과한 것 같습니다. 김 동무, 그러니까 이 동무의 말은 현재의 국제정세로 볼 때 일본이나 미국이 모두 제국주의이기 때문에 어느 쪽이 이 세계대전에서 이기더라도 우리나라는 두 나라 중 한 나라의 식민지가 될 수밖에 없다는 것이지요."

"아 예, 그렇십니꺼?"

이번에는 이만성이 또 거들었다.

"후배, 지금 벌어지고 있는 세계대전이 끝나고 나서 우리나라가 독립할 수 있는 길은 식민지를 차지허는데 혈안인 제국주의 나라가 아니라 식민지 지배를 반대허는 공산주의 편에 서야 한다 이 말일세."

"에, 그기 그리되는 깁니꺼?"

현수는 그 말이 옳은 것도 같았다. 박헌영이가 이만성의 말을 이었다.

"김 동무, 그래서 우리는 정신을 바짝 차려야 한다는 말이지요. 우리는 우리나라의 독립에 대비하기 위해서는 지금부터라도 공산주의 사상을 공부하고 철저한 이념으로 무장해야 할 때라는 것입니다."

현수는 박헌영의 말을 듣고 자기가 일방적으로 그들의 논리에 빠져들고 있다는 느낌이 들었다. 현수는 갑자기 고향에서 있었던 배드리장터 만세운동이 생각나서 질문했다.

"그런디요 제가 갑자기 생각나는 기 있어서 그런디요. 말씀을 좀 드려도 데것십니꺼?"

"그래, 말해보게."

"예, 몇십 년 전에 우리 고향서 독립 만세운동이 있었다는 말을 들었십니다. 그래서 제가 그 뒤에 만세운동에 관헌 옛날 신문을 찾아본 적이 있십니더."

"후배는 아직 남모르는 애국심을 가지고 있었군."

"부끄럽십니다. 일본 경찰 감시가 하도 살벌해서 심중에 있었던 말을 헐 디가 읎었십니다."

"후배, 그 점은 안심해도 되네."

"예, 감사헙니다. 그런디 그때 제가 본 신문에는 미국의 윌슨 대통령이 민족자결주의라는 걸 발표해서 약소국도 자기 민족의 결정에 따라 독립해야 헌다고 주장했던디요."

현수의 말에 박헌영이 현수가 보통은 아니라고 생각했는지 사뭇 긴장된 얼굴로 말했다.

"김 동무, 그 신문 내용은 사실이오. 그런데 김 동무, 미국이 윌슨 대통령의 주장을 지키기 위해서는 자기들이 차지하고 있던 식민지인 필리핀을 벌써 독립시켜야 옳지 않습니까? 그런데 미국은 지금 필리핀을 되찾겠다고 일본과 전쟁을 벌이고 있지 않습니까? 그러니 어찌 미국이라는 나라를 믿을 수 있겠습니까?"

"그건 그렇네예."

현수는 더는 자기주장을 내세울 논거를 찾지 못했다. 그렇다고 자신이 공산주의에 대한 지식도 별로 없는 상태에서 논쟁을 벌이다가는 일방적으로 끌려다닐 수밖에 없다는 생각이 들었다.

현수는 문득 강의시간에 어떤 교수가 '학문하는 사람이 어느 유명한 학자의 사상 세계에 너무 깊이 빠져들면 서양의 파리 잡는 호로병에 들어간 파리가 코를 자극하는 달콤한 냄새에 취해 병 속에서 빠져나오지 않고 계속 날아다니다가 결국에는 지쳐서 빠져 죽는 것처럼 결국 자기의 사상적 주체성을 잃고 만다.'고 한 말이 생각났다.

그래서 현수는 이 정도에서 핑계를 대고 자리를 떠는 것이 지금까지 두 사람이 자신을 공산주의 동지로 끌어들이려는 끈질긴 유혹에서 벗어날 수 있겠다는 생각이 들었다. 현수는 정중한 말로 두 사람에게 양해를 구했다.

"그런디 두 분께 죄송허지만 양해를 좀 구허겄십니더."

현수의 말에 이만성이 눈치채고 만류했다.

"후배님, 이제 막 토론을 한창 벌이려고 하는데 왜 그러는가?"

"아 예, 제는 사실 양아버지 밑에서 공부를 하고 있기 땜에 제 처지가 좀 딱헙니더. 그래서 두 분의 훌륭허신 고견을 듣고 있을 정도로 시간이 그리 한가허지 못헙니다. 널리 이해해 주시기 바랍니다."

"후배, 그렇다고 오래간만에 만났는데 벌써 자리를 뜨려고 그러나?"

"죄송헙니다."

"김 동무, 그래도 우리나라가 독립하기 위해서 공산주의가 왜 중요한지는 알겠지요."

박헌영은 대화를 계속하고 싶은 미련을 버리지 못했다.

"예, 잘 알겠습니다."

"김 동무, 김 동무가 아직은 공산주의 이론을 잘 몰라서 그렇지 공산주의 공부를 해서 이해의 깊이를 더해 갈수록 그 참된 진리를 깨닫게 될 것이오."

"예, 선생님의 말뜻을 잘 알겠습니다. 그리 아시고 제는 이만 양해를 구헙니다."

"김 동무, 우리는 그대 같은 인재가 아까워서 우리와 같은 동지가 되기를 권하고 있는 것이니 우리의 충정을 꼭 알아줄 날이 오리라 믿소."

박헌영은 현수와의 토론이 빨리 끝나는 것이 아쉬워서 현수의 손을 잡으며 동지가 되어 주기를 간절히 부탁하였다. 현수는 두 사람의 의도를 잘 알았다는 다짐을 해준 뒤에 그들과 훗날을 기약하고 헤어졌다.

—　　　　　　　　　　　　　　　　　　　　　　　　하늘길

　몽환이 분두골 보리밭에서 귀리를 뽑고 있는데 하동장에 갔다 오던 고종 동생 문용이가 급한 소식을 전했다.

　"성님, 내가 오늘 하동장에서 진석이 안사람을 만나서 들은 이야긴디 진석이가 셋째 아들을 이라삘지 모르게 됐다 쿱디더. 시방 퍼뜩 읍에 있는 아들 집에 가 보이소."

　"그기 참말이가?"

　몽환은 문용의 말에 깜짝 놀라 되물었다.

　"참내 성님도, 내가 은제 성님헌티 거짓말 헙디꺼? 퍼뜩 서두이소."

　몽환은 그 길로 집에 가서 대충 옷을 갈아입고 서둘러서 하동읍에 있는 아들 집으로 갔다. 아들집은 군청 옆의 목고개 근처에 있었다. 이 집은 진석이 결혼할 때에 자기가 사 준 집이었다. 몽환이 하동읍에 도착했을 때는 이미 땅거미가 내려앉고 있었다. 몽환이 아들 집의 대문 앞에 이르니 며느리의 처절한 울음소리가 들려왔다. 몽환이가 대문에 들어서자 진석과 며느리가 부리나케 방에서 뛰어나와 아버지를 맞이했다.

"야야! 영식이가 아프다고? 그래, 아는 어디 있네?"

몽환은 다급하게 손자 영식의 병 상태를 물었다.

"아이고! 아부님, 이 일을 우짭니꺼? 아까 보건소서 영식이를 전염병에 걸렸다고 강제로 데려가고 시방 여는 없십니다."

"머라꼬? 아를 강제로 데려갔다고? 야야, 울지만 말고 일이 우찌 된 긴고 말을 좀 해 보거라."

몽환은 큰 소리로 다그쳤다. 그러자 진석이 숨찬 목소리로 자초지종을 설명했다. 어린 영식이가 징질부사[12]에 걸렸는데 보건소 일본 직원이 나와서 일급 전염병에 걸린 사람은 일반인들과 격리시켜야 한다고 강제로 애를 데리고 갔다고 했다. 그리고 아마도 군청 보건소에서 공공으로 시체를 처리하는 지정된 장소에 버린 것 같다고 했다.

"머시라? 이 천벌을 받을 놈들이 있나? 인명은 재천이거늘 살아 있는 목심을 그냥 갖다 버렸어? 야아야, 거기가 어디고? 당장 말해 보거라."

"예, 아매도 소전 넘어 신작로 밑에 있는 강가 구덩이에 버렸일 낍니더."

"알겠다. 장소가 어딘지 자세히 말해 보거라. 내가 갔다 오마."

"아부지, 안됩니더. 그 가모 일본 사람이 지키고 있일 낀디 들키모 큰일 납니더. 제도 무사허지 몬헐 깁니더."

---

12) 장티푸스

"걱정 마라. 내가 우찌 허던지 일본놈들헌티서 애를 구해서 지소로 보둠고 갈 낀께로 그리 알고 내를 기다리지 말거라."

몽환은 밤이 더 깊어지기를 기다렸다가 자정이 넘어서 아들이 말한 시체 처리소로 밤길을 더듬어서 찾아갔다.

다행히 그곳에는 아무 인기척이 없었다. 몽환이 조심해서 시체를 모아 놓은 곳으로 다가가 보니 어두운 구덩이 속에 허연 옷을 입은 시체들이 뒤엉킨 채 버려져 있는 모습이 어렴풋이 보였다. 구덩이에 버려진 시체들 속에는 아직 살아 있는 사람이 있는지 다 죽어가는 사람의 신음이 새어 나오고 있었다. 몽환이 앉아서 가만히 들어보니 귀에 익은 어린아이의 신음소리가 들려왔다. 몽환은 숨을 죽이고 아이 소리가 나는 곳으로 조용히 다가가서

"야야, 네가 영식이냐?"

하고 물었다. 그러자

"예, 영식입니더. 할아부집니꺼?"

어린 영식이가 할아버지 목소리를 알아듣고는 다 죽어가는 목소리로 대답했다. 하지만 할아버지라는 말에는 제법 힘이 들어가 있었다.

"오냐, 내가 할애비다, 영식아! 인제 이 할아부지가 구해 줄 낀께로 아파도 꾹 참고 아무 소리도 내지 말거라이."

몽환은 급히 가지고 온 보자기로 손자를 둘러싸서 보듬고는 그곳을 빠져나왔다. 그러고는 뛰다시피 하여 소전에서 군청 반대쪽의 샛길을 빠져나갔다. 그는 시둘리시 광평 강독을 지나 돌다리 쪽으로 향했다. 몽환이 이 길을 택한 것은 군청과 경찰서 앞에 보초를 서고 있는 일본

경찰을 피하기 위해서였다. 몽환은 다행히 날이 밝기 전에 신월을 지나 도둑골재를 넘어서 집에 도착할 수 있었다.

몽환은 손자를 집에 데려와서 갓방에 따로 눕혀 두고는 진석이 일러 준 대로 모든 음식은 끓여서 먹이며 정성껏 치료했다. 그러자 서서히 차도가 나타나기 시작했다. 그런데도 몽환은 생선은 절대로 먹이지 않고 장기간 치료를 잘하여 한 생명을 구할 수 있었다.

오늘은 진석이 기분이 좋아서 가벼운 발걸음으로 출근하였다. 어제 하동장날에 아버지가 보낸 인편을 통해 영식이가 완쾌되었다는 기쁜 소식을 전해 들었기 때문이다. 이 소식은 진석이 혼자만 알고 기뻐할 수밖에 없었다. 만약 이 사실이 군청직원들에게 알려지면 보건담당자로부터 징계를 당할 것이 확실했기 때문이다. 진석이 군청에서 사무를 보고 있을 때 군수실에서 호출이 왔다.

"군수님, 절 찾으셨습니꺼?"

"아, 예. 강 선배님, 이번 토요일과 일요일 사이에 혹시 바쁜 일이 있습니까?"

"아니 별로 바쁜 일은 읎습니다만… 와 그러십니꺼?"

"이번 주말에 선배님 형편이 되면 같이 쌍계사에 구경이나 한번 가 볼까 해서요."

"그리 허시지요. 저도 군수님과 같이 동행허모 영광이지요."

"사실은 내가 하동에 발령받고 나서 쌍계사 구경을 한 번도 하지 못했습니다. 그런데 제가 보기에는 강 선배님이 하동 역사나 지리에 관해 세세히 잘 알 것 같아서 그럽니다. 좀 부탁해도 되겠습니까?"

"제가 그리 아는 거는 별로 없어도 당연히 동행해 드려야지요."

"선배님, 감사합니다. 수고를 부탁드립니다."

두 사람은 토요일 오전에 일과를 마치고 화개 쌍계사로 가기 위해 관용 지프를 타고 화개장터까지 갔다. 그곳에서는 쌍계사로 가는 도로가 없었기 때문에 두 사람은 차에서 내려 걸어서 올라가기로 하고 지프를 돌려보냈다.

화개계곡 양쪽의 산비탈에는 화창한 가을 햇빛을 받은 단풍잎이 울긋불긋 가을빛으로 물들어 가고 있었다. 두 사람은 화개천 계곡의 개울가에 나 있는 오솔길을 따라 걸어서 올라갔다. 길 양쪽에는 막걸리와 싱싱한 민물고기 회를 파는 술집이 군데군데 자리 잡고 있었다.

두 사람은 손님을 부르는 아낙네들의 정감 넘치는 소리를 뒤로하고 산천의 풍경을 구경하며 올라가다가 삼신마을에 이르렀다. 능수버들이 늘어선 길가에 냇물 주변의 풍경이 잘 보이는 막걸리 술집이 하나 있었다. 두 사람은 땀도 식히고 시원한 막걸리로 목도 축일 겸 그 술집으로 들어갔다. 주모가 갓 잡은 싱싱한 은어와 민물고기로 회를 쳐서 막걸리와 같이 술상을 차려 내왔다.

"선배님, 한 잔 드세요. 오늘은 제가 초청했으니 먼저 술잔을 권합니다."

"군수님, 무신 그런 말씀을… 군수님이 먼첨 드이소."

"하하, 선배님, 오늘은 사무적인 인사치레는 그만합시다. 그러니 제기 히지는 대로 하시지요?"

진석은 못 이기는 척하고 술잔을 받았다.

"군수님, 여기 은어회 한 점 찍어 잡사 보이소. 하동 특산물 중에서도 최고지요. 향긋헌 수박 냄새가 기똥찰 낍니더."

"오늘은 선배님 덕분에 하동 진미를 실컷 맛볼 수 있게 되었네요."

두 사람은 적당히 목을 축인 뒤에 다시 쌍계사로 향해 개천가를 따라 올라갔다. 쌍계사에 도착하니 사찰 입구에 커다란 기둥을 세워서 만든 일주문이 두 사람을 반갑게 맞이하려는 듯이 활짝 열려 있었다. 두 사람은 다시 천왕문을 지나 경내에 들어서니 마당 안쪽의 대웅전 앞에 최치원 선생이 직접 지어서 쓴 진감선사 대공탑비가 거북 받침돌 위에 서 있었다.

진석은 경내에 있는 큰스님을 찾아서 군수를 소개했다. 두 사람은 먼저 대웅전에 가서 합장하고 참배했다. 이 군수는 스님의 안내를 받아 대웅전 앞에 있는 진감선사 대공탑비를 둘러보았다. 그는 비문을 세세히 살피며 읽다가 비문의 내용에 감동했는지 연방 고개를 끄덕이며 감탄사를 연발하였다.

"선배님, 정말 명문 중의 명문입니다. 내가 존경하던 최치원 선생님의 비문 내용이 내 가슴속에 절로 녹아드는 느낌입니다."

이 군수는 예전에 어떤 술자리에서 원래 경성제국대학의 예과에 입학하여 문학가의 길을 꿈꾸다가 다시 법학과로 진학했다고 말한 적이 있었다. 그래서인지 그는 비문을 읽으면서 큰 감명을 받는 것 같았다.

두 사람은 비석을 둘러본 뒤에 스님의 안내를 받아 주지 스님 방으로 들어갔다. 그들은 주지 스님과 절에서 내놓은 차를 마시며 대담을 나누었다.

"주지 스님, 저는 원래 문학도가 되는 것이 꿈이었습니다. 저는 평소에도 중국 당나라에까지 명성을 떨친 최치원 선생님을 존경하고 있었습니다. 그런데 다행히도 마침 제가 하동군수로 부임하게 되었지 뭡니까?"

"예, 그러셨습니꺼?"

"저는 기회를 봐서 꼭 한번 그분의 금석문을 읽어 보고 싶었습니다. 그러던 참에 오늘에야 그 꿈을 이루게 되었습니다."

"예, 군수님이 꿈을 이루었으니 다행입니다. 최치원 선생님이 직접 지어서 쓰신 진감선사대공탑비의 비문은 우리나라 4대 금석문 중에서도 으뜸이라고 허지요."

"아! 예. 그렇군요. 그런데 이 비석이 신라 정강왕 때에 건립된 것으로 기록되어 있더군요."

"예, 정강왕이 계곡의 시냇물이 두 개로 합쳐지는 것을 알고는 원래 이름인 옥천사를 쌍계사로 바꾸게 했다고 헙니더. 그런 뒤에 비석을 건립허도록 해서 완성되었는데 비문은 그의 선대 임금이신 헌강왕으로부터 명령을 받은 최치원 선생이 작성허고 직접 썼다고 헙니더."

"제가 잠시 전에 비문을 읽어 보았더니 그 내용이 불교사상뿐만 아니라 유교사상도 담겨 있는 것처럼 보였는데 제가 잘못 이해한 것은 아닌지요?"

"예, 맞십니더. 군수님의 학문에 대한 경지가 대단해 보입니다. 최치원 선생은 유교 불교사상이 근본적으로 다르지 않다고 보고, 거기에 더하여 노장사상도 가미하여 비문을 작성하셨다고 헙니더. 또한, 최치원 선생은 이 세 종교가 표방하는 이치는 차이가 있으나 그 본래의 정신은 통허는 바가 있다고 보고 진감선사가 그러한 경지에 있는 뛰어난 인물임을 기리는 내용으로 비문을 작성허싰지요."

"진감선사께서는 법력이 대단하신 분인가 보지요?"

"예, 그분은 일찍이 중국으로 건너가 소림사小林寺에서 구족계具足戒를 받고 다시 종남산에 들어가 3년간 더 도를 닦으셨지요. 그런 뒤에 귀국하시어 상주 모악산 장백사에서 높은 도덕과 법력으로 선을 가르치시다가 이곳 지리산 아래 화개계곡으로 들어오싰지요. 그리고 이곳에 옥천사를 세우고 선禪사상을 가르치셨는데 그 절이 지금의 쌍계사지요."

"그러니까 그분이 여기 이 천년 고찰인 쌍계사를 건립하신 분이셨군요."

"예, 그렇습니다."

"그런데 주지 스님, 스님께 부탁 한 말씀 올려도 될런지요?"

"예, 어려워 마시고 말씀허시지요."

"저희들은 오늘 저녁에 칠불암에서 일박하고 내일은 지리산 풍광을 구경한 뒤에 돌아가고 싶은데, 사정이 허락하신다면 최치원 선생의 금석문 탁본을 좀 부탁드려도 되겠습니까?"

"예, 그리해 드리고말고요. 동자승을 시켜 탁본을 잘 떠서 말려 놓겠십니더. 걱정 마시고 잘 다녀오시지요."

"스님, 정말 감사합니다."

두 사람은 쌍계사를 나와서 다시 화개천을 건너 계원, 모암마을을 지나 칠불사로 향했다. 길 가 산비탈에는 초가집들이 옹기종기 모여 있었고 마을 앞에는 바위와 돌로 높이 쌓은 논둑 위에 작은 논배미들이 다 닥다닥 붙어 있었다. 논에서는 초가을이라 벼이삭이 고개를 숙이고 의 신 골짜기에서 불어오는 산들바람에 물결처럼 일렁이고 있었다.

"저 벼이삭이 익으면 농민들에게 기쁨을 안겨주어야 할 텐데, 벼가 익어가는 대로 일본인들이 공출로 다 거둬갈 처지이니 참 딱한 일이 아닐 수 없지요?"

이 군수는 농민들의 안타까운 처지를 걱정하며 말했다.

"그런디 그 곡식을 공출로 거두는디 우리가 앞장서야 허니 우리 처 지도 말이 아이지 않십니꺼?"

"선배님, 말이 옳습니다."

"군수님, 그런디 농담 한마디 해도 데겠십니꺼?"

"예, 한번 해 보세요."

"겡상도 사투리에 삿갓도가리란 말이 있는디 그기 무신 말인지 압 니꺼?"

"제가 어찌 하동사투리를 알겠습니까?"

"그렇지요, 옛날에 한 농부가 있었는디요. 그 사람이 비 오는 날 삿 갓을 쓰고 자기 논을 둘러보러 갔답니다. 그 농부가 논을 다 둘러보고 돌아올 때쯤에 비가 그치서 삿갓을 벗고 논에 물꼬를 손봤답니더."

"예."

"그러고 나서 농부가 집으로 돌아올라 쿤깨로 갑자기 자기 논 도가 리를 세어보고 싶은 생각이 늘었납니더. 그래서 그가 논 도기리를 세 어보니 한 도가리가 모자라는 거예요."

"그래서요?"

"그래서 다시 세어 보고 또 세어 봐도 한 도가리가 없더랍니다. 그 농부는 땅에 붙은 논이 어디 날아갈 리가 있나? 험시로 논 세는 거를 포기허고 삿갓을 집어서 다시 쓰려고 보니 글쎄 삿갓 밑에 자기가 그렇게 찾던 논 한 도가리가 있더랍니다."

"그만큼 논배미가 작았다 이 말이군요?"

"그렇지요. 우리 농부들은 그러코롬 쪼끄만 땅도 논으로 맨딜아서 쌀 한 톨이라도 더 해 묵을라고 애를 쓰는디… 왜놈들이 그걸 다 뺏아 간깨로 가슴이 씨리지요."

"선배님, 말조심하시지요. 그래도 쥐구멍에도 볕 들 날이 오지 않겠습니까? 목구멍에 풀칠만 하라는 법은 없을 테니까요."

두 사람은 해 질 녘에 칠불사에 도착하여 아자방亞字房의 뜨뜻한 온돌에 몸을 녹이고는 스님들과 저녁을 함께 먹었다. 저녁을 먹으면서 스님들로부터 칠불사의 유래에 관한 이야기를 들었다.

가락국의 시조 김수로왕의 일곱 왕자가 외삼촌인 장유보옥선사를 따라 이곳에 와서 수도하다가 2년 만에 해탈의 깨달음에 이르러 모두 부처가 되었다고 하여 칠불사七佛寺라 부르게 되었다고 하였다. 그리고 스님이 아자방에 대한 자랑도 늘어놓았다.

'이 온돌은 만든 지 천 년이 지나는 동안 한 번도 고친 일이 없으며, 불만 넣으면 상·하의 온돌과 벽면이 한 달 동안이나 식지 않고 따뜻하다'고 설명하였다.

두 사람은 저녁을 먹고 나서 바람도 쐴 겸 밖으로 나와 뜨락에 있는 바위에 걸터앉았다. 산중의 기후는 초가을인데도 밤바람은 꽤 싸늘하였다. 밤하늘에는 마치 금가루를 뿌려 놓은 듯이 노란 별들이 총총히 박혀서 반짝반짝 빛나고 있었다.

"선배님, 산중 바람이 싸늘하기는 하지만 시원해서 가슴이 후련해지는 것 같네요."

"지리산 꼴착에서 부는 바람인디 시원허다마다요."

"선배님, 아까 쌍계사에서 최치원 선생의 비문을 보지 않았습니까? 저는 그분을 생각하면 할수록 존경심이 갑니다."

"그분에 대해 아는 기 많은 거 겉네요."

"뭐 그렇지는 않지만… 그분은 통일신라 시대에 당나라에 유학을 가셔서 당나라 조정에서 시행하는 과거에 합격하여 벼슬을 했지요. 그가 관직에 있을 때 황소의 난이 일어났는데 그는 종사관이 되어 서기의 책임을 맡게 되었다고 합니다."

"아! 예. 중국에 가서 과거에 합격했다는 것은 학교 댕길 적애 배운 거 겉네요."

"그분은 군막에서 표나 장, 격문을 제작하는 일을 맡았었는데 그때 쓴 글 중에서도 토황소격문討黃巢檄文이 걸작이어서 중국에서도 명문으로 인정받았다고 하는군요. 그래서 당서唐書』 예문지藝文志에도 그의 작품이 수록될 정도로 유명했다고 합니다. 참으로 우리 신라인으로서의 재능이 자랑스럽지 않습니까?"

"정말 존경헐 만한 분이네요."

"저는 그보다 그분을 더 존경하는 것은 중국에 있었으면 더 높은 벼슬자리에 올라 부귀영화를 누릴 수 있었을 텐데도 그것을 마다하고 자기의 재주를 고국을 위해 바치려고 귀국한 점입니다. 그분의 애국심이 존경할 만하지 않습니까?"

"그분의 애국심이 저 같은 사람을 참 부끄럽게 맨드네요."

"우리는 다 같은 입장 아니겠습니까? 그런데 그분은 귀국하여 관직에 등용된 후에 조정을 위해 자기 능력을 바치려고 했답니다."

"예."

"그래서 중앙 진골 귀족의 부패와 지방 토호세력의 반란과 같은 사회모순을 극복하기 위해 개혁안인 시무책을 제시하였습니다. 그러나 진골 귀족이 부패하여 개혁안이 받아들여지지 않자 신라왕실에 대한 실망과 좌절감을 느끼고 은거 생활을 하였다고 합니다."

"실망감이 컸겠네요."

"그렇겠지요. 그런데 제가 그분을 존경하는 또 다른 이유는 그가 개혁의 꿈은 이루지 못하였으나 학문 분야에서 이룬 업적 때문이지요."

"군수님은 그분에 대헌 조예가 깊으십니다."

이 군수는 잠깐 뜸을 들이고 나서 자기 생각을 마무리 지으려는 듯이 이야기를 계속하였다.

"꼭 그런 건 아니지만, 그분은 유학을 단순히 불교의 부수적인 분야로 이해하거나, 왕도정치를 위한 수준을 넘어 새로운 정치이념으로 내세웠다는 점이지요."

"아! 예."

"그리하여 그가 이룬 유교에서의 선구적 업적은 뒷날 고려의 최승로

崔承老로 이어져 고려의 국가적 정치이념으로 발전하게 되었지요. 그리고 자신을 유학자로 자처하면서도 불교에도 깊은 관심을 가져 학자로서의 유연한 세계관을 가진 점이 훌륭하다고 봅니다."

"군수님은 우리 역사에 대헌 지식도 풍부허네요. 정말 존경시럽십니더."

"그래서 재가 하동군에 재직 중에 꼭 최치원 선생의 유적을 답사하고 싶었는데 선배님 덕분에 제 소원을 이루었습니다. 선배님, 감사합니다."

"참내, 군수님도 그걸로 감사헐 거꺼지야 읆지요. 덕분에 제가 배운 바가 많아서 도리어 감사해야 허지요."

두 사람이 잠시 이야기를 멈추고 하늘의 별을 바라보고 있는데 뭔가가 하늘 높이 하얀 긴 꼬리를 남기고 뒤따라 작은 소리를 내며 날아가고 있었다. 이 군수가 손가락으로 하늘을 가리키며 말했다.

"선배님, 저쪽에 하늘 높이 뭔가 흰 꼬리를 달고 날아가는 것이 보이지요."

"아, 예. 높으고로 뭣이 날아가기는 가는 모양인디. 그기 뭣인지는 잘 모리겠네요."

"그렇지요. 저것이 무엇인지 눈에 잘 보이지는 않지요?"

"예, 혹시 비행기 아닐까요?"

"제 생각도 같습니다. 저것은 아마 미국 폭격기일 것입니다."

"아니 저기 미국 비행기라고요?"

"예, 제 생각이 맞을 것입니다. 일본인들이 내선일체 정책을 펴면서 조선, 동아일보 같은 민족 신문을 모조리 폐간하여 조선인들의 눈과 귀를 막았지요."

"그거는 사실이지요."

"그래 놓고 자기네들이 발간하는 신문과 관공서 공문으로 자기들이 대동아 전쟁에서 이기고 있다고 과대 선전을 하고 있지 않습니까? 그러면서 공출을 더욱 독려하라고 떠들고 있지만 하늘길은 막지 못하는 모양이지요."

"그러모 저기 진짜 미국 비행기란 말입니꺼?"

"예, 틀림없을 것입니다. 저는 아직 일본인들이 저렇게 높이 나는 폭격기를 생산했다는 소식을 듣지 못했으니까요."

"제도 그런 말은 금시초문입니더."

"선배님, 지금 일본이 전쟁에서 미국한테 밀리고 있는 것이 틀림없습니다. 그렇지 않으면 어떻게 미국 폭격기가 우리나라 하늘에까지 날아올 수 있겠습니까? 마음의 준비를 하시는 것이 좋을 것 같네요."

"군수님, 마음의 준비라는 기 머신디요?"

"선배님, 혹시 프랑스의 나폴레옹이라는 사람을 알고 있습니까?"

"예, 알프스 산을 넘은 프랑스 장군이라는 거는 알고 있십니더."

"맞습니다. 그 사람이 어느 나라 사람인지도 알고 있나요?"

"아니요, 그거꺼정은 잘 모립니더마는…."

"그 사람은 원래 프랑스 식민지인 코르시카 사람이었습니다."

"예, 제는 처음 알았십니더."

"그런데 그는 자기 나라의 독립을 위한 독립전쟁을 벌인 영웅이 아니었습니다. 그는 오히려 자기 나라를 지배하고 있는 프랑스의 군인장

교가 되어 프랑스를 위해 전쟁을 치르는 과정에서 그의 탁월한 능력으로 승승장구하여 프랑스의 영웅이 되었지요."

"그러닝께 시방 나폴레옹을 우리 처지로 치모 조선 사람이 일본의 유명헌 장군이 덴 거 허고 같은 기네요."

"그렇지요. 그런 뒤에 그는 아예 역으로 자기 조국을 식민지로 만든 프랑스를 지배하는 황제가 되었지요."

"아! 나폴레옹이 그런 사람이었십니꺼? 참 대단헌 사람이네요."

"선배님도 그런 생각이 들지요? 그런데 그를 두고 누가 자기 조국을 배반한 매국노라고만 치부해 버릴 수 있을까요?"

"자기 나라를 지배한 나라를 자기가 거꾸로 도로 지배했다 이 말 아입니꺼?"

"예! 그렇습니다. 선배님! 우리라고 그런 기백을 가지지 말라는 법이 있겠습니까?"

이 군수는 두 주먹을 불끈 쥐며 힘주어 말했다. 하지만 진석은 왠지 그런 용기가 나지 않아 말끝을 흐렸다.

"군수님 정도 되모 그런 꿈을 가질 만도 허지요. 헌디 어찌 저 겉은 사람이 감히…"

"선배님, 제가 마음의 준비를 하자는 것은 우리가 그런 패배의식에서 벗어나야 한다는 것입니다. 지난번에 저의 부임 환영 연회석에서 마코토 경찰서장이 우리 민족은 야만인이고, 만나면 싸우는 민족이라고 무시했던 말이 기억나지요?"

"예, 생생허기 기억허고 있십니더."

"그는 일부러 하동군 군청과 하동경찰서의 모든 직원들이 보는 앞에서 일부러 우리 조선인을 비하하는 말을 해서 저를 망신시키려고 했던 꼴을 보셨지요?"

"예, 그때 저도 자존심이 상했는데 군수님이야 오죽했겠십니꺼?"

"피가 거꾸로 솟는 기분이었지요. 그건 그렇고 아까 제가 미군기가 하늘 높이 날아가는 것을 보고 마음의 준비를 하라고 했지요?"

"예, 군수님."

"만약 제 생각대로 일본이 전쟁에서 미국에 밀리고 있다면 우리나라가 독립을 되찾는 날도 멀지 않을 것입니다."

"군수님! 진짜 그런 날이 올까요?"

진석은 이 군수가 곧 우리나라의 독립이 다가오고 있다는 말에 너무 기분이 좋아 자기도 모르게 목소리가 커졌다. 그러자 이 군수가 주위를 둘러보며 주의를 주었다.

"선배님, 조용조용 얘기합니다."

"아 예."

진석은 이 군수의 말이 무슨 뜻인지 알고 소리를 낮추었다.

"그래서 제가 선배님한테 드리고 싶은 말은 만약 우리나라가 독립되면 하루빨리 그놈들이 뿌리고 간 식민잔재에서 벗어나야 하겠다는 것입니다."

"그야 당연하지요."

"그리하여 우리 조선인은 우리 전통에 대한 강한 자부심으로 우리 문화의 주체성을 살리고, 나아가 일본을 능가하는 우리 국력을 기를 수 있는 마음 자세를 길러야 하겠다는 것입니다."

이 군수는 우리라는 말을 할 때마다 턱을 내밀고 목에 힘을 주었다.

"예, 군수님이 마음의 준비를 허자는 기 무슨 말씀인지 잘 알겠십니더."

"선배님, 중국을 봐도 그렇지 않습니까? 비록 자금은 중국이 과학 문명의 발전이 뒤떨어져 일본과 전쟁을 치르느라 고전하고 있지만, 과거에는 이민족에게 나라를 빼앗긴 적이 있어도 자기들의 우수한 문화로 이민족을 동화시켜서 자기들의 주체성과 나라를 지켜내지 않았습니까?"

"그렁깨로 군수님 말씀은 우리나라도 시방은 일본헌테 나라를 뺏깄지만 우리도 국력을 기르고 우리 문화와 전통을 잘 지키모 독립헐 수 있다 이말 아입니꺼?"

"역시 선배님은 말이 통하는 데가 있다니까요."

"감사헙니더. 우쩌다 내가 군수님헌티 칭찬을 다 들었네요. 군수님의 깊은 뜻을 이제야 알 거 같습니더."

"선배님! 우리나라는 반드시 독립의 그 날이 오고야 말 것입니다."

이 군수는 하늘을 쳐다보며 결연한 자세로 말했다. 진석도 이 군수의 말에 고무되어 동감했다.

"예, 군수님! 꼭 그리돼야 안 허겠십니꺼?"

"선배님! 우리나라가 독립하는 감격의 그 날이 오면 마코토 경찰서장의 말대로 조선인들은 소탐대실도 모르고 싸우는 민족이 아니라 대의를 위해서는 대동단결하여 국력을 기르고 찬란한 문화를 꽃피우는 훌륭한 민족이라는 것을 꼭 보여주어야 한다고 생각합니다."

"예! 그리돼야 허고말고요. 군수님이 최치원 선생의 비문을 볼라고 쌍계사를 찾은 이유를 이제야 알 거 겉십니더. 오늘 제가 군수님께 배운 기 참말로 많았십니더. 정말 감사헙니더."

"선배님도 참, 공치사는 그만하시지요. 선배님! 그래도 배운 우리가 먼저 마음의 준비를 단단히 하도록 합시다."

이 군수는 진석의 손을 힘주어 잡으며 말했다.

"예, 군수님!"

진석도 손에 힘을 주며 결의를 다졌다.

"그건 그렇고, 선배님, 오늘 우리가 한 이런 이야기는 꼭 비밀을 지키셔야 합니다. 제가 일본 사람이 아닌 강 선배님을 동행하자고 한 것도 그런 이유에서입니다. 잘 아시겠지요?"

"예, 군수님! 알다마다요."

두 사람은 지리산계곡의 맑은 밤공기를 마시며 한참 동안 이야기를 나누었다. 그들은 밤이 깊어서야 아자방으로 들어가서 조선 온돌방의 따뜻한 온기를 등으로 느끼며 곤히 잠들었다.

초가호위 狐假虎威

　아직 추위가 가시지 않은 이른 봄날 날씨는 제법 쌀쌀했다. 날씨가 일본인들에게 착취당하고 사는 조선인들의 마음을 알기라도 하는 듯이 희끄무레하게 흐린 구름이 소-산 위를 뒤덮고 있었다.

　꽤나 젊고 얼굴이 갸름하게 생긴 한 젊은 여인이 한 손에는 새끼줄 몇 가닥과 낫을 들고 다른 손에는 갈퀴를 들고 덕천마을을 지나가고 있었다. 그녀는 숲속 오솔길을 따라 소-산 쪽으로 올라가다가 가끔씩 동네 쪽의 동태를 살피고는 잰걸음으로 걸어갔다. 그녀가 조금너리에서 출발하여 인적이 드문 덕천마을의 언덕길을 오를 때부터 한 사내가 멀찌감치 떨어져서 뒤따르고 있었다. 그는 주위를 살펴 가며 그 여인이 눈치채지 못하게 일정한 거리를 두고 뒤따라갔다.

　젊은 여인은 덕천마을 옆에 나 있는 빽빽한 소나무 숲속 샛길을 따라 계속 주위를 살피며 인기척을 피해 올라갔다. 그녀는 소나무 솔가리가 수북이 쌓인 골짜기에 다다라서야 돌멩이 위에 앉아서 산길을 오르느라 가빠진 숨을 가라앉혔다. 그녀는 한숨을 돌린 뒤에 다시 주위를 살피고는 인기척이 없자 가지고 온 갈퀴로 솔가리를 긁어모았다.

이곳은 사람들의 발자취가 드문 곳이라서 그런지 솔가리가 많이 쌓여 있었다. 그녀는 금방 솔가리를 자기가 이고 갈 만큼 한 뭉치를 모았다. 그리고 새끼줄을 두 줄로 늘어놓은 뒤에 주위에서 솔가지를 꺾어다가 새끼줄 위에 펼쳐 깔고, 그 위에 솔가리를 차곡차곡 쌓았다. 그런 뒤에 새끼줄로 솔가지가 솔가리를 둘러싸도록 하여 단단히 묶었다. 그녀는 갈퀴와 낫을 솔가리 짐에 꽂고 나서 짐을 이고 막 일어나려고 하는데 갑자기 등 뒤에서 인기척이 들려왔다.

"아이구, 이기 대송띠 아인기요? 세상에 이런 벌건 대낮에 겁도 없이 갈비[13]를 검어 갈라꼬 여꺼정 오싰내?"

대송댁이 깜짝 놀라 뒤돌아보니 아래쪽의 큰 소나무 옆에 그녀에게는 너무나도 낯익은 한 사내가 떡 버티고 서 있었다. 그는 오른팔에 '입산 금지'라는 노란 완장을 차고 발밑의 솔가리를 툭툭 걷어차며 시시덕거리면서 그녀가 있는 곳으로 올라왔다.

그는 바로 얼마 전에 자기 남편을 산에서 소나무를 잘랐다는 죄목을 뒤집어씌워 징용 보내버린 황봉삼이었다. 그는 그녀가 꿈에라도 나타날까 봐 두려워했던 일본인의 앞잡이 금남면 산림관리인 황봉삼이었던 것이다.

---

13) 솔가리: 말라서 땅에 떨어져 쌓인 솔잎.

조금너리마을에는 재산이 꽤나 많으면서 인심이 후하다고 소문난 문수필이라는 사람이 있었다. 그는 삼대에 걸친 대가족과 같이 머슴을 몇 명 거느리고 농사를 지으며 살았다.

그런데 자기 집 머슴 중에는 먼 친척의 조카뻘 되는 문세경이라는 젊은이가 있었다. 그는 머리가 조금 우둔하여 재치는 약간 뒤떨어졌지만, 성격이 순하고 성실하여 주변 사람들의 호감을 얻고 사는 사람이었다. 그는 옆집 문수필의 집에서 머슴살이했지만 알뜰하게 살림살이를 꾸려 착실하게 살았다.

그런데 그에게는 얼굴이 예쁘장한 아내가 있었다. 그녀는 어릴 때 집이 너무 가난하여 남의 집에 얹혀살다시피 하며 어려운 가정환경에서 자라났다. 그녀는 혼기가 되어서 성격 좋다는 사실 하나만 믿고 문세경과 결혼하여 아들딸 낳고 잘살고 있었다.

황봉삼은 산림관리인이 된 뒤에 그것도 벼슬자리인 양 주위 사람들에게 권력을 과시하고 싶어서 안달이 났다. 그는 매일 아침을 먹고 나면 할 일 없이 용덕에서 출발하여 깨꺼리, 조금너리, 덕천 일대에 있는 산 주변을 돌아다녔다. 그러다가 그곳 주민들이 조그만 소나무라도 베어오다가 들키는 날이면 여지없이 금남면 주재소에 고발하여 벌금형이나 고문을 당하게 해왔다.

그러던 중 봉삼은 우연히 조금너리마을 앞을 지나다가 세경의 아내를 한번 보고는 아무도 모르게 그녀에게 눈독을 들이게 되었다. 봉삼은 일부러 볼일이 있는 것처럼 조금너리마을 근처를 서성대다가 그녀에게 무슨 수작을 걸어보려고 기회를 엿보고 있었다. 하지만 옆집에 사는 문수필 어른의 눈에 띄었다가 혼이 날까 봐 혼자서 마음만 졸이고 지냈다. 그러던 차에 봉삼에게 자기의 흑심을 채울 수 있는 절호의 기회가 찾아왔다.

일본이 중·일 전쟁을 일으킨 뒤에 조선인들의 노동력을 강제로 동원하기 위해 징용령을 공포하여 시행했던 것이다. 노량에서 일본인들이 하는 일이라면 누구보다도 정보가 빨랐던 사람이 봉삼이었다.

그는 일본인들이 여차하면 조선인들을 강제로 징용에 끌고 간다는 사실을 알에 되었다. 그는 산림관리인인 자신의 권력을 잘 이용하면 자기 뜻을 못 이룰 것이 없다는 것을 재빠르게 간파했다. 그것은 역시 봉삼이다운 약삭빠른 재치였다. 봉삼은 기회만 있으면 금남면 면서기들이나 일본 경찰들이 동네를 순회하며 징용을 독촉하는 일에 일부러 따라다니면서 그들의 궂은일을 자진하여 도와주었다.

그러던 어느 날, 일본 경찰이 덕천, 진정, 조금너리 일대에 징용을 독촉하러 나가는 날짜를 알게 되었다. 봉삼은 아무도 모르게 문세경을 처리할 무시무시한 계책을 세웠다. 그는 미리 사전작업을 해 두었다가 자신의 계획을 실행에 옮겼다.

달빛이 옅게 낀 구름을 뚫고 희미하게 내리비치는 어느 날 밤에 봉삼은 밤이 깊어지기를 기다렸다. 그는 아무도 몰래 집을 나와 궁항을 지나 조금너리마을로 갔다. 그는 희미한 달빛에 의지해 조심조심 길을 찾아 마을 뒷산으로 올라갔다. 그는 일부러 소나무 생가지를 제법 많이 꺾어 가지고 마을로 다시 내려와 몰래 세경이 집으로 들어갔다.

그는 세경이 집안에서 인기척을 살폈다. 세경이 가족들이 모두 곤한 잠에 빠졌는지 누군가 코를 고는 소리 외에는 아무 소리도 들리지 않았다. 그는 소리 없이 마당을 가로질러 안채를 돌아서 뒤뜰로 갔다. 그는 조심해서 처마 밑에 쌓여 있는 장작더미 위에 자기가 꺾어온 솔가지를 수북이 얹어 놓았다. 그러고는 생쥐처럼 살금살금 기어서 세경이 집을 빠져나와 자기 집으로 돌아왔다.

다음 날 봉삼은 일본 경찰을 따라 조금너리 동네에 징용을 독려하러 가서 몇 집을 들른 뒤에 세경의 집 근처를 지나가게 되었다. 그때, 봉삼이 일본 경찰 모리에게 귓속말로 뭐라 속삭이더니 같이 세경의 집으로 들어갔다. 봉삼은 집 안 곳곳을 살피는 척하다가 안채를 돌아 뒤뜰로 갔다. 그는 전날 밤에 자기가 가져다 두었던 소나무 생가지 몇 개를 머리 위로 치켜들고 마당으로 나오면서 우연히 발견한 것처럼 큰소리로 외쳤다.

"동네 사람들아! 이 천하에 도둑놈 같은 세경이 좀 보이소이. 아 글쎄, 이놈이 대일본 천황폐하께서 금허는 귀허디귀헌 쌩솔깽이를[14] 베다가 집 뒤 장작더미 위에 갖다 났소이. 모도 이것 좀 보이소. 이기 시퍼런 쌩솔깽이가 아이고 먼기요?"

봉삼이 갑자기 고함을 지르는 소리를 듣고 이웃 사람들이 영문도 모르고 세경의 집으로 와서 뒤뜰로 가보았다. 그곳에는 시퍼런 소나무 생

---

14) 생솔가지를

가지가 장작더미 위에 수북이 얹혀 있었다.

　일본은 조선인들이 나무를 베거나 생가지를 허가 없이 베면 100원 이하의 벌금형을 부과하였다. 이 돈은 조선인들이 감당하기에는 너무도 큰돈이었다. 이런 사실을 잘 알고 있는 봉삼은 지체 없이 온 동네를 돌며 세경을 찾아다녔다. 봉삼은 동네 이곳저곳으로 한참을 돌아다닌 뒤에 문수필의 밭에서 거름을 깔고 있던 세경을 찾아내어 일본 경찰 앞으로 끌고 왔다.

　"아이참! 관리님 와 이러십니꺼? 제는 죄진 기 한 개도 읎는디요?"

　"머시라! 죄가 읎다고? 자네 집에서 쌩솔깽이가 나왔는디도 죄가 읎다고? 야, 이 사람아, 할 짓이 따로 있지. 우짤라꼬 대일본제국이 금허는 쌩솔깽이를 벴단 말이고?"

　"지가 운재 쌩솔깽이 벴다고 그럽니꺼?"

　봉삼은 세경의 항의에는 아랑곳하지 않고 세경이를 모리 순경 앞에 억지로 꿇어 앉히며 큰 소리로 말했다.

　"여거 게시는 순경 나리님이 동네 사람들허고 다 같이 너 집에 가서 네가 베 온 쌩솔깽이를 두 눈으로 똑띠 보고 확인헌 기라 카이. 보이소, 동네 사람들도 다 봤지예?"

　동네 사람들은 봉삼에게 끌려온 문세경을 보고는 뭔가 이상하다고 여겨 대꾸하지 않고 머뭇거렸다.

　"…"

　황봉삼은 동네 사람들의 반응에는 아랑곳하지 않고 은근히 세경에게 달래는 말투로 자기가 지은 죄를 시인하라고 재촉했다.

"세경이, 이 사람아, 고마 잘못했다고 빌모 순경 나리께서 벌금이야 물리겠능가? 내가 죽을죄를 짓다 쿠고, 조용히 주재소로 순경 나리를 따라가서 잘못했다고 빌모 별일이야 있겠는가?"

"제가 무신 죄를 짓다꼬 비라 쿠는디요."

"허허, 이 사람이요. 말끼를 못 알아듣네. 고마 내가 시는 대로 허모 된다 캐도 그러내? 모리 순경님, 승강이 해 쌌지 말고 그냥 주재소로 끌고 갑시더."

모리 순경은 황봉삼의 행동을 보고 그의 의도를 눈치채고는 입가에 이상야릇한 미소를 지으며 말했다.

"빠가야로, 입사노그무지를 어긴 놈이 무시노 말이 그리 많아. 빨리 끌고 가."

이렇게 해서 세경은 노량주재소의 일본 경찰 모리에게 끌려가고 말았다. 그런 뒤에 황봉삼이 어떤 수작을 부렸는지는 몰라도 문세경은 소리 소문도 없이 징용으로 끌려가게 되었다.

대송 댁은 이런 못된 짓을 저질렀던 봉삼이 바로 눈앞에 떡 버티고 서 있는 모습을 보고는 질겁하고 말았다.

"아이고! 관리 어른, 제발 좀 살리 주이소. 내가 모운 솔가리는 전에맨 치로 도로 산에 깔아 놓겠십니다. 그러닝깨로 한 번만 용서해 주이소."

하며 무릎을 꿇고 엎드려 싹싹 빌었다. 봉삼은 어디서 구했는지 빨 산 페인트질을 한 짧은 나무 방망이로 솔가리 짐 주위를 돌다가 나무 짐을 쿡쿡 찌르며 협박하기 시작했다.

"허, 이 여자가요. 간도 크데이. 이거는 쌩솔깽이 아이가? 이거 땜시로 신랑이 징용 간 걸 보고도 아적꺼정 정신을 못 채맀능가 배."

봉삼은 점점 대송 댁 가까이로 다가가서 이제는 반말로 겁을 주며 말했다.

"가마이 있자, 당신 대송띠라 캤재? 신랑은 징용 가서 오도 못허고…. 딸린 새끼들도 몇 명이나 되지?"

"아이고, 간리님! 한 번만 용서해 주이소. 그리해 주모 간리님이 시는 대로 다 헐 낀께로 제발 좀 용서해 주이소. 어떻든가 자슥새끼는 먹여 살려야 헐 거 아입니꺼?"

"허기사, 아무리 험헌 세상이라도 자슥새끼꺼지 굶겨 직일 수는 읎는 일이재이. 자슥새끼 살릴라 카모 몬헐 짓이 있겄나? 그래, 방금 내가 시는 대로 다 헌다 캤재?"

봉삼이 더 큰 소리로 윽박지르며 다그치듯이 물었다. 대송 댁은 엉겁결에 고개를 끄덕이며 다 죽어가는 목소리로 말했다.

"제발 딸린 내 새끼들을 봐서 한 번만 용서해 주이소."

"진작 그래야지. 대송띠, 이리 와 보이소. 내가 시는 대로만 허모 그기 다 누 좋고 매부 존 거 아인기요."

봉삼은 넌지시 대송댁의 손목을 잡고는 그녀를 그의 품 안으로 와락 끌어당겼다. 대송띠는 본능적으로 거세게 반항했다. 그러나 그녀는 어차피 봉삼의 마수를 벗어날 수 없다는 것을 깨닫고는 자신의 몸을 그가 하자는 대로 맡기고 말았다. 자기 욕심을 채우고 난 봉삼은 부드럽게 그녀의 등을 두들겨 주며 달래듯이 말했다.

"대송띠, 너무 섭허게 생각지는 마시게. 내가 앞으로 대송띠를 특별히 봐 줄 낀께로… 인제부텀 동네 사람들 눈치 못 채고로 여기 와서 나무를 맘 놓고 실컷 해 가게. 뒷일은 걱정 말고…"

봉삼은 대송댁을 위로한답시고 인심을 베푸는 것처럼 듣기 좋은 말을 해 주고는 산 아래로 내려가 버렸다. 대송댁은 혼자 남아서 치마폭으로 눈물을 훔치며 서럽게 울었다. 무슨 팔자가 이리도 사나운지 일본 놈들 앞잡이에게 신랑도 뺏기고 몸도 더럽혔으니 자기 신세가 처량하기 짝이 없었다. 대송댁은 한참을 울다가 날이 어둑해질 때쯤 나뭇짐을 이고 산에서 내려왔다.

이른 봄, 봉삼은 안개가 희부옇게 낀 새벽에 청도마을을 지나 용덕으로 휘파람을 불며 걸어오고 있었다. 그는 조금너리마을에 있는 대송띠의 집에서 자고 남의 눈을 피해 새벽에 출발하여 궁항 용포를 돌아서 집으로 돌아오는 길이었다.

봉삼은 소-산에서 대송댁을 겁탈한 이후로 밤이 되면 거의 매일 같이 대송띠의 집을 자기 집처럼 드나들며 내연관계를 맺어왔다. 옛말에 꼬리가 길면 밟힌다고 했던가? 봉삼이 그녀의 집을 드나들기 시작한 지 얼마 되지 않아서 소문은 삽시간에 조금너리와 이웃 마을인 진정 일대로 퍼져나갔다. 소문이 저절로 퍼져나갔다기보다는 오히려 봉삼이 일부러 소문을 흘렸다고 하는 것이 옳을 것이다.

봉삼은 진정이나 덕천에 가서 친구들과 간혹 술자리에 어울릴 때가 있었다. 그는 술을 마시면서 친구들에게 비밀이라고 하면서도 대송댁과의 관계를 자랑삼아 대놓고 이야기했던 것이다. 그런데 그 소문이 사실이라는 것을 결정적으로 확인시켜 준 사건이 터지고 말았다. 신랑이 징용에 끌려간 대송댁이 아기를 배어서 배가 불룩하게 튀어나오기 시작했던 것이다. 사람들은 다 그 아이의 애비가 봉삼이라는 것을 다 알고 있었지만, 누구도 그 일을 문제 삼는 사람은 없었다.

봉삼이 산림관리인이 된 뒤로 금남면 주민들이 소-산에 나무하러 갔다가 봉삼에게 들키는 경우가 있었다. 그러면 십중팔구 그 사람의 식구들 중에서 남자가 징용으로 강제로 끌려가거나 남자가 없으면 여자가 정신대로 끌려갔다. 이제 금남면 일대에서는 그 누구도 감히 그를 건드릴 사람은 없게 되었다. 그런데 대송댁의 일로 속으로 이를 갈면서 분통을 삭이고 있는 사람이 있었다. 그는 문세경의 이웃에 사는 문 씨 집안의 어른인 문수필이었다.

그는 봉삼이 자기 집에서 부리던 머슴을 징용으로 빼앗아 간 것도 모자라 그의 집안 질부까지 강제로 유린했다는 사실에 치를 떨었다. 그는 그러한 사실을 알면서도 어찌할 방도가 없다는 현실에 집안 어른으로서의 자존심에 큰 상처를 받았다. 그렇다고 봉삼을 잘못 건드렸다가는 자기도 어떤 해코지를 당할지 모를 일이었기 때문에 대놓고 나서지도 못했다.

소-산 일대에 사는 사람들에게 있어서 봉삼은 마치 저승사자와도 같은 존재가 되어 있었다. 봉삼이 산림관리인이 되고 나서 봉삼이 앞에서는 일본에 대한 불만을 토로하거나 일본의 정책을 비난하다가는 어떤 봉변을 당할지 몰라 누구나 입조심을 하였다. 봉삼이 용덕마을 입구에 다다랐을 때 길가에서 황대성을 만났다.

"아재, 안녕허십니꺼?"

"아, 황 관리 아인가? 아침 일찍 어디 갔다 오는가?"

"제야 머, 늘 허는 일이 천황폐하의 귀중헌 소나무 지킬라꼬 산을 둘러보러 댕기는 기 제 일 아이겠십니꺼?"

"이 사람아, 조선 사람들헌티 너무 못살고로 허지 말고 슬슬 좀 허게나."

"하모요, 제가 언제 심허게 헙디꺼? 특히 아재헌티는 제가 몹쓸 짓을 헌 기 읎다 아입니꺼?"

"그래, 알겄네. 그런디 삼동에 등 시린디 배겨낼 장사 읎는 걸세. 조선 사람도 사람인디 불도 안 땐 언 구둘장에서 잘 수야 있나. 이 말일세."

"아재, 무신 말씀 허는지 잘 알겄십니더. 그거는 그렇고, 아직꺼정 덕줄이가 조합에 못 들어갔십니꺼?"

"염 구장이 기다려 보라고는 허데마는 아직 감감무소식일세."

"염 구장 그 사람이 문제지요. 좋은 자리는 자기 염가 집안사람들이 다 차지헌다 이입니꺼? 아재, 쪼깸만 기다려 보이소 마. 좋은 소식이 곧 있일 낍니더."

봉삼은 마치 자신이 황 씨 집안의 대표라도 되어서 집안 문제를 해결해 줄 수 있는 해결사처럼 어깨를 으쓱해 보였다. 봉삼은 사실 평소에 염 씨 집안사람들과 별 나쁜 감정을 품었던 것은 아니었다. 그런데 염 씨들은 원래부터 이곳 토박이들로 오래전부터 김 양식을 하여 잘사는 집이 많았다. 그들이 일부러 봉삼에게 가난하다고 괄시를 하지도 않았다. 하지만 자존심이 강했던 봉삼은 산림관리인이 된 뒤부터는 염 씨 집안사람들과 별일이 아닌 것을 가지고도 자주 시비가 붙었다. 그럴 때마다 기세 싸움을 벌여서 말썽을 일으키는 경우가 많았다.

봉삼은 자신을 과시해 보이고 싶은 허영심이 강했지만, 항상 자기를 호의적으로 대해 주는 황대성에게는 겸손하게 굴었다. 그는 황대성에게 무슨 도움 줄 일이 없을까 하고 늘 관심을 기울이고 있었다.

금남면 덕천부락에는 꽤 너른 토지와 재산을 가진 전명길이라는 사람이 있었다. 그는 덕천에서 양조장도 운영하는 사장이었는데 한번은 우연히 동네 주막에 갔다가 봉삼에게 큰 봉변을 당한 일이 있었다.

한일합병 후에 조선총독부는 조선을 식민통치하면서 조선인들에게 주세를 수탈하기 위해 전매사업인 양조장 설립을 추진했다. 전명길은 더 많은 돈을 벌기 위해 총독부의 시책에 호응하여 덕천에 양조장을 지어서 사장이 되었다. 그 뒤부터 그는 덕천에서 지방유지 행세를 하며 주민들에게 상당한 영향력을 행사하고 있었다.

하루는 전명길이 심심하여 도가 술이 잘 팔리는지 살펴볼 겸해서 동네 주막에 들렀다. 주막에는 동네 사람들 몇 명이 모여 술을 마시고 있었는데 오늘따라 큰 고함 소리가 들리고 누군가가 소란을 피우고 있었다. 그가 술집 안으로 들어가 보니 황봉삼이 대낮부터 술을 마셨는지 얼굴이 벌개가지고 자기 아버지뻘 되는 동네 노인의 멱살을 잡고 실랑

이를 벌이고 있었다. 동네 사람들은 전 사장을 보고 싸움을 말리다가도 목례를 하는데 봉삼은 안하무인으로 싸움을 계속했다.

"이놈우 영감탱이야, 돈을 빌렸이모 갚아야 헐 거 아이가? 돈 빌린 지가 운잰디 아직도 깜깜무소식이고?"

전 사장이 술집 마루에 자리를 잡고 앉아서 상황을 살펴보니 멱살을 잡힌 사람은 자기 이웃에 사는 이 영감이었다.

"야, 이 사람아, 돈을 줄라꼬 해도 집구석에 있는 것이라고는 다 공출로 내삐고 난깨 돈이 읎는 걸 우쩐단 말이고? 조깸만 가다리게. 내가 우째도 자네 돈은 안 떼먹을 걸세."

"야! 이 영감탱이야, 그린 소리 헌 기 한두 번이가? 인제 귀에 못이 백힐라 쿤다. 오늘은 고마 담판을 짓자. 당장 돈을 안 갚으모 너그 딸을 정신대에 보내 삐릴 낀께로."

"야, 이 사람아, 아무리 돈이 중허다고 해도 우찌 하나뿐이 읎는 우리 딸 이야구를 들미는가? 마누래도 읎는 내는 우찌 살라고 그런 무작헌 말을 다 허는고? 으흐흐."

전 사장은 봉삼이 어느 동네 할 것 없이 돌아다니며 행패를 부린다는 소문을 들어서 알고 있었다. 하지만 막상 자기 이웃에 사는 노인이 그에게 당하는 것을 눈으로 직접 보고 나니 마음이 편치 않았다.

자기도 일제 식민지정책에 호응하여 양조장을 운영하면서 돈을 벌고 있는 것은 사실이지만 아직도 장유유서의 전통이 남아있는 시골 마을이 아닌기? 그런데 이무리 일본 앞잡이 봉삼이라 해도 안하무인으로 나이 많은 노인에게 행패를 부리는 것은 도에 지나치다는 생각이 들었다. 봉삼의 행패는 계속되고 있었다.

"허, 참, 이 영감탱이가 아직꺼정 정신을 못 차렸나? 돈도 못 갚음시로 무신 잔소리가 그리 많냐? 좀 맞아야 정신이 들 끼가?"

그러자 주모가 보다못해 한마디 거들었다.

"황 씨, 인제 그만 좀 허이소. 우리도 장사 좀 해야 헐 거 아입니꺼? 영감님이 돈을 갚겄다고 허는디 논에 일허던 사람을 심심허모 끌고 와 족치모 배길 사람이 있겠십니꺼?"

"뭣이라? 이 할망탱구야, 니도 한팬가 배?"

하면서 이번에는 이 영감의 멱살을 잡았던 손을 놓고 시시덕거리며 잔뜩 쌍을 찡그리고 주모에게로 다가갔다. 그러고는 주모의 뺨이라도 때릴 듯이 오른손을 치켜들고 달려들었다. 전 사장이 봉삼의 그런 모습을 보고 더는 참다못해 한마디 점잖게 꾸짖었다.

"어이, 젊은 양반, 동네 어른헌티 허는 말이 좀 심허지 않은가? 좋은 말로 해도 될 거 아인가 배?"

봉삼은 갑자기 들리는 점잖은 말투에 기가 한풀 꺾였는지 치켜들었던 손을 내리고 뒤돌아보았다. 그는 전명길을 알아보고는 이번에는 전 사장 앞으로 성큼성큼 걸어와서 시비조로 말했다.

"하, 인제 봉께로 이분은 덕천서 부재라꼬 소문난 전 사장님 아입니꺼? 그런디 와요, 무신 일로 남우 일에 참견입니꺼? 내 돈 내가 받겄다는디 전 사장님이 대신 이 영감탱이 빚을 갚아 줄랑기요?"

"허, 이 사람이요? 보자 보자 하니 말이 좀 심헌 거 아인가?"

"뭣이라? 말이 좀 심허다꼬? 당신, 양조장 사장이라꼬 눈에 뵈는 게 읎는가 배?"

봉삼이 전 사장에게도 주먹을 휘두르듯이 달려들려고 하자 동네 사람들이 보다못해 봉삼의 팔을 잡으며 말렸다. 봉삼은 말리는 사람들의 팔을 뿌리치며 고함쳤다.

"전 사장, 당신, 내 오늘은 덕천 사람들 세에 밀려서 그만 참는 기요 이. 그런디 좀 기다리 보이소. 내가 당신헌티 뜨건 꼴이 어떤 긴지 단디 비 줄 낀께로…"

그래도 봉삼은 분을 참지 못하여 식식거리며 주막을 박차고 나왔다. 그는 술에 취해 투덜투덜 비틀걸음을 걸으며 진정 쪽으로 내려갔다.

그로부터 얼마 지나지 않아 전 사장이 예상했던 대로 봉삼은 일본 순경을 대동하고 자기 집으로 공출미 치러 왔다. 봉삼이 어떻게 알았는지 자기 집 고방 바닥 밑에 구덩이를 파고 숨겨 놓은 쌀가마니를 귀신같이 찾아냈다. 전 사장은 하는 수 없이 고방에 숨겨두었던 쌀을 전부 공출로 내야만 했다.

이 일이 있고 나서 봉삼은 심심하면 덕천에 와서 전 사장을 괴롭혔다. 전 사장이 보기에는 봉삼이 우연을 가장하여 일부러 자기 주위를 돌아다니며 괴롭히는 것 같았다. 전 사장이 길을 가다가 봉삼을 만나면 친절한 척하면서 뼈 있는 말을 던졌다.

"전 사장님, 아침 자이십니꺼? 오늘은 신수가 훤해 보입니더. 참 그런디 지난번에 공출미 싱캤다가[15] 들켰는디… 큰아들을 천황폐하를 위해 징용에 안 보낼낍니꺼?"

사실 전 사장 집에는 몇 년 전에 진교농고를 졸업하고 농사를 짓는 전문철이라는 큰아들이 같이 살고 있었다. 그런데 큰아들은 올봄에 결혼하여 신혼살림을 차린 지 얼마 되지 않았다. 봉삼은 이런 사실을 알고 일본 경찰의 힘을 내세워 은근히 전명길을 협박하고 있었던 것이다.

전 사장은 얼마 전에 봉삼이 조금너리에 사는 문세경을 산에서 소나무를 베었다는 누명을 씌워 징용을 보낸 사건을 소문으로 들어 이미 알고 있었다. 그리고 그의 처를 겁탈하고는 자기 첩인 양 행세하면서 아이까지 낳은 것도 잘 알고 있었다.

전 사장은 만약 자기 아들이 징용에 가고 나면 봉삼이가 또 자기 며느리에게 무슨 해코지를 꾸밀지 모를 일이었다. 열 사람이 도둑 한 사람 못 지킨다는 말이 있듯이 자기 아들이 징용에 끌려가고 나면 그놈이 며느리를 그냥 둘 것 같지가 않았다. 전 사장은 생각이 여기에 미치자 도저히 그냥 앉아서 당할 일이 아니라는 생각이 들었다. 그는 고민, 고민하다가 중대결심을 했다.

전 사장은 하동경찰서에서 형사계장으로 근무하는 먼 친척을 찾아갔다. 그는 그 형사에게 자기의 입장을 설명을 하고 나서 아들이 경찰이 될 수 있도록 도와 달라고 큰돈을 건네면서 통사정을 하였다. 그리하여 그의 큰아들은 일본 경찰이 되었다. 전 사장은 봉삼의 횡포를 막

15) 숨겼다가

기 위해 친척 형사계장에게 다시 부탁하여 큰아들을 금남면주재소에서 근무하도록 했다. 그런 뒤로 전 사장에 대한 봉삼의 해코지는 멈췄지만, 그와 봉삼 사이에는 풀리지 않은 앙금이 남게 되었다.

염치수는 5월의 신록이 물들기 시작할 무렵 아침 일찍부터 올해 김양식에 필요한 섶을 예약하러 화개면 일대로 가기 위해 부산하게 움직이고 있었다. 김섶은 6~7월경에 악양면이나 화개면과 섬진강 건너편의 전라도 금천리 등에 가서 산죽이나 솜대, 나무 섶을 구입해 와서 가지를 몇 개씩 묶어 다발을 만들어 두어야 한다. 그래서 어민들은 그보다 한 달 정도 미리 필요한 산죽을 예약하러 산중으로 가야 했다.

오늘은 염치수가 동네 사람들과 같이 화개로 가서 김섶을 살펴보고 마음에 들면 선금을 치고 예약해 두려고 배를 타고 가는 날이다. 새벽녘이 밝아올 무렵부터 용덕마을 선창가에 대어 놓은 염치수의 통통배에 김섶을 구하러 가는 사람들이 모여들었다.

오늘은 조수의 밀물을 이용하여 강을 거슬러 올라가기 좋은 아홉물이다. 배가 밀물을 이용하여 강을 수월하게 올라가려면 만조 시간인 오전 아홉 시까지 화개장터에 도착해야 했다. 그래서 동네 사람들이 새벽부터 서두르고 있었다. 염치수의 배에는 용덕에 사는 염 씨, 황 씨 집안사람들과 외톨이 성을 가진 김영석이 같이 타고 갔다. 염치수의 통통배는 용덕을 출발하여 큰디를 돌아 망덕 선창가에 잠시 정박했다. 염치수의 친구인 태인도의 김유원이 일행이 같이 김섶을 구하러 가기로 약속되어 있었기 때문이다. 염치수의 통통배가 선창가에 닿자 염치수가 큰 소리로 말했다.

"어이, 동주 선생, 퍼뜩 내 배에 올라타게. 뱃삯은 마이 챙겨 왔는지 모리겠다?"

"염 부재가 또 와 이런당가? 배 좀 태아주고 적선허시게. 그래야 극락왕생헐 꺼 아인가 벼?"

"요새 겉은 보릿고개에 적선이 뭐꼬? 내 묵고살기도 바쁜 세상인디… 공짜 배 탈라모 다린 디 가서 알아보게."

"허, 와 이래 쌌는당가? 그럴라모 배는 먼다꼬 여기다 갖다 댔당가? 공짜로 타고 갈지, 아이모 뱃삯을 낼지는 내도 모리겠고 일단 타고 봄세. 어이 태인도 친구들 싸개 올라타게."

"허허허, 동주 선생 고집을 누가 당허겠노? 어서들 타시게."

염치수의 통통배는 밀물을 타고 거침없이 강을 거슬러 올라가다가 악양나루터에서 어민 일부는 내리고 곧장 다시 출발하여 제시간에 화개나루터에 도착했다.

염치수 일행은 각자 주먹밥과 자기 소지품을 챙겨서 배에서 내렸다. 그들은 화개장터를 지나 쌍계사 쪽으로 올라가면서 각자 흩어졌다. 그들은 가가호호를 돌며 자기가 구하고 싶은 김섶을 살펴보고 마음에 들면 선금을 치르고 계약을 체결해 갔다. 염치수는 김유원과 정일석, 그리고 같은 동네의 김영석과 일행이 되어 비교적 큰 부락인 왕성부락을 향해 계곡을 따라 올라갔다. 앞서가던 염치수가 김유원에게 농담을 걸었다.

"유원이 이 사람아, 뱃삯은 언제 줄 끼고?"

"사람 성질하고는…. 그런 소리는 허지들 말드랑께?"

"염치없이 그기 무슨 소리고?"

"야, 이 사람아, 짐을 팔아서 돈이 생기야 뱃삯이고 머고 줄 거 아이겠당가? 김칫국부터 마시는 소리 작작허지들 말드라고."

"동주 선생, 배짱 하나는 좋네. 그래, 그건 그렇고, 요새 태인도 사람들도 공출 땜에 힘들재?"

"두 말 허모 숨가쁘당께? 더군다나 요새는 보릿고개라서 더 힘들지라."

"그래도 진월면에는 논이라도 많응깨 좀 낫지 않은가? 우리 동내는 논뙈기 하나 없잉께로 더 심이 든다네."

"다 마찬가지 아이겠당가? 왜놈들이 그래도 우럭허고 꼬막은 공출로 안 받은깨로 그거라도 부지러이 파다 묵어야지 별수 있겠당가?"

정일석이 말을 받았다.

"우리 오월이[16] 친구헌티는 우럭이 최고랑께?"

"우리 해변 사람들은 그래도 바다에 나가모 뭣이라도 묵을 끼 있잉께로 다행인디 농촌 사람들은 더 심들지 않겠냐?"

염치수의 말에 김영석이 동조하였다.

"우리 덕개 처가 동내는 요새 물 끼 읎어 송쿠해[17] 묵니라고 난릴세."

정일석은 묵묵히 걷다가 걱정스러운 표정을 지으며 말했다.

---

16) 김유원의 별명
17) 송기해

"오늘 섶 산다고 산중에 가기는 가는디 공출 땜에 되는 기 한 개도 없인깨로 인제 망해부리겄네."

"조선 사람들이 집구석에 있는 거라고는 다 공출로 뺏겨삐린께 짐 사 묵을 돈이 나올 디가 어디 있겄당가?"

염치수가 문득 생각난 것이 있어서 유원에게 말했다.

"짐 농새 안 되기는 일본 놈도 마찬가진 갑더마. 우리 갈사 근처 사는 일본 사람들도 우쩔 수 없는지 슬슬 짐을 쌌다 아인가 배? 유원이 너 동내는 어떻노?"

"우리 동네라꼬 별수 있당가? 그런디 요새 들리는 소문에 갈사 해태 조합에 조선 사람이 둘이나 새로 들어갔다더이 그기 진짠기여?"

"맞네. 와 황대성이 친구 있다 아이가? 그 친구 아들 덕출이허고 우리 집안사람이 한사람 들어갔재."

김영석이 말을 거들었다.

"그기 다 염 구장 덕 아이겄나? 대성이 아들놈도 염 구장 말 듣고 학교 보냈고, 염 씨 집안사람들도 염 구장 시는 대로 그리 했재. 실은 내도 자랑 겉지만 우리 아들이 하동중학교에 댕기고 있다 아이가?"

정일석이 혀를 차며 말했다.

"내도 우리 아들 소학교 졸업허모 여수로 공부시로 보낼 참인디. 쯔쯔, 오월이 이 친구는 절대로 왜놈 학교는 안 보낸다고 험시로 요지부동인기여."

"이 사람들아, 옛말에 안 있당가? 낭구재비[18] 잘 허는 놈은 낭구에서 떨어져 죽고, 물 재주 잘 허는 놈은 물에 빠져 죽는다고… 왜놈들이 전쟁이라 카모 박을 싸고 덤비는디 두고 보게나. 공출 내라, 징용 가라험시로 나부대는 꼬라지 봉께로 그놈들 망헐 날도 멀지 않은 거 같당께. 그런디 그놈들헌티 공부는 배와서 어디다 쓴당가?"

일석이 궁금한 것이 있었는지 화제를 바꾸어 말했다.

"그런디 와, 멍디 다방 근치서 뺑뺑 돌던 바구가 요새 어깨에 심깨나 주고 댕긴담시로?"

"말도 말게 이 사람아. 완전히 왜놈 앞잽이가 다 뎄다 아인가 배? 이본에 덕출이가 조합에 들어갈 때 허는 꼬라지 좀 봤이모 기가 찼일 낄세."

"와, 무신 일이 있었당가?"

일석이 다시 물었다.

"아, 글씨, 염 구장이 어떤 사람이고? 베미[19] 알아서 대성이 친구 아들 덕출이를 잘 챙겼겠나? 바구가 아이라도 조합에 들어가게 다 돼 있었는디… 바구 가가 이본에 덕출이가 조합에 못 들어가모 염 구장을 그냥 안 둔다나? 그라고 일본 순사헌티도 일러바친다나 머라나?"

유원이 혀를 차며 목소리를 높였다.

"옛 속담에 때리는 씨이미보다 말리는 씨누가 더 밉다더이… 저런 조선놈이 있잉께로 우리나라가 이 모양 이 꼴이 아이겠당가?"

---

18) 나무타기
19) 어련히

일행은 화개천 옆으로 나 있는 비탈길을 따라 올라가다가 쌍계사 근처의 용강삼거리에 이르렀다. 길가에 있는 술집 주인이 정자나무 아래에 평상을 펴 두고 손님을 부르고 있었다.

"수박 냄새 폴폴 나는 은어 한 사리들 잡숫고 가이소. 시원헌 막걸리도 있십니더이."

"염 구장, 여서 은어 한사리 묵고 안 갈랑가? 땀도 좀 식힐 겸 말이시."

"동주 선생이 적선헐랑가? 자 들어가세. 사 줄 때 퍼뜩 묵고 가세. 동주 선생 맴이 벤허기 전에…"

일행은 평상 위에 둘러앉아 이마에 흐른 땀을 닦으면서 주인이 바가지에 담아 주는 물부터 벌컥벌컥 들이마셨다.

조금 있으니 주안상이 나왔다. 비늘이 하얀 은빛으로 반짝이는 은어회가 나오자 일행은 막걸리를 들이켠 뒤에 은어회를 초장에 듬뿍 찍어서 맛있게 먹었다.

"뭣이라 캐싸도 섬진강 은어회가 최곤기여."

"섬진강 은어가 최고가 아이고, 공짜가 최곤 거 아이가?"

영석이 일석의 말을 받아 농담을 건넸다.

"내 맴이 니 맴이고, 니 맴이 내 맴 아인기여?"

일석의 찰진 농담에 모두들 한바탕 웃었다.

귀국선 歸國船

　진영이 나고야 공업고등학교에 들어간 지 어언 삼 년이란 세월이 흘러 이제 졸업을 앞둔 겨울방학이 다가오고 있었다. 요즈음 학교에서는 수업이 제대로 이루어지지 못하고 있었다. 매일같이 울려 퍼지는 공습경보 때문이었다. 수업 중에도 공습 사이렌이 울리면 즉시 학교 뒤에 있는 방공호로 대피해야만 했다. 나고야는 군수시설이 많은 항구도시여서 매일 미군 폭격기가 날아와 밤낮없이 공습을 감행하고 있었다.

　진영이가 1~2학년 때까지만 해도 일본군이 대동아 전쟁(태평양 전쟁)에서 승승장구하고 있으며 머지않아 일본이 아시아에서 서양세력을 몰아낼 것이라는 기사가 신문을 도배하다시피 하고 있었다. 그런데 어찌 된 영문인지 얼마 전부터는 신문보도와는 달리 너무 높이 날아서 눈에 잘 보이시도 않은 미군 폭격기가 나고야 상공까지 날아외시 공습을 가하기 시작했다.

진영이 반에서는 조회시간이 되면 담임 선생님이 천황폐하에 대한 충성교육을 실시하고 나서는 학도병으로 자진해서 입대하라고 독려하는 것이 일상이었다. 그리고 전교 조회 때에는 학도병으로 입대하는 학생들을 전교생 앞에서 환송하는 행사가 매주 되풀이되고 있었다.

작은아버지가 진영과 저녁 식사를 하다가 진영의 장래에 관해 물었다.

"진영아, 인제 네도 벌써 3학년을 다 마치고 졸업헐 때가 됐네. 인제 졸업허고 나모 우짤 끼고?"

"우리 학교 친구들은 학도병으로 나가거나 큰 공장에 취직을 헐 끼라고 준비들 허고 있십니더."

"뭣이, 학도병? 야가 시방 무신 소리를 허는 기고? 너 아부지가 알모 큰일 날 소리 허고 있네. 그런 말은 입에 담지도 말거라. 너 아부지가 일본 사람들헌티 당헌 걸 잊아뿌리모 절대 안 된데이."

"예, 잘 알고 있입니더. 그래서 저는 일본회사 공장에 취직허모 어떨까 생각허고 있습니더."

"글쎄다, 네 장래는 네가 베미 알아서 허겄냐마는 큰 공장에 취직허는 거는 좀 생각해 보는 기 좋을 거 겉다."

"와 그런디요?"

"조캐 네 학력이야 조선인치고는 높은 축에 들 끼다. 헌디 시방 날마다 미국 폭격기가 날아와서 공장이라는 공장을 다 때려 뿌수는 거 안 봤나? 이역만리 타국에 와서 네가 잘못 되모 내가 너 아부지 낯을 어찌 본단 말이고? 조캐야, 그러지 말고 네 장래에 대해 너 아부지헌티 편지를 올리서 상의해 보는 기 어떻겠나?"

"예, 잘 알겠십니더."

"일본이 서양문물을 받아들이서 조선을 빼띨고 인제 대국인 중국뿐만 아이고 미국허고도 전쟁을 벌였지만 두고 보거라. 즈가 이기는가?"

"정말 그럴까예?"

"그리 되고 말고… 그런디 조캐야, 날마다 이러코롬 폭탄이 터지는 세상에서 언제 죽을지 겁이 나서 어찌 살겠나? 그래서 내도 도로 조선으로 돌아가는 기 어떨까 허고 생각 중이다."

"잔아부지 말씀을 잘 알겠십니더."

진영은 곧바로 조선에 계시는 아버지께 편지를 올렸다. 아버지 덕분에 학업을 잘 마치고 이제 졸업을 앞두게 되었는데 저의 장래에 대해 고향 형님들과 잘 의논하여 의견을 보내 주시기 바란다는 내용이었다. 참고로 자신은 일본이나 조선에 있는 큰 공장에 취직하고 싶다는 의견도 같이 적어서 보냈다.

진송은 새벽녘에 일어나 분두골 밭에 보리 베러 낫을 들고 사립문을 나섰다. 멀리 소-산 너머에 연붉게 먼동이 터오고 있었다. 진송이 보리 밭에 이르자 일꾼들과 같이 보리를 베고 있던 큰 머슴 김 센이 인사를 했다.

"정동 강 센, 부지런헌 참새가 곡식 한 알 더 주 묵는다 쿠던디 뭐허다 그리 꾸물댄기요?"

"쓸만헌 낫이 읎어서 낫 좀 갈아 오다 본깨로 좀 늦어 뻤내. 내가 읎이모 일이 안 되던가?"

"우리야 주인 읎일 때 쉬엄쉬엄 쉬 감시로 일허모 좋지요. 그런디 강 센을 생각해서 허는 말인디. 그것도 모르는가 배요?"

"와 몰라, 또 인심 좋은 말 허는 거 본깨로 볼씨로 농주 생각이 나는 가배."

"허허, 눈치 한번 빨라 좋소."

그때 작은머슴이 보리를 베어 밭에 깔다가 허리를 펴서 동쪽 하늘을 보고는 걱정스럽게 말했다.

"정동 강 센요, 저기 동쪽 하늘 좀 보이소. 붉새[20]가 뻘거이 찡는디요. 아침에 붉새가 찡모 비가 오고 저녁 붉새가 찡모 날이 드는 거 아 입니꺼?"

진송이 그 말을 듣고 소-산 너머 하늘을 쳐다보니 아침놀이 붉게 물들어 있었다. 시간이 지날수록 동쪽 하늘이 점점 더 붉어지더니 불에 달군 쇳덩이처럼 벌겋게 달아올랐다. 뒤이어 붉다 못해 시뻘건 태양이 얼굴을 빼꼼히 내밀었다. 태양 주위에 떠 있던 조각구름도 온통 붉게 물들어 잔잔한 물결처럼 옹기종기 솟아 있는 검은 산봉우리와 어울려서 한 폭의 그림처럼 아름다웠다.

"아침 붉새가 맞네, 비가 오모 큰일인디. 짐 센, 아침 붉새를 본깨로 아매도 비가 오겄재?"

진송이 붉새에 붉게 반사된 얼굴로 걱정스럽게 물었다.

---

20) 노을

"붉새 찌고 비가 안 올 때가 어디 있십디꺼?"

"맞재? 저러코롬 보기 존 붉새가 찌고 나모 와 비가 꼭 내리는지 모리겄내. 이본 비는 쪼깸만 내리모 조을 낀다…"

진송은 하늘을 쳐다보며 자기 앞날에 대한 무슨 불길한 예감이 들었는지 혼잣말로 중얼거렸다.

"인간 세상처럼 하늘에도 호사다마가 있는 긴가?"

김 센이 보리 베기를 서두르며 진송을 재촉했다.

"강 센, 여기 보리 다 베 놓고, 아침 묵고 나서 먼첨 씨기로 갑시더. 거기로 가서 논에 널어놓은 보리부텀 집으로 저다 날라야 허겄십니더."

"그러 허는 기 좋겄재? 그러모 그리 험세. 저 붉새 찌고 나서 장마가 닥치모 보리도 못 말리고 큰일이재이. 여자들은 다 보리 묶으러 가고 남자들은 보릿단부터 져 날라야 허겄내."

진송이 아침을 먹고 지게를 지고 씨기들로 보릿단을 지러 나서려는데 율촌 사촌 처남 집에서 부고가 왔다. 일본 동경제국대학을 나온 이만성의 처인 사촌 처남댁이 별세했다는 부고였다.

진송은 바쁜 일을 제쳐놓고 율촌 큰처가에 문상을 갔다. 진송이 빈소에 가서 위패에 잔을 올려 고인의 명복을 빌고 조문을 마치고 밖으로 나왔다. 마당에서는 처가 사람들이 장례식 준비를 하느라 바빴다. 저녁이 되어 조문객들이 거의 다 돌아간 뒤에 진송은 만성이 처남과 자리를 같이할 수 있었다.

"성님이 처남댁 병구완허시니라 고생이 많았지요?"

"내가 뭐, 할 일을 한 거지. 고생이랄 게 있나?"

"성님이 일본서 돌아오싰다는 소식은 들었는디. 제가 바빠서 미처 찾아뵙지도 못허고 처남댁 병문안도 제대로 못 했네요. 그런디 처남댁이 무슨 병으로 고생을 허신 겁니꺼?"

"글쎄, 시골에 의사가 없으니 병명을 알 수가 있어야지? 진주까지 갈 형편도 못되고 해서 한약만 지어다가 치료를 했지 먼가?"

"처남댁은 참 인심도 후허신 분이싰는디… 성님, 정말 안 뎄십니다. 하이튼 산 사람이라도 기운을 차리고로 허이소."

"고맙네, 자네도 피곤할 건데 개고개 처가에 가서 좀 쉬게나."

"예, 성님, 그러모 내일 뵙겠십니다."

사실 이만성이 사는 율촌 일대의 주민들과 자기 친척들도 그의 직업이나 행적에 대해 잘 아는 사람이 별로 없었다. 주위 사람들은 그의 아버지가 만석꾼 부자였기 때문에 동경제국대학을 졸업한 뒤에 취직은 하지 않고 일본 동경이나 서울로 자주 드나드는 정도만 알고 있었다. 그런데 이만성 자신은 일본 동경에 가서 대학까지 졸업했으면서도 그의 자식들은 아무도 신식공부를 시키지 않았다. 그는 4남 2녀의 자식들 중 아들들은 농투성이로 키웠고, 딸들 역시 가사에만 종사하게 하고 학교에는 보내지 않았다.

그는 아내가 시부모를 모시고 농사를 지으며 고생하는 줄 알면서도 집에는 잘 붙어 있지 않고, 객지로 돌아다니며 세월을 보냈다. 그러다가 아내가 위독하다는 소식을 듣고서 최근에야 집에 와서 잠시 병든 아내를 돌보았던 것이다. 말이 병구완이지 그나마도 집에 붙어 있지 않고, 양보면 중하쌍에 사는 자기의 동경제국대학 후배이며 같은 공산당 지하조직원인 정연채를 찾아가서 밀담을 나누며 친하게 지냈다.

그는 간혹 하동읍에 가서 박승호를 중심으로 활동하고 있는 하동군 공산당 지하조직원들과 만나 그들과 무슨 일을 꾸미는지 자기들끼리 모여서 비밀회의를 하곤 하였다.

이만성은 상처하고 난 뒤에 일 년 상을 치르고 탈복하였다. 그런지 얼마 지나지 않아 뜻밖에도 이만성이 진송의 집을 찾아왔다.

"제매, 집에 있는가?"

진송은 사랑방에서 한문책을 읽고 있다가 이만성을 반갑게 맞이했다.

"아이고, 성님이 어쩐 일입니꺼? 내일은 해가 서쪽에서 뜰라나? 성님이 우리 집에 다 오시고… 얼른 안으로 들어갑시더."

그러고는 안방을 향해 소리쳤다.

"임자, 율촌서 일본 동경 갔다 온 처남이 오셨네. 술 한 상 차려오게."

두 사람이 안채의 갓방에서 이야기를 나누고 있는데 진송의 아내가 술상을 차려 나왔다.

"여보, 인사허시게. 율촌 사는 사촌 처남일세."

"예, 안녕허십니꺼? 처음 보겠십니더. 차린 거는 읎어도 마이 드이소."

"강 서방, 따지고 보면 자네 처가 내 사촌 누이 자리에 들어왔으니 자네 처를 누이라 해야 되는 거 아닌가?"

"따지고 본깨로 그렇네요. 앞으로 오누이 겉이 가까이 지내모 침말로 좋을 낍니더."

"그리하면 내사 고맙지."

두 사람이 술잔을 몇 잔 기울이고 나서 진송은 이만성이 왜 찾아왔는지가 궁금해서 물어보았다.

"성님, 성님이 우리 집에 오신 거는 무신 꿍꿍이가 있어서 오신 거 아입니꺼?"

"자네, 눈치 한번 빠르군. 그래 한번 알아 맞춰보게나?"

"그렇다모 새장가 들라꼬 온 거 아입니꺼?"

"허허, 그만 콩 구워 먹으려다 자네한테 들키고 말았네. 어디 좋은 사람 아는 데 없는가?"

"그라내도 제가 성님헌티 권할 데가 한군데 있기는 있는디…"

진송은 자기가 소개하는 여자가 이만성의 마음에 들지 몰라 말끝을 흐렸다. 이만성은 마음이 급했는지 본심을 드러냈다.

"그래? 그 여자가 어떤 여잔지 어디 말을 좀 해 보시게."

"성님이나 저나 자식새끼 줄줄이 딸린 거는 사정이 비슷허지 않십니꺼?"

"물론 그렇지. 그러니까 나는 지금 찬 밥, 따신 밥 가릴 처지는 아니지 않은가?"

"그러모 말이지요, 제 처제가 아직 시집을 안 가고 있기는 있십니더. 그런디 집안 살림이 벨 볼일 읎십니더. 허지만 심성은 그만이지요."

"자네 처제를 두고 하는 말인가? 지금 내 처지에 집안 살림이 무슨 상관인가? 자네 안사람 정도면 인물이야 따질 게 없어 보이네만…"

이만성은 진송의 아내를 보고 무슨 짐작한 바가 있었는지 진송이 말하는 처제에 대한 호감을 보였다.

"성님, 그러모 쇠뿔은 단짐에 빼라 캤지 않십니꺼? 제가 사람을 넣어 볼 낀께로 그리 알고 계시소. 자 내가 중신애비 된 죄로 한 잔 올리겄십니더. 한 잔 받으이소."

"그리 험세. 하여튼 고맙네. 그래서 내가 진작 자네를 알아봤지."

"앞으로 성님 중신해 줄 때만 챙기기 없십니더이."

"허어 허, 그럴 리가 있겠나? 자 한잔하세. 오늘은 기분이 좋네."

진석은 오늘도 공출실적을 채우지 못해 경남도청으로부터 심한 독촉과 질책을 받은 하동군수의 불호령을 듣고 동료직원과 같이 공출을 독려하기 위해 양보면으로 출장을 나갔다.

이항녕 하동군수가 창녕군으로 발령을 받고 떠난 뒤 새로 부임한 일본인 군수는 공출실적을 올리느라 혈안이 되어 있었다. 그는 도지사가 전임 조선인 하동군수의 공출실적 부진에 대해 심하게 질타했다는 사실을 잘 알고 있었다.

그는 도지사가 자기에게 하동군 발령 사령장을 주면서 특히 하동군이 공출실적을 만회하여 천황폐하에 대한 충성을 다하라고 한 특별지시를 받고 부임한 인사였다. 군청의 공출 담당 계장이 하동군청 직원의 공출실적을 매일 개인별로 통계표를 작성하여 독촉하고 있었다. 그렇기 때문에 진석도 예전처럼 조선 농민들의 입장을 고려해서 공출미를 소극적으로 징수할 수 없게 되었다.

진석은 하는 수 없이 농민들이 숨겨 놓은 쌀을 찾아내어 공출실적을 올릴 수밖에 없었다. 이제 진석은 조선인들을 철저히 수탈하는 데 앞장서는 일본인 공무원이 다 되어갔다.

오늘은 토요일인지라 양보면사무소에 가서 전화로 공출실적을 보고하고 지친 몸을 이끌고 수까무재를 넘어서 아버지 집으로 갔다. 저녁을 먹고 나자 몽환은 큰아들과 같이 진석을 사랑방으로 불렀다. 진석은 아버지께 먼저 조선총독부의 공출미 징수에 따른 조선인들의 고충과 일본의 전쟁 상황 등에 관한 말씀을 올렸다. 아들의 이야기를 다 듣고 난 몽환이 편지 한 통을 꺼내 놨다. 일본에서 진영이 보낸 편지였다.

"작은아야, 네 생각에는 진영이가 졸업허고 나서 어찌 했이모 좋겠느냐?"

"예, 지금은 전쟁 중이라 우시내 진영이를 조선으로 불러내서 세상이 좀 조용해지기를 기다리는 기 좋을 거 겉십니다. 그리고 나서 뒷일을 결정허모 안 데겄십니꺼?"

"와, 네 동생이 있는 나고야에 무신 일이 있었나?"

진석은 아버지 걱정을 들어드리기 위해 나고야에서 미국 폭격기의 공습이 자주 있었다는 사실을 차마 알려드릴 수 없어서 비밀에 부쳐두고 있었다.

"별일은 읎어도 전쟁 중이라서 그런 깁니더."

"큰아 네 생각은 어떤고?"

"예, 야 말대로 진영이 졸업허고 나모 우시내 조선으로 불러딜이서 고전면사무소에 근무를 시켜 봅시더. 그러다가 세상 돌아가는 걸 보고 나서 결정허고로 헙시더."

"그래, 아무래도 세상 돌아가는 게 수상허다. 소문에는 남해나 여수 근처에 있는 바닷가 절벽에 조선인을 징용으로 끌어다가 땅굴을 판다고 난리라는디…"

"예, 맞십니더."

진송이 알고 있는 대로 대답했다. 몽환이 말을 계속했다.

"이걸 보모 미군이 우리 조선 가까이 왔길래 그러는 거 아이겄나? 큰아야, 진영이헌티 전보를 쳐라. 다른 생각 말고 퍼뜩 집으로 돌아오고로… 또 내가 위독허다고 전보를 치거라."

몽환은 지난번에 진석이를 일본에서 불러들일 때를 생각하며 말했다.

"예, 아부지, 그리 허겠십니더."

나고야에서 전보를 받은 진영은 즉시 짐을 꾸려서 귀국길에 올랐다. 고향에서 보낸 전보 내용이 사실인지 아닌지, 긴가민가했지만 아버지가 위독하다는 소식을 듣고 일본에 남아있을 수 없는 일이었다.

"잔아부지, 그동안 제가 공부허는디 마이 도와 주시서 감사헙니더. 제가 무사히 졸업을 마치게 된 것도 다 잔아부지 덕택 아이겄십니꺼? 꼭 출세해서 이 은혜를 갚아 드리도록 허겠십니더."

"그래, 먼저 아부지헌티로 돌아가거라. 내도 곧 조선으로 뒤따라갈 낀께로… 아무래도 빨리 서두르지 않으모 귀국선 타기가 에롭을 거 겉구나."

"예, 잔아부지, 그러모 뒤에 조심해서 조선으로 잘 돌아오이소. 제는 먼저 하동으로 갑니더. 안녕히게이소."

진영은 나고야에서 배를 타고 시모노세키로 가서 다시 부산으로 가는 부관연락선에 몸을 실었다. 배가 시모노세키 항구에서 점점 멀어져 가다가 현해탄 한복판에 이르렀다. 진영은 자기가 탄 배가 일본 항구에서 멀어져 갈수록 매일 나고야에서 들리던 미군기가 투하하는 폭탄 터지는 불안한 소리도 멀어져 가는 것만 같아 안도의 한숨이 나왔다.

그런데 또 한편으로 자신이 3년 전에 공학도의 부푼 꿈을 안고 이 현해탄을 건널 때의 마음 설레었던 기억이 떠올랐다. 하지만 진영은 지금 자신 앞에 닥친 현실이 과거의 감상에 젖어 있을 때가 아니라는 생각이 들었다.

'이제 조선으로 돌아가모 내가 공부헌 실력을 발휘헐 수 있는 기회가 찾아올까? 우리 조국은 언제나 독립이 될까? 그리고 우리나라는 언제쯤 공업국으로 발전헐 수 있을까?'

진영은 앞날의 미래를 도저히 예측할 수가 없었다.

진영이 귀향을 위한 긴 여정을 마치고 고향집에 도착해 보니 예측했던 대로 역시 아버지의 건강에는 이상이 없었다. 큰형님이 진영의 마음을 이해하고 위로해 주었다.

"귀국험시로 아부지 걱정을 마이 했재? 내는 네 마음을 다 안다. 너무 실망 말거래이. 사람이 살다 보모 우시내 급한 불을 꺼야 허고, 소나기는 피해야 허는 수도 있는 기다."

"예, 형님이 무신 말을 허는지 잘 압니더."

"인제 무사히 집에 돌아왔싱께로 다행이라 여기거라. 뒷일은 천천히 생각해 보재이."

"예, 형님 말씀대로 허겄십니더."

진영은 아버지가 타향에 있는 아들이 걱정되어 이런 결정을 내렸다고 여기고 아버지의 처분에 따르기로 하였다. 진영이 일본에서 공부를 마치고 돌아오자 몽환과 식구들의 기쁨은 말할 수 없었다. 몽환은 먼저 잔내에 있는 친구인 정 면장을 찾아가서 아들 진영을 고전면사무소에 넣게 해달라고 부탁했다.

"사형, 세상이 변헌께로 친구도 마이 변했네그려."

"허어, 이 사람아. 농담은 이담에 허고 내가 부탁했던 대로 형편이 되겄능가?"

"성질 한번 급허긴… 전에 진석이를 멘사무소에 넣자 쿨 때는 내가 사정을 했는디 인제는 자네가 내헌티 부탁을 다 허네 그려?"

"그리 됐네. 급히 일본서 돌아왔는디 공부헌 기 아깝어서도 그냥 놀릴 수는 읎지 않은가?"

"그런디 친구 자네도 알다시피 내가 멘사무소에서 나온 지가 제법 오래돼서… 자, 가만있자, 그러모 정 면장헌티 부탁헐 수뿌이 없겄네."

"성평에 사는 정 면장 말인가?"

"맞네, 내허고 정 면장허고는 형 아우 허고 지내는 사이닝깨… 내가 부탁하면 알어서 잘해 줄 걸세."

"그래, 어떻든가 잘 부탁허네이."

"알겄네, 그런디 자네 첫이 아이라두 진영이만 한 인재가 고전면에 어디 있겄능가? 고전면사무소에서도 진영이가 들어오는 걸 마다허지는 않을 걸세."

"고맙네. 그래도 내헌티는 친구 자네뿐이 없네."

며칠이 지난 뒤에 고전면사무소 정 면장으로부터 진영에게 출근하라는 소식이 왔다. 진영은 둘째 형인 진석과 비슷한 지방공무원 채용경로를 거쳐 면사무소에 근무하게 되었다.

몽환은 진영이가 돌아온 뒤에 지금 나고야의 사정이 어떠한지 상세히 설명해 보라고 했다. 진영의 이야기를 듣고 난 뒤 동생 재환을 그런 위험한 곳에 살게 내버려두어서는 안 되겠다는 생각이 들었다.

몽환은 결심이 서자 즉시 큰아들 진송을 시켜 편지를 써서 동생에게 보냈다. 그곳에서 모든 것 다 정리하고 하루빨리 귀국하라는 내용이었다. 그 뒤로 한참을 기다려도 일본의 동생에게서 답장이 없자 몽환은 몇 번이고 아들을 독촉하여 편지를 다시 보냈다. 재환은 고향에서 보내온 형님의 편지를 받고, 그러잖아도 귀국할 날짜를 잡으려고 생각하던 중에 일본 정부가 나고야 부둣가에 사는 주민들에 대해 소개령을 내렸다.

재환은 신문보도를 통해 일본의 국내외 정세가 뭔가 급박하게 돌아가고 있다고 판단했다. 그는 일본의 위험한 전시상황에서 하루라도 빨리 벗어나기 위해 나고야에 있는 모든 재산을 포기하고 가족들과 같이 서둘러서 귀국선에 올랐다.

광복^{光復} 하동^{河東}

1945년 8월 15일 정오에 히로히토 일왕은 방송을 통해 무조건 항복을 선언했다. 이 소식은 하동군청 공무원들과 하동지역에 살고 있던 일본인들의 입을 통해 하동군민들에게 급속도로 퍼져 나갔다. 그러나 하동 읍내에 살고 있던 주민들은 해방의 기쁨을 대놓고 표출할 수가 없었다. 아직 하동경찰서에는 일본 경찰들이 전과 다름없이 정장 차림으로 니뽄도를 차고 근무하고 있었기 때문이다. 그리고 하동군청이나 읍사무소 등의 행정기관으로부터 아무런 행정조치가 없는 상태에서 변한 것이라고는 조선이 해방되었다는 소문뿐이었다. 저녁 무렵이 되자 하동 읍민들이 술렁대기 시작했다. 이를 본 일본인들은 불안하여 긴장하였으나 별 충돌 없이 하루가 지나갔다.

다음 날, 하동의 유지들은 하동지역의 안정과 치안유지를 위해 읍내에 있는 하동병원에 모여 '하동 치안유지회' 발기 준비위원회를 열었다. 이 회의를 통해 우선 각 읍면에 연락 책임자를 뽑고 지역별 조직 책임자를 정하여 활동을 개시했다.

8월 19일 오후 2시에는 하동국민학교에서 각 지역책임자들이 주동이 되어 1만여 명이 모인 군민대회를 열어 '하동치안유지회' 위원 칠십여 명을 선출했다. 그리고 하동읍에서 3·1 만세운동 때에 독립선언문을 낭독했던 박승호를 위원장으로, 부위원장에 권승준, 치안부장 김태정 등으로 집행부를 구성하였다.

다음 날, 치안 차장 신양규와 치안유지회 청년 10여 명이 주민대표로 하동경찰서를 찾아가서 자기들에게 치안권을 넘겨줄 것을 요구했으나 거절당했다. 일본 경찰은 하동군민들이 자체 조직한 치안유지회의 활동에 위기감을 느끼기 시작했다. 그래서 그들은 하동군에 인접한 사천 비행장에 주둔하고 있던 일본군 부대에 연락하여 지원병을 요청했다. 그러자 무장한 일본군 30여 명이 즉시 하동경찰서로 파견되었다.

일본군대와 하동경찰서의 일본 경찰이 합세하여 일본인 가족을 보호하기 위해 모든 일본인을 하동경찰서에 집결시켰다. 그런데 일본 경찰은 36년간의 식민 지배를 끝내고 퇴각하면서도 마지막까지 만행을 멈추지 않았다. 일본군 삼십여 명과 합세한 일본 경찰들은 이날 밤부터 하동 읍내에 무슨 영문인지 수십 명씩 떼를 지어 총을 쏘며 위협하고 돌아다녔다.

그러다가 길거리에서 비무장한 청년 세 명을 무단으로 체포하여 하동국민학교 운동장에서 사살하고, 시신을 하동경찰서 방공호에 암매장하는 만행을 저질렀다. 그리고 이들은 곧장 일본인 가족들을 인솔

하여 사천비행장으로 철수해버렸다. 이들 청년은 꿈에도 그리던 해방을 맞이하여 조국 독립의 기쁨을 누린 지 단 5일 만에 억울한 참사를 당하고 말았던 것이다. 8월 27일에는 건국준비위원회 하동군지부가 조직되었고, 자체적으로 결성한 하동치안대가 치안업무를 대행했다.

고전면민들에게 해방소식을 전해준 사람은 고전면사무소 직원들과 인근 학교의 교사들이었다. 이들은 상부 기관으로부터 전통문과 공문으로 행정지시사항을 전달받아 일본의 패망 사실을 먼저 알게 되었던 것이다.

고전면민들의 해방에 대한 기쁨은 말로 다 표현할 수 없을 정도였다. 그들에게 있어서 무엇보다도 가장 기쁜 일은 가족들의 생계를 위협하던 공출이 없어진다는 기대감이었다. 더욱이 징용이나 정신대로 끌려간 가족이 있는 사람들의 기쁨은 누구보다도 더하였다. 벌써 이역만리 타향에서 고생하던 아들, 딸이 지금 곧 나타날 것 같은 착각에 빠져 눈물을 글썽거리는 사람도 있었다.

이제부터는 우리 강산, 우리들의 논밭과 우리말, 우리글을 되찾는다는 기쁨에 만나는 사람마다 해방 이야기요, 공출로 고생했던 이야기요, 징용 간 아웃 사람을 걱정해 주는 이야기였다.

점심때가 다가오자 지소동네 들판 한가운데에 있는 당산의 소나무 그늘에 쇠꼴을 베어오던 사람들과 피시리히던 시람들이 잠낀 쉬어가려고 모여들었다.

"인제부텀 공출 안 내도 되는 기재? 아이고, 인제 배부르고 등 따시고로 살 판 났데이."

중땀에 사는 일구가 말했다.

"아이구, 그놈의 쑥버무리허고 모재기 밥, 생각만 해도 진절머리가 난데이."

"인제 나무 숟가락으로 밥 안 무도 되는 기재?"

"음달에 정신대 끌리간 춘자도 곧 돌아올 낀가?"

모두들 한마디씩 했다. 웃몰 상범도 기분이 좋아서 한마디 했다.

"어이, 갑출아! 니 이름을 우리말로 부린께로 얼매나 정이 가네."

그러자 갑출도 말을 거들었다.

"그래, 맞다. 인제 내 이름도 도로 찾았네. 그런디 큰골에 왜놈들헌티 뺏긴 상범이 너그 산도 도로 찾을 수 있능 기가?"

"두말허모 숨가쁘재. 안 그렇나? 범식아."

범식도 맞다는 듯 고개를 끄덕였다. 담뱃대에 담배를 피워 물던 문용이 범식을 보고 생각난 게 있다는 듯 말했다.

"그동안 왜놈 앞잽이 허던 놈들 인제 맛 좀 보기 생겼재? 그런디 범식아, 독립군에 갔다쿠는 너그 성님도 돌아오겄나?"

범식이 긴 한숨을 쉬며 말했다.

"돌아오모 얼매나 좋겄십니꺼? 꿈에서라도 봤이모 좋겄네요."

범식의 말에 주위 사람들도 걱정되어 한동안 말이 없었다. 지소 사람들은 해방의 기쁨을 대번에 집단행동으로 나타내지는 못했다. 아직 배드리장터에 있는 주재소에는 일본 경찰이 남아있었기 때문이다. 그리고 3·1 만세운동 때처럼 누가 나서서 주도하여 조선의 독립만세를 외치는 사람도 없었기 때문이기도 했다. 그들은 일제 36년의 긴 세월 동안 식민지 폭정에 주눅이 들어 살아왔던 탓에 세상 눈치를 살피느라 해방의 기쁨을 마음껏 소리 내어 외치지도 못했다.

8월 15일 하동군청에서 진석은 군청직원들과 심각한 표정으로 일왕이 무조건 항복하는 라디오방송을 듣고 있었다. 방송이 끝나자마자 군청사무실은 온통 울음바다로 변했다. 그동안 공출실적을 올리라고 핏대를 올리며 군청직원을 호령해대던 일본인 군수는 울분을 참지 못하고 사무실 직원들 앞에서 천황폐하 만세를 몇 번이고 부르며 울부짖었다. 그는 한참 동안을 미친 듯이 자기 가슴을 치며 통곡하더니 제풀에 지쳤는지 군수실로 문을 닫고 들어가 버렸다. 그리고 일본인 직원들도 책상을 치며 얼굴에 눈물범벅이 되도록 통곡하다가 실신하는 사람도 있었다.

그런데 진석의 마음은 왠지 모르지만 착잡하기만 하였다. 사실 지금까지 일본 천황에 대한 충성맹세도 수없이 했고, 신사참배도 했지만, 마음속으로 천황을 조선의 왕이라고 여긴 적은 없었다. 진석은 그런 천황의 나라가 패망했다고 슬퍼할 이유가 없었다. 한편으로 공출을 독려하러 다니면서 고생한 것을 생각하면 속이 시원하기도 하였다. 그러나 마음 한구석이 편하지 않았다.

'나는 조선인이다. 우리나라의 해방을 기뻐해야 하는 것은 당연한 일이다. 그런데 지금까지 나는 조선인들에게 어떤 일을 했던가? 결국, 내가 한 일은 조선인들이 피땀 흘려 거두어들인 곡식을 공출로 뺏어다가 일본인들의 전쟁물자로 바치는 데 앞장서지 않았던가? 농민들이 보는 앞에서 내가 그들이 숨겨 놓은 쌀을 찾아내어서 공출로 바친 것이 얼마인가? 그때 농민들이 당한 고통은 얼마나 컸을까? 앞으로 내가 그들과 마주치면 무슨 낯으로 그들을 대할 수 있단 말인가?'

진석은 아무래도 마음의 안정을 찾을 수가 없었다. 그는 대충 서류를 정리하고 나서 군청의 사무실 분위기가 어수선한 틈을 타 일찍 퇴근해 버렸다. 집에 와서 안방에 누워 가만히 생각해보니 지난 일들이 주마등처럼 눈앞을 스쳐 지나갔다.

'내가 일본으로 공부하러 갔던 목적은 내가 일본인들의 손을 빌리긴 하더라도 열심히 공부해서 아버지의 억울한 원한을 풀어드리려고 했던 것이 아닌가? 그런데 나는 일본에서 공부하던 중에 아버지의 전보를 받고 돌아와서는 오히려 조선인들을 수탈해 가는 일본의 앞잡이 노릇을 하지 않았던가?'

진석은 마음이 괴롭기만 하여 누군가를 붙들고 이야기를 하지 않고는 배길 수가 없을 것 같았다. 그는 답답한 마음을 풀어 보려고 광평 근처에 사는 잔내 정 서기 집을 찾아갔다.

"정 서기, 집에 있나?"

"강 계장, 어찌 왔능가?"

"정 서기, 이런 날, 방안에 처박혀 있을 수 있나? 가세, 오늘은 내가 한잔 살테닝깨."

"그래, 실은 내도 마음이 괴롭네. 군청에 있던 조선인 치고 다 마찬가

지 심정 아이겠나? 그래, 나가세, 오늘은 코가 삐틀어지도록 술을 마시
봄세."

다음 날, 아침때가 지나고 나서야 진석은 아내가 흔들어 깨우는 소리
를 듣고 잠에서 깨어났다.

"어제는 무신 술을 그리 잡숫고 왔능기요?"

"그랬던가? 우시내 물부터 한 그릇 가져오게."

진석은 어젯밤에 술에 만취하고 나서 어떤 일이 있었는지 까마득하
게 기억이 나지 않았다. 그는 물을 한 잔 들이켠 뒤에 아침을 드는 둥
마는 둥 하고는 출근을 하지 않고 다시 자리에 누워 버렸다. 오늘은 출
근해 봐야 별로 할 일도 없을 것 같았다. 진석은 숙취한 상태로 한숨
자고 나서 생각하니 갑자기 한 사람이 머릿속에 떠올랐다.

'그렇다, 창녕 군수인 이항녕 씨와 의논해 보면 무신 수가 안 나오
겠나?'

해방되자 고전국민학교에서는 일본인 교사들이 모두 자기 나라로
돌아가고 조선인 교사들만 남게 되었다. 때는 마침 여름방학 기간 중
이어서 학생들이 학교에 나오지는 않았다. 하지만 교사들은 출근하여
해방 후에 처음 맞이하는 9월 개학을 대비해서 수업준비와 서류정리
를 하고 있었다.

그러던 중에 하동군청 학무과에서 국민학교 교원조직에 관한 공문
이 하달되었다. 고전국민학교에 근무하던 조선인 교사들은 공문 지시

내용에 따라 교무회의를 열어 학교직원조직을 구성했다.

그 당시 학교에 남아서 근무 중이던 조선인 교사 중에서 고전국민학교에서 가장 연장자인 방깨에 사는 교사 김삼문을 임시교장으로, 잔내의 정하영을 임시교감으로 정하고, 나머지 교사들로 교무업무분장을 했다. 그리고 부족한 교사는 추후에 발령받아 오는 교사로 충당하기로 하였다.

김삼문 임시교장은 교직원조직과 업무 분담 결과를 군청 학무과에 보고했다. 그런 뒤에 하동군청 학무과장의 지시를 받고 교무업무를 보면서 개학 준비에 만전을 기했다. 얼마 뒤에 하동군청 학무과에서 학교 교육은 2학기 개학 후부터 일본어 사용을 금하고 모든 교육은 우리말과 한글로 해야 한다는 공문이 하달되었다.

이에 따라 고전국민학교 교원들은 매일 출근하여 교무회의를 열고 새 학기 교육을 위해 우선 일본말을 우리말로 바꾸는 작업을 하였다. 지금까지 한글을 사용하지 않은 상태에서 일본어를 우리말로 번역하는 일은 여간 어려운 일이 아니었다. 그렇지만 가장 시급하게 번역해야 할 말이 2학기 개학식 날 전교 조회 때에 사용해야 할 일본어 구령이었다. 예를 들어 젠타이 야스메_{열중 쉬어}, 기워쓰께_{차려}, 케에레에_{경례}와 같은 일본식 구령을 우리말로 바꾸어야 했다.

개학 전까지는 미 군정청에서 일본식 구령을 한글로 새로이 제작하여 공문으로 하달될 가능성은 없었다. 그래서 개별 학교 현장에서 교사들이 임시방편으로 구령을 지어내어서 사용할 수밖에 없었다.

김삼문 교장은 교무회의를 열고 각자 1주일 동안 기한을 줄 터이니 일본식 구령을 적합한 우리말 구령으로 지어올 것을 과제로 제시했다.

1주일 뒤에 교무회의가 열렸다. 김삼문 임시교장이 회의진행을 맡았다.

"여러 선생님들, 지난번에 내가 내어 드린 일본식 구령을 우리말로 바꾸는디 다들 연구를 마이 해 오싰지요? 그러모 '젠타이 야스메'를 우리말로 뭐라 쿠모 좋겠십니꺼?"

다들 뭔가 자신감이 없었는지 발표를 하지 않고 망설이고 있었다. 그러자 임시교장이 직접 지명을 하여 물었다.

"조 선생님은 뭐라꼬 짔십니꺼?"

잔너리에 사는 조진태 교사가 마지못해 대답했다.

"지는 마, '편히'로 지 봤십니더."

"편히라, 그럴싸 헌디요. 김 선생님은 머라꼬 짓능기요?"

범사에 사는 김용대 교사가 대답했다.

"지는 어-, '수울키²¹⁾'로 지 봤십니더."

"뭣이요, 수울키?"

모두들 한바탕 웃음보가 터져 나왔다.

"또 다른 선생님 의견은 없십니꺼?"

모두들 말이 없었다. 그러자 임시교장이 자기 의견을 제시했다.

"그러모 일본말로 '全体ぜんたい'라 허닝께로 우리도 '모도 편히'로 하모 어떻겠십니꺼?"

그러자 정하영 교감이 교장의 의견을 거들었다.

---

21) 수월하게

"교장 선생님, 그것참 좋은 생각입니다. 다른 선생님들 생각은 어떻십니꺼?"

"좋십니더."

"좋네예."

여러 교사들이 찬성하자 임시교장이 결정을 내렸다.

"그러모 다들 '모도 편히'에 찬성허는 거 같은깨로 그리 정허겄십니더. 다음으로 '기워쓰께'를 어찌 정헐지 발표해 보이소?"

"제는 '바로 서'로 정허모 좋다는 생각이 듭니더."

전도에 사는 박연수 교사가 의견을 말했다.

"제는 정신집중을 허라는 뜻으로 '정신 채리'가 좋겄십니더."

잔내 정하영 교사가 의견을 개진했다.

"'정신 채리'라 카모 정신은 우리말이 아이고 한문 아입니꺼? 그래서 제는 '꼿꼿이'가 좋다고 생각헙니더."

임시교장이 너털웃음을 웃으며 말했다.

"허허허, '꼿꼿이'? 그 참 재미있는 말이네요. 다른 선생님 생각은 어때요?"

박 선생이 자존심이 상했다는 어투로 말했다.

"그러모 다수결로 정허는 기 어떻겠십니꺼?"

"그래요, 다수결로 정해 볼랍니꺼?"

"예, 그리 헙시더."

그리하여 다수결로 정한 결과 '꼿꼿이'가 과반수 이상의 찬성으로 채택되었다.

"마지막으로 '케에레에'를 우찌 정허모 좋을지 말씀해 보시지요?"

김 선생이 쪽지를 보며 말했다.

"'절'이라 허모 어떻십니꺼?"

"우리나라 절은 방바닥에 엎드리는 절도 있는디. 애들이 그런 절을 할라모 좀 이상허네요?"

지소에 사는 진익수 교사가 고개를 저으며 말했다.

"그러모 진 선생은 뭐라꼬 정허모 좋겄나요?"

"제는 운동장에서는 '선 절'로 허고 교실에서는 '앉은 절'로 정해 봤십니더."

임시교장의 질문에 진 선생이 대답했다.

"'선 절'과 '앉은 절'이라? 그거는 서거나 앉아서 허는 절이라 이 말이네요?"

"예, 그렇십니더."

"다른 선생님들은 또 좋은 의견이 있십니꺼?"

그에 대해 별로 달리 의견을 말하는 교사가 없었다.

"그러모 '케에레에'는 '선 절'과 '앉은 절'로 정허기로 허겄십니더."

"에, 그러모 학생들 줄을 세울 적에 구령은 어쩌모 좋겄십니꺼? '꼿꼿이'란 멋진 구령을 지은 정 선생님, 또 좋은 생각이 없십니꺼?"

"예, 제 생각으로는 앞으로 줄을 맞출 적에는 '앞줄 맞차'라고 옆줄을 맞출 때는 '옆줄 맞차'로 구령을 붙이모 양팔을 앞과 옆으로 들어서 줄을 맞추ㄱ 팔을 내릴 적에는 '양팔 ㅣ려' 허모 안 데겠십니꺼?"

"다른 선생님들 생각은 어떻십니꺼?"

"그기 좋겄십니더."

아직까지 정해진 표준말이 없어서 구령을 사투리로 정할 수밖에 없었다. 우리말 구령을 다 정하고 나서 임시교장이 또 한 가지 과제를 제시하였다.

"여러 선생님들의 수고 덕택에 우리말 구령은 그런대로 잘 정헌 거 같습니다. 그런디 또 하나 중요헌 기 학생들헌티 가르쳐야 헐 우리말 노래를 찾아 모아서 정리허는 일인디요. 선생님들 집에 돌아가면 아리랑이나 도라지타령 등의 우리 민요라도 좋으니 우리말 노래 가사를 동네 사람들헌티 물어서 마이 적어 오도록 해 주시기 바랍니다."

그러자 배드리에 사는 김길중 교사가 궁금한 것을 물었다.

"우리 노래 가사만 적어 오모 됩니꺼? 악보는 우찌 헐 낀디요?"

"그 일도 중요허지요. 악보 정리허는 일은 그래도 음악 실력이 좋은 김길중 선생이 좀 수고해 주시야 허겄는디… 김 선생님, 퇴근 시간에 우리 집에 같이 갑시더."

"예, 알겄십니더."

"실은 오늘 진주 사범을 나와서 진주 배영국민학교에서 재직허던 방깨 삼현 선생의 아들 김종석 선생허고 하동국민학교에서 근무허는 면사무소 김 계장 아들인 김홍민 선생을 우리 집에 좀 오라고 했십니다. 내가 우리 김 선생허고 두 선생헌티 민요 악보 그리는 거를 부탁해 볼 참입니더."

임시교장의 말에 교감이 협조하는 부탁을 했다.

"선생님들, 인제 우리가 바라고 바라던 해방이 된 긴깨로 얼매나 좋십니꺼? 교장선생님도 이렇게 고생을 허시는디 여러 선생님들도 우리나라를 위헌다는 마음으로 정성을 다해 수고해 주시기 바랍니더."

"이상으로 직원회의를 마치겠십니더."

당직 선생이 종회를 선언하자 교장이 웃으며 농담을 걸었다.

"어이, '꼿꼿이' 선생, 오늘 맨딘 구령 중에 정 선생이 맨딘 '꼿꼿이'가 장원일세."

모두들 재미있게 한바탕 웃었다. 이후로 정 선생의 별명이 '꼿꼿이' 선생으로 불리게 되었다.

드디어 해방 후에 처음 맞이하는 2학기 개학 날이 왔다. 정각 9시가 되자 전교생이 개학식을 거행하기 위해 운동장에 모였다. 김삼문 교장 이하 전 교직원들이 조회대 앞에 한 줄로 늘어섰다. 앞에 서 있는 교사들은 예전에 고전국민학교에 근무하던 교사와 하동군청에서 해방으로 부족해진 교원을 보충하기 위해 급히 촉탁교사를 채용하여 발령을 내린 임시교사들이었다. 그들 중에는 진석이도 같이 서 있었다.

별명이 '꼿꼿이 선생'인 정하영 선생이 조회대 위에 올라서서 학생들에게 새로 지은 우리말 구령에 따른 동작을 가르쳤다.

"학생 여러분! 자 인제부터 우리말로 구령을 붙입니더이. 먼첨 '앞줄 맞차' 쿠모 양팔을 어깨높이로 들고 앞줄을 맞추이소이. 알았어요?"

"예!"

학생들이 힘차게 대답했다.

"그라고 '양팔 내려' 허모 두 팔을 내리고 바로 서모 됩니더이. 교장선생님께 인사를 올릴 적에는 '꼿꼿이' 허모 두 다리를 붙이고 양팔은 두 다리 옆에 똑바로 펴서 붙이고 교장 선생님을 똑바로 쳐다보모 됩니더이."

정하영 선생님이 다른 교사들의 협조를 구했다.

"자, 그러모 한번 해 보겠십니더. 여러 선생님들도 앞에 서서 좀 도와 주이소이."

모든 교사들이 학생 앞으로 다가가자 정 선생이 6학년 반장을 앞으로 불러내어 교단 앞에 세우고는 지시했다.

"6학년 반장은 내가 허는 걸 잘 보고 배와라이."

하고는 큰 소리로 구령을 붙였다.

"앞줄 맞차."

"양팔 바로."

"앞줄 맞차."

"양팔 바로."

학생들의 정렬이 끝나자 교장 선생님이 조회대 위로 올라섰다. 교무 주임이 사회를 보았다.

"모도 꼿꼿이."

"교장 선생님께 선 절."

"모도 편히."

"담임 발표."

교장 선생님이 1학년 담임부터 차례로 소개하고 담임교사는 자기 반 학생들 앞으로 가서 학생들과 마주 보고 인사했다.

"교장 선생님 말씀."

김삼문 교장은 우리나라가 해방된 후에 처음으로 맞이하는 감격스러운 개학식의 축하 인사말을 시작했다.

"학생 여러분! 인제 우리나라가 해방이 뎄십니다. 우리나라는 반만 년의 유구헌 역사와 찬란헌 문화를 이룩헌 자랑스러운 우리 조국입니다. 그런디 저 숭악헌 일본인들이 우리나라를 뺏아 가지고 약 36년 동안이나 우리를 짓밟고 탄압했십니다. 그라고 쌀 가마이 허고 쎄 쪼가리 한 개꺼지 공출로 다 뺏아 갔십니다. 인제부텀 우리나라는 우리들의 나라요, 우리 부모의 나라요, 우리 강산이 된깁니다. 그래서 말도 우리 조선말로 허고, 글도 우리 글로 쓰고 노래도 우리 노래를 부르게 뎄십니다. 인제 여러분들이 우리나라의 주인입니다. 앞으로는 여러분들이 운동장에 모일 적마다 다 같이 우리 민요를 부르게 허겄십니다. 여러분! 모도 힘차게 내를 따라 해 보이소. 우리나라 만세! 조선독립 만세! 우리 조선 만세!"

학생들도 교사들도 교장 선생님을 따라 힘차게 만세삼창을 외쳤다. 김 선생이 조회대 옆에 내놓은 오르간 앞에 앉았다. 그리고 '꼿꼿이' 정 선생이 노래가 적힌 종이를 들고 조회대 위로 올라갔다.

"학생 여러분! 다 같이 내가 부리는 아리랑 노래를 따라 허이소이."

아리랑 아리랑 아라리요
아리랑 고개로 넘어간다
나를 버리고 가시는 님은
십 리도 못 가서 발병 난다

정 선생을 아리랑에 이어서 도라지타령을 가르쳤다.

도라지 도라지 백도라지
심심산천에 백도라지
한두 뿌리만 캐어도
대바구리 반치만 차거라

"자아, 배우기 쉽지예. 모도 박수침시로 우리말로 신나게 불러 봅시더."

정 선생은 우리 민요에 맞는 장단을 아는 것이 없어서 그냥 박자에 맞추어서 지휘하며 구성지게 선창을 하면 학생들이 따라 불렀다. 고전 국민학교 운동장은 민요소리로 울려 퍼졌다. 교사나 학생 모두 신이 나서 해방 후에 처음으로 부르게 된 우리 민요를 큰소리로 열창했다 모두들 손뼉을 치고 어깨를 들썩이며 우리의 온 산천에 울려 퍼지도록 흥겹고도 신나게 불렀다.

학교 앞을 흐르는 시냇물도 신이 나서 추임새를 넣었고, 학교 근처에 있는 늘봉산도 흥이 나서 바람 소리를 울렸다. 날아가는 새들도 춤을 추고 소-산이 웃고 학교 주위의 강산에 생기가 돌았다.

첫째 수업시간이 되었다. 각 학년 각 반 반장이 힘찬 소리로 구령을 붙였다.

"모도 꼿꼿이."

"선생님께 앉은 절"

"모도 편히."

곧이어 수업이 시작되었는데 어느 학년 할 것 없이 전 학년의 첫 수업은 모두 한글 수업으로 시작하였다.

ㄱ(기역), ㄴ(니은), ㄷ(디귿), ㄹ(리을), ㅁ(미음), ㅂ(비읍), ㅅ(시옷), ㅇ(이응), ㅈ(지읒), ㅊ(치읓), ㅋ(키읔), ㅌ(티읕), ㅍ(피읖), ㅎ(히읗).

아 야 어 여 오 요 우 유 으 이.

가 갸 거 겨 고 교 구 규 그 기.

가나다라마바사아자차카타파하.

교사들이 방학 기간에 실시한 연수 시간에 배운 한글 자모와 기본 음절표를 칠판에 쓰고 가르쳤다. 세종대왕이 훈민정음 반포 조서에서 '슬기로운 사람은 하루아침을 마치기도 전에 깨우치고, 어리석은 이라도 열흘이면 배울 수 있다'고 했듯이 우리 한글은 너무도 과학적이고 체계적으로 구성된 글자여서 학생들이 쉽게 배우고 익혔다.

학생들은 지금까지 교실에서 우리말을 할 수도 없었고, 생소한 일본어를 배우면서 마음에도 없는 일본 역사 공부를 하느라 곤란을 겪었다. 이제는 자신들의 습관과 입에 익은 우리말, 우리글을 배우게 되자 얼굴에 생기가 돌고 희망의 빛이 역력해 보였다.

교실마다 한글 자음과 모음, 그리고 음절표를 외우는 소리가 노랫소리처럼 장단에 맞게 교실 밖으로 울려 퍼졌다. 둘째 시간부터는 각 학급의 정해진 시간표에 따라 공부를 하였다. '꼿꼿이' 정 선생은 2교시 음악 시간에 6학년 아이들에게 아리랑과 민요를 가르쳤다. 그는 방학 중에 방깨 김종석 선생이 적어 준 민요 악보를 보고 오르간 연주를 열심히 연습해서 이제는 악보를 보지 않고도 연주할 정도가 되었다. 정 선생은 아리랑을 몇 번 부르고 나서 학생들에게 부연하여 설명했다.

"여러분, 아리랑 노래 가사에 '나를 버리고 가시는 님은 십 리도 못 가서 발병 난다'고 했지예?"

"예."

"누가 발병 났는지 압니꺼?"

그러자 개구쟁이 현태가 말했다.

"연애허다 도망간 사람 아입니꺼?"

그러자 아이들이 한바탕 웃었다.

"이 노래는 그기 아이고 발병이 난 님은 우리 민족을 버리고 간 우리나라인 기라. 그런디 인제 우리나라가 발병을 고치고 돌아온 기라 이 말이다. 얼매나 좋냐? 그렇지요?"

"예, 우리나라가 최곱니더."

"우리나라가 돌아 왔이모 인제 눌로 먼첨 바야 헐까요?"

"우리 음마? 아이지예. 우리 선생님을 먼첨 바야지예."

"내는 아이고, 너뜰을 먼첨 봐야 안 데겠나? 그래서 내를 보라는 노래를 가리쳐 줄 낀께로 따라 불러 보이소이."

정 선생은 또 밀양 아리랑 노래를 신나게 부르며 가르쳤다.

날 좀 보소- 날 좀 보소- 날 좀 보 소-
동지섣달 꽃 본 듯이 날 좀 보소-
아리 아리랑 스리 스리랑 아라리가 났네-
아리라앙 고개로 날 넘기 주소

"여러분 밀양 아리랑 가사는 아리랑 고개로 날 넘기 달라 캤지요?"
"예."

"그라모 날 어디로 넘기 달라는 길꼬?"

아이들이 이번에는 좀 어려운 질문인지 답을 하지 못했다.

"이거는 우리 민족을 일본 놈들을 넘어가서 일본보다 더 발전시키
달라는 기라. 알겠어요?"

아이들이 일본을 이긴다는 말에 더 신이 나서 크게 대답했다.

"예, 잘 알겠십니더. 어떻든가 일본을 이기야지예."

아이들이 신나는 밀양 아리랑 가락에 맞추어 손뼉을 치며 노래를
불렀다. 힘차게 노래를 부르는 아이들의 눈동자에는 생기가 돌아 더욱
반짝였다.

진석은 오늘 국어 시간에 한글을 가르치면서 우리말과 우리글의 소
중함과 한글의 우수성에 대해 감탄하지 않을 수 없었다. 그렇게 체계

적이고 배우기 쉬우면서 아무 소리건 표현하지 못할 글자가 없는 것이 놀랍기만 했다. 그는 우수한 문자를 창제한 세종대왕의 창의력과 애민 사상에 절로 고개가 숙여졌다.

진석은 점심시간에 점심을 먹고 나서 교실의 의자에 앉아 창밖을 내다보다가 자기가 촉탁교사가 되는 데 결정적인 역할을 한 이항녕 군수 생각이 머리에 떠올랐다.

진석은 해방 후에 일제의 식민지통치에 호응하여 조선인들에게 저지른 죄에 대한 양심의 가책을 느껴 고민하다가 이항녕 창녕 군수에게 전화를 걸었다.

"이 군수님, 안녕허십니꺼?"

"예, 강 선배님 아니십니까?"

"군수님, 우리나라가 해방이 되서 얼마나 기뿐지 모리겠십니다마는 지난 일제 시대에 내가 우리 조선 사람들헌티 헌 일을 생각허니께 잠이 안 옵니다. 군수님은 시방 어찌 허고 계십니꺼?"

"강 선배님, 저도 선배님하고 똑같은 고민에 빠져있습니다."

"전에 하동군청에 근무허던 직원들은 거의 다 그대로 붙어 있십디다. 그런디 제는 군청에 다시 나가기가 꺼끄러버서 어찌해야 헐지를 모리겠십니다."

"선배님, 옛말에 업보라는 말이 있지 않습니까? 우리가 본의는 아니었지만 일본 천황에게 얼마나 충성맹세를 했습니까? 그리고 일본인들이 조선인들에게 공출미를 수탈해 갈 때 우리도 협조하지 않았습니까?"

"그래서 제는 길 가다가도 제헌티 공출 당헌 사람을 만낼까 걱정시럽십니더."

"그게 다 우리 업보 아니겠습니까? 그래서 저는 요새 창녕군청에 사표를 내고 부산에 있는 범어사에 와서 수양이나 하고 지냅니다."

"그러모 인제 절에 사실 낍니꺼?"

"그건 아니지요. 그런데 여기 범어사 밑에 청룡국민학교가 있습니다. 늦은 오후가 되면 그 학교 교장 선생님이 절에 자주 들립니다. 글쎄, 그분이 나보고 학교에 와서 아이들을 좀 가르쳐 달라고 합니다. 그래서 군청 근무는 그만두고 후진양성이나 해 볼까 합니다."

"아, 예, 잘 알겠십니더. 언제 제가 범어사에 한 번 들러도 데겠십니꺼?"

"예, 언제든지 오십시오. 저도 앞날이 많이 걱정되어 잠이 잘 안 옵니다. 꼭 한번 들러 주십시오. 범어사 밑의 골짜기 계곡에 있는 술집에서 막걸리나 한잔 기울여봅시다."

"그리허모 좋지요."

"그러면서 화개천 계곡에서 은어회 먹던 추억도 되살리고 그동안의 회포도 풀어 봅시다. 꼭 한번 만나 뵙고 싶습니다."

"고맙십니더. 시간 내서 꼭 한번 들르겠십니더."

그리하여 진석은 며칠 지나서 곧장 부산으로 갔다. 그는 이항녕 전 군수와 의논한 끝에 군청에 복귀하지 않기로 결정을 내렸다. 그리고 이항녕 군수처럼 교직을 택할지, 아니면 다른 길을 모색할지를 시간을 두고 생각해보기로 하고 집으로 돌아왔다.

진석은 군청에서 나온 뒤에 하동읍에 있는 집에서 세상 돌아가는 형편을 관망하다가 하동군청에서 급히 임시교사를 채용한다는 소식을 듣고 곧바로 지원했다.

해방되어 일본인 교사들이 본국으로 돌아가자 교사 수가 절대적으로 부족하게 되었고 미 군정에서는 이들을 대신할 임시교사를 급히 모집하여 채용하였다. 이때 모집했던 교사들은 학력은 고려하지 않고 한글만 읽고 쓸 줄 알면 모두 채용했다. 그런 뒤에 단기간 교사 양성교육을 해서 촉탁교사로 임명하여 일선 교사로 발령했다.

진석은 이때 촉탁교사로 채용되었다. 그는 교원 양성교육을 마친 뒤에 곧바로 하동읍에서 살림살이를 정리하여 지소로 이사를 왔다. 그리고 고전국민학교에 첫 발령을 받아 촉탁교사로 재직하게 되었다.

고전면사무소에서도 새로이 직원조직이 구성되었다. 면장은 해방 전까지 조선인 면장이었던 성평 정석현 면장이 유임되고 부면장에 구하동의 정민확이 그리고 총무계장에 김민용이 임명되었다.

진영은 고전면사무소에서 근무한 지 채 1년도 안 되어서 해방을 맞이했기 때문에 재직경력이 얼마 되지 않았다. 그리고 그는 나이가 젊었는데도 일본 나고야공고 졸업이라는 가장 높은 학력 덕분에 면장이 재무계장으로 임명했다. 그리하여 몽환의 두 아들이 모두 고향에서 근무하게 되었다.

갈사리의 용덕부락에 해방의 기쁜 소식이 들려왔다. 부락 주민들은 기쁨을 감추지 못하고 너도나도 선창가로 나와서 만세를 부르며 즐거워했다. 용딕 사람들의 관심사는 무엇보다도 일본인들이 차지하고 있던 김밭이었다.

일본인들은 갈사 인근 해역에서 김 채취량이 많고 관리하기 좋은 위치에 있는 김밭은 다 차지하고 있었다. 이제 해방이 되어 이 김밭을 용덕 사람들이 다시 차지하게 되었으니 모두 부자가 될 것 같은 기대에 희망이 부풀어 올랐다. 그러나 마을 사람들과 해방의 기쁨을 같이 나누지 못하고 집안에 틀어박혀서 괴로워하는 사람이 한 사람 있었다. 그는 바로 일본 경찰의 힘을 빌려 지역주민들에게 온갖 해코지를 일삼던 산림관리인 황봉삼이었다.

해방된 지 며칠이 지나지 않아 진정에 사는 청년 세 사람이 용덕으로 찾아와서 봉삼을 찾고 있었다. 그들은 수소문하여 봉삼이 집을 알아내고는 다들 몽둥이를 하나씩 들고 봉삼의 집으로 찾아갔다.

봉삼은 집 안에 숨어서 바깥출입을 삼가면서 사람들이 자기 집으로 몰려들지 않을까 자주 사립문 밖 상황을 살펴보고 있었다. 봉삼이 뒷간에 갔다 오면서 얼핏 사립문 밖을 내다보다가 깜짝 놀랐다. 사립문 가까이에 험악한 얼굴을 한 청년 세 사람이 자기 집으로 다가오고 있었던 것이다.

봉삼은 단번에 그들을 알아보았다. 그들은 일제 때 산에서 나무를 하다가 봉심이에게 들켜 일본 경찰에 고발당해 혹독한 고문을 받았던 사람들이었다. 봉삼은 재빨리 집 뒤의 울타리를 뛰어넘어서 고포리 쪽으로 도망쳤다. 잡히면 맞아 죽을지도 모르는 일이었다.

봉삼은 고포리 뒷산 숲 속에서 해가 질 때까지 숨어있다가 밤이 깊어서야 동네로 돌아왔다. 그는 집으로 바로 가지 못하고 황대성의 집으로 몰래 숨어들었다. 봉삼은 황대성에게 살려달라고 통사정을 했다.

"아재, 그동안 제가 아재허고 덕출이헌티 심써 준 정을 생각해서라도 제발 제 좀 살리 주이소."

"그래, 자네가 내헌티는 헌다고 했지. 덕출아, 이 일을 우짜모 좋겠나?"

그 말을 듣고 있던 덕출이 자기 생각을 말했다.

"아부지, 봉삼이 성님이 동네 안에는 피헐 데가 없일 기고, 삼내 외가 친척 집으로 가는 기 어떻겠십니꺼?"

그 말을 듣고 대성이 한참을 생각하다가

"그러모 삼내 골짜기에 있는 덕출이 너 이모 사우 집으로 가모 안 데겄나?"

"아부지, 거기가 좋겄네요. 그 집은 동네서 좀 떨어져 있잉께로 사람 출입도 적을 끼고…."

그리하여 봉삼은 야음을 틈타 삼내동네로 급히 피신하여 당분간은 용덕으로 돌아오지 않았다. 그런데 봉삼에게 아주 안 좋은 소식이 전해졌다. 그것은 일본으로 징용을 갔던 문세경이 돌아온다는 소문이었다.

―   홍두깨

하동에 사는 주민들은 일본에 나라를 빼앗기기 전까지는 지리산자
락이나 섬진강 주변에서 옹기종기 촌락을 이루며 주로 농사를 짓고 살
았다. 그들은 단군조선 이래 오랜 세월을 임금이 다스리던 나라에서
살다가 조선 말기에 일본에 나라가 패망하여 식민 지배를 받다가 해
방을 맞이했다.

하동주민들은 지금까지 자본주의나 공산주의가 무엇인지 아예 모
르는 사람들이었다. 그들에게 있어서 해방은 드디어 일제 식민치하의
핍박에서 벗어나 우리나라를 되찾고, 우리나라 사람들이 다스리는 잘
사는 나라가 될 것이라는 기대와 기쁨을 선사한 축복이었다.

그런데 해빙이 되자마자 하동주민들이 생전에 듣도 보도 못한 공산
주의자라는 사람들이 나타나 인민을 위하는 무산대중의 나라를 만들
어서 자기들을 구원해 주겠다고 선동하고 다니기 시작했다.

이들은 일제강점기에 좌익사상을 가지고 지하에서 암약해 오던 소수의 골수 공산주의자들이었다. 이들은 해방 후 우리나라가 독립하기도 전에 신속하게 하동군에 공산주의 인민위원회를 조직했다.

박헌영, 이만성이가 배후에서 조종하는 하동군의 좌익세력은 하동 치안유지회 위원장이었던 박승호를 영입하여 인민위원장으로 삼고, 윤철균을 내정부장, 김태정을 치안부장 등을 중심으로 하동군 인민위원회를 조직했다. 그리고 각 읍면과 마을까지 확대하여 하부조직을 구성하고, 인민반, 청년동맹농민회, 부녀동맹 등의 직능조직도 구성했다. 이들은 자체로 공산주의 조직을 결성한 여세를 몰아 세무서와 전매서, 우편소까지 세력을 뻗쳐서 행정 전반에 걸쳐 친공 세력 중심의 행정기반을 닦기 시작했다.

한편 하동의 우익인사들은 건국준비위원회 하동지부와 대동청년회를 조직하여 건국 전까지 치안유지와 민중계몽운동을 전개하였다. 대동청년회는 우리말과 우리 역사를 되살리기 위한 교습을 시행하였다.

이들은 순수한 애향심으로 하동주민들의 치안과 일제에 의해 말살되다시피 한 우리 역사 되살리기, 주민들의 생활보장 등의 건국준비활동을 하였다. 그런데 공산주의 좌익세력은 우익의 건국준비활동과 민주주의국가의 태동을 위한 준비 작업을 조직적으로 방해하였다.

그해 9월 2일에는 하동군수가 이들에게 강제로 감금당해 신변이 위협받는 사건이 일어났고, 9월 3일에는 우익인사 신 모 씨가 하동읍내

백주대로에서 공공연히 살해당하는 좌익 테러사건이 발생했다.

이러한 상황에서 미 군정의 정세조사단이 하동경찰서를 방문하여 좌익세력의 동태를 살피고 돌아갔다. 그리고 미 군정에서 파견한 하리스 준장이 일본인 도지사로부터 행정업무를 인수하고 경남 지역 행정력을 장악해 가기 시작했다.

하동군 공산주의자들은 새로 부임한 하리스 경남도지사에게 그들의 세력을 과시하기 위해 그가 부임한 사흘 뒤인 9월 20일에 하동국민학교에서 대규모 농민대회를 개최하였다.

그들은 오천여 명의 군민을 모아 놓고 대대적인 궐기대회를 열었다. 이때 그들은 우익인사 네 명을 강제로 단상으로 끌고 나와 인민재판을 하여 그들을 처단하려고 했다. 그러나 그 자리에 참석하고 있던 군민들의 강력한 항의로 우익인사의 처단은 무산되었다. 이것이 하동주민들이 공산주의의 실체를 처음으로 접하게 된 사건이었다. 하동주민들은 공산당이 생전에 처음 보는 인민재판을 해서 사람도 마음대로 죽인다는 것을 알고 큰 충격을 받았다.

인민재판이란 용어는 하동주민들이 처음 들어보는 말이었다. 이런 용어는 일제강점기 때부터 독버섯처럼 뿌리를 내리고 활동해오던 볼셰비키 추종자들만이 사용하던 용어였다.

'우째서 주가 판사나 사또도 아임시로 같은 농민들이 우익 인사라꼬 사람 목심을 뺏띨 수 있단 말이가?'

하동주민들은 인민재판으로 사람의 목숨을 짐승처럼 다루는 공산주의자들의 잔혹한 행동을 직접 목격했다. 그들은 이런 일은 우리 역사에서는 찾아볼 수 없는 일이고, 심지어 왜정 시대에도 없었던 일이라며 혀를 내둘렀다.

9월 24일이 되자 마침내 미 군정의 미라 대위가 미군 40여 명을 이끌고 하동읍에 들어와 공산당 인민위원회의 일체의 행정권을 박탈하여 해산시키고 하동군 치안을 다스리게 되었다. 그렇다고 해서 하동군에서 공산주의 세력을 완전히 소탕한 것은 아니었다. 이후에도 하동군의 공산주의 중심세력은 북한의 지령에 따라 지하에서 비밀리에 은밀히 활동하고 있었는데, 그들은 박헌영과 이만성의 하부조직원들이었다.

하동주민들은 해방 후에 주로 농업에 종사하고 살았으며 하동군에 근대산업시설은 전혀 없었다. 따라서 하동군에는 마르크스가 그렇게 배척했던 자본가도 없었고, 자본가들에게 착취당하는 노동자도 없었으며 차르도 없었다.

하동군에는 예전부터 자본가적 지위에 대응하는 지주가 있어서 농민들에게 소작을 주고 소작료를 받았다. 어떤 때는 그들이 농민들에게 비싼 소작료를 받아가서 지탄의 대상이 되기도 했다. 그러나 농민들은 지주와 때로는 서로 알력을 빚기도 하고, 때로는 서로 도와가며 조상대대로 공존 공생해 왔었다.

농민들의 경제생활에서 지주들의 착취보다 더 두려운 것은 불시에 들이닥치는 가뭄과 홍수피해로 인한 기근이나 인명피해였다. 그리고 전쟁이나 민란으로 인해 생명과 재산을 무자비하게 탈취당하는 일이 었다. 그런데 해방이 되자마자 좌익세력이 홍두깨처럼 나타나서 스스로 인민을 위한 구세주 행세를 하려고 나섰다. 그들은 주민들의 의사와는 상관없이 자의적으로 민의를 해석하고 농민들을 위한다고 자처하면서 공산주의 활동을 개시했다.

현수는 해방 후 처음으로 맞이하는 추석이 되어 고향을 찾았다. 현수의 집에서는 이제야 우리의 최대 명절인 추석을 우리 전통대로 쇠게 되어서 가족들의 기쁨은 한결 더하였다. 현수는 추석 다례와 성묘를 마치고 나서 오랜만에 일가친척과 동네 지인들을 초청하여 공노에 둘러앉아 환담을 나누었다.

현수는 그들과 해방을 맞이했을 때 감격했던 일과 농촌 이웃들 간의 구수한 정담을 나누다가 깜짝 놀랄 이야기를 들었다. 서울에서 천리나 멀리 떨어진 조용한 농촌에까지 벌써 공산주의 세력이 침투하여 활동하기 시작했다는 것이다.

현수는 서울에 있는 동안 남한에서는 여러 형태의 정당들이 우후죽순처럼 창당하여 정치활동을 하기 시작했다. 그리고 북한에서는 소련군 주도하에 공산주의 정당만이 유일한 정당으로 인정받아 일사불란하게 공산화가 진행되고 있었다.

현수는 신문보도를 통해 북한 전역에서는 인민재판으로 지주들이나 친일파와 반동분자들을 처형하고 있다는 사실을 알았다. 그리고 서울에서는 매일 좌익세력의 시위와 공장 파업, 좌우세력 간의 무력충돌이 일어나고 있다는 보도도 보았다.

현수는 천신만고 끝에 해방을 맞이한 우리나라가 언제쯤 이런 혼란에서 벗어나 안정을 되찾고 독립을 이루어낼지 걱정스러웠다. 그런데 농촌 고향에까지 공산주의 세력이 활개 치고 있는 것을 보고 조국의 앞날이 더욱 암담하기만 했다. 현수는 자본주의 세계와는 한참 거리가 먼 하동에까지 공산주의 세력이 침투하게 된 원인을 곰곰이 생각해보았다.

하동의 좌익세력은 적어도 공산주의 발전단계와 무관하게 어느 사회에서나 존재하는 가진 자와 빈자들 간의 상대적인 격차로 인한 사회적 갈등을 자양분으로 삼아 권력을 잡으려고 했던 자들로 보았다.

현수는 북한에서 인민재판을 시행했던 시기와 거의 동시에 하동읍에서도 인민재판을 시행하려고 했던 점에 주목했다. 현수는 하동에서 하동주민들이 전혀 모르고 있던 인민재판이 일어난 것은 틀림없이 외부의 좌익세력이 북한의 지령에 따라 하동에 잠입하여 개입한 사건으로 보았다. 그리고 하동지역에서 단시간 내에 공산주의 세력이 급속하게 확산될 수 있었던 것은 하동주민들이 공산주의가 되면 가난한 사람들이 더 잘사는 세상이 온다는 좌익세력의 거짓 선전에 속아 넘어갔기 때문으로 보았다.

하동주민들은 일제강점기에 식민 착취와 공출로 인해 부자나 빈자할 것 없이 모두 극한적인 고난을 겪으며 살았다. 그런데 뜻밖에도 공산주의자란 사람들이 나타나 공산주의가 되면 가난한 사람들도 모두 잘사는 세상이 온다는 허황한 선전에 현혹되는 주민들이 많았다.

그들은 해방된 지 얼마 되지도 않아서 듣도 보도 못한 공산주의자가 나타나 자기들은 누군지도 모르는 자본가나 제국주의자들을 궤멸시킨다고 하는데, 왜 그래야 하는지 그 이유를 전혀 몰랐다.

현수는 고향인 하동에서 예상치도 못한 좌우 갈등으로 심각한 유혈 사태가 벌어지고 있는 현상을 보고, 우리나라 전통인 민심이 천심이라는 사상과 〈순자〉의 '왕제편'에 있는 '군주민수君舟民水'라는 사자성어가 생각났다. 현수는 이런 우리의 전통과 유교사상이 의미하는 바는 하동군민이 곧 물이요 주인이며 하동주민들의 의지에 따라 자신들이 원하는 정치형태를 선택해야 하는 것으로 생각했다.

하동주민들이 공산주의와 자본주의에 대해 자세히 알아보고 나서, 비교우위에 있는 정치형태를 스스로 선택하는 것이 순리인 것이다. 그런데 공산주의자들은 스스로 선각자이고 구세주임을 자처하고 자신들만이 무산대중을 위한 지상낙원을 만들 수 있다고 선전했다. 하동주민들의 의지나 주체적 선택권은 아랑곳하지 않았다. 이것은 민주주의 정신에도 어긋나는 것이며, '군주민수' 사상도 아닌 정치의 주객이 전도된 현상이다.

현수는 하동의 좌익세력은 남로당의 지령에 따라, 레닌이 볼셰비키 혁명을 성공시킨 공산주의 혁명전술을 그대로 답습했다고 보았다. 레닌이 망명생활을 하고 있을 때 자기 조국 러시아는 근대공업국가로 발전하지 못하여 노동자와 시민들이 극도의 빈곤 상태에 놓여 있었다.

이러한 상황에도 불구하고 러시아가 1차 세계대전에 참전하면서 전쟁 물자를 조달하느라 국민들의 가난은 더욱 극심해졌다.

1차 세계대전이 끝날 무렵 노동자와 시민들이 더는 극한의 빈곤생활을 견디지 못하고 폭동을 일으켰다. 그런데 시위대를 진압해야 할 군인들이 전쟁에 지친 데다 보수를 제대로 받지 못한 불만으로 시위대에 가담하면서 차르 정권을 무너지고 혁명이 성공했다. 레닌은 러시아 혁명이 끝난 뒤에 귀국하여 자기의 지지기반인 소수의 볼셰비키 세력을 등에 업고 이 혁명을 공산주의 혁명으로 둔갑시켰다.

그는 이 과정에서 마르크스의 공산주의 이론을 따르지 않고 자본가 대신에 차르와 귀족과 지주를 가해자 계급에 포함시키고 노동자 계급에 농민들도 포함시켰다. 그리하여 그는 다수의 농민과 노동자와 가난한 자들을 주동세력으로 무장봉기를 일으켜 자칭 공산주의 혁명에 성공했다.

하동의 공산주의자들도 레닌이 사용한 전술대로 차르나 자본가를 대신해 어느 사회에서나 볼 수 있는 하동에 사는 상대적인 부자를 대립적인 가해자로 각인시키고, 가난에 찌든 농민들의 피해의식을 부추겨서 상호 간의 갈등과 분열을 조장했다. 그리고 자기들만이 가난한 자를 구원하는 구세주로 위장하여 민중봉기를 일으켜 공산주의 정권을 쟁취하려고 했다.

이들은 레닌이 약자인 피해자를 양산하여 자기 세력으로 규합한 뒤에 자기 마음대로 정권을 쟁취하는 무기로 개발해서 물려준 여의봉을 휘둘러 공산주의 정권을 쟁취하려는 탐욕스런 자들이었다. 이때까지만 해도 하동주민들은 앞으로 공산주의 팽창세력이 일으킨 소용돌이가 자신들의 생명과 재산에 얼마나 큰 희생과 피해를 안겨다 줄지를 예상하는 사람은 아무도 없었다.

— 먹구름

김헌필은 고향에서 동지들과 비밀리에 독립운동을 전개하던 중에 그의 평생소원이었던 조국해방을 맞이했다. 그와 그의 집안에서 조국의 해방은 특별한 의미를 지니고 있었다. 그의 할아버지는 동학운동에 가담했다가 일본의 개입으로 동학혁명이 실패한 후 고초를 겪어야 했다. 조국을 민초들이 원하는 나라로 만들려고 했던 그의 염원이 이루어지기도 전에 조국이 허망하게 일본에 패망하자 그의 좌절감은 이루 말할 수 없었다. 그는 조국 독립의 꿈을 실현하기 위해 3·1 만세운동 때 배후에서 금전적 지원을 아끼지 않았고, 상해임시정부에 독립자금도 조달했다.

그리고 그의 아버지는 일제강점기 동안 구례군에서 일본인들이 벌이는 토목 사업에 본의 아니게 거액의 자금을 조달해 주었다. 그런 중에도 일본 경찰의 삼엄한 경계망을 피해 독립자금을 비밀리에 꾸준히

송금해 왔다. 그는 아버지의 사후에도 아버지의 유지에 따라 독립자금을 상해 임시정부에 비밀리에 송금하면서 고향에 '금란회'를 조직하여 비밀리에 항일운동을 전개했다.

이 '금란회'는 조직원 대부분이 민족운동 단체인 신간회원 중에서도 주로 이 지역 출신의 사회주의 운동가들이었다. 이 조직원에는 신간회의 중심인물이었던 강대인, 박준용 등과 1930년대 농민운동의 중심 활동가였던 선태섭 등이 포함되어 있었다. 김헌필은 이들에게 활동자금과 비밀회합 장소를 제공하면서 주요역할을 담당하도록 했다. 구례의 대지주였던 그는 구례면에 있던 양조장을 인수하여 구례주조합명회사를 건립한 후에 조선독립의 재원이 될 수 있는 민족자본 육성을 위해 적극적인 투자에 나섰다.

서울에는 마포를 재료로 구두를 생산하는 회사와 고무신을 만드는 대동산업회사를 건립하였고, 뒤이어 경남 통영에는 수산물 가공공장인 대동수산업회사와 목포에 비료공장을 세웠으며, 서울시청 앞에는 이전사라는 전기회사를 설립하여 민족자본 조성을 위해 노력했다. 김헌필은 꿈에도 바라던 조국의 해방이 꼭 자기 집안의 공으로 이루어진 것은 아닐지라도 조국 독립을 위해 자기 집안과 자신이 조금이나마 보탬이 되려고 노력한 점에 대해 가슴 뿌듯한 자부심과 보람을 느꼈다. 그리고 조국의 앞날에 서광이 환히 비치는 것 같아 눈 앞에 펼쳐진 냉천 주위의 산천이 한결 더 푸르러 보였다.

구례군에서는 조국이 해방된 지 이틀 뒤인 8월 17일에 건국준비위원회가 김헌필의 회사인 구례주조합명회사에서 결성되었다. 여기서 구례의 유지인 황위현이 위원장을 맡고 김헌필은 재무부장을 담당하여 활동을 개시했다. 곧이어 건국준비위원회가 인민위원회로 개편되면서 김헌필은 위원장으로 추대되었다.

조국 해방의 기쁨에 더하여 김헌필 자신이 인민위원장이 되자 평소에 가슴속 깊이 간직하고 있었던 그의 애국, 애민 사상을 곧바로 실행에 옮겼다. 그는 자신의 재산 중에서 마산면에 있는 과수원과 구례주조합명회사를 제외하고는 그 일대에 있는 자신의 토지를 소작인들에게 무상으로 분배해 주었다. 이런 일은 조선 시대와 일제강점기를 막론하고 조선에 있는 어떤 지주도 행하지 못한 자선 행위였다.

그런데 그의 소작인들은 평소에도 소작료를 싸게 받는 김헌필에게 감사한 마음을 가지고 있던 터에 느닷없이 토지를 그냥 배분해 준다고 하자 모두들 놀라고 당황했다. 그래서 소작인들은 자진하여 소작료를 달구지에 싣고 오거나 지게에 지고 와서 소작료를 받아 달라고 사정을 하는 사람들도 있었다. 그러나 그는 과감하게 이들의 요구를 뿌리치고 자신의 의지를 굽히지 않았다.

그뿐만 아니라 자기 집에서 선대로부터 거느리고 살던 하인들도 모두 다른 데로 나가 살게 하면서 그들이 생활에 필요한 정도의 전답도 나누어 주었다. 그가 평소에 존경했던 러시아의 대문호인 톨스토이가 행했던 자선활동을 자신도 실천에 옮겼던 것이다.

김헌필은 인민위원장으로 재직하는 동안 후진양성에도 힘썼다. 그는 자기자본으로 구례중학교를 설립하고 초대 교장으로 취임하여 일제강점기에 말살된 민족정신을 부활하는 민족교육에 정진하였다. 그리고 홍제원은 그대로 운영하며 계속하여 고아들을 돌보았다.

전라남도에 미 군정이 들어와 행정업무를 개시하게 되면서 전남의 미 군정 도지사인 필크 대령이 김헌필에게 자신의 업무 수행에 자문역할을 맡아 달라고 요청했다. 그는 이를 쾌히 수락하고 미 군정 도지사의 고문이 되었다. 필크 도지사는 전남을 대표하는 각계 저명인사 열명에게 고문을 위촉하였는데 여기에 김헌필이 포함되었던 것이다.

그런데 그는 필크 도지사의 고문이 된 뒤에 실제로는 고문 임무보다 구례에서 인민위원회 위원장으로서의 활동과 구례중학교의 후진양성에 주력하고 있었다. 그는 단지 전남에 파견된 미군 장교들이 구례에 시찰 나오면 동행하여 그들 업무에 협조하거나 대접하는 일을 할 정도로 소극적으로 활동하고 있었다. 그런데 그가 필크 도지사의 고문 업무를 맡게 된 것으로 인해 그의 인생에서 돌이킬 수 없는 불행의 기로에 서게 될 줄을 꿈에도 짐작하지 못했다.

해방 후에 남한에 들어선 미 군정과 같이 전남도청에서는 치안유지와 행정업무를 수행하기 위해 많은 인재가 필요하게 되었다. 이에 따라 필크 도지사도 인재를 채용하는 과정에서 친일 인사와 친일경찰들을 대거 채용하게 되었다. 이들 중에 일제 고위경찰이었던 서호석이 미 군정에 의해 전남경찰서 수사과장으로 기용되면서 애국지사였던 김헌필에게 불행의 *씨앗*이 대통히게 되었디.

서호석은 조국의 해방을 가장 두려운 마음으로 맞이한 사람 중 한 사람이었다. 그에게 있어서 조선이라는 나라는 훌륭한 역사와 문화를 간직한 자랑스러운 조국이 아니었다. 그의 조국이었던 조선이라는 나라는 외부세계의 발전과 변화의 소용돌이에 적극적으로 대처하지 못하고 공자 왈 맹자 왈 하다가 패망한 보잘것없는 후진국에 불과했다. 따라서 그의 조국이란 빨리 잊을수록 좋은 것이고, 자기에게는 거추장스러운 장식품 정도에 불과했다.

　그에 반해 대일본제국은 자신에게 미개한 조선인들을 지배할 수 있는 권력을 부여해준 고마운 나라요, 자신의 출셋길을 열어주어서 크나큰 은혜를 입은 하늘같이 위대한 나라였다. 그는 일본 경찰이 되고 나서부터 자신의 출세 가도를 달리기 위해서는 물불을 가리지 않는 냉혈한이 되어갔다. 그는 자기를 탄생시킨 조선을 버리고 새로운 조국인 일본을 위해 충성을 다 바치기로 맹세했다.

　그는 자기 출세를 위해서는 송충이가 유전자를 바꿀 수도 있고, 솔잎이 아닌 떡갈나무 잎이나 배춧잎을 먹고도 살 수 있다고 믿는 사람이었다. 그는 전남경찰서에서 일본 경찰로 근무하면서 독립운동가나 사상범을 체포하는 데 누구보다 탁월한 재능을 발휘했다. 그는 그러한 공로를 인정받아 조선인 경찰 중에서 가장 빠른 출세 가도를 달린 자였다. 조선인들에게 있어서 그는 악마의 화신이요, 저승사자와도 같은 존재였다.

　그러한 그에게 불행하게도 그가 영원하고도 불멸의 조국으로 여겼던 대일본제국이 패망하고, 버러지처럼 천대했던 조선이 해방을 맞이하게 된 것이다. 서호석은 해방되자마자 재빠르게 광주 인근의 농촌에 있는 지인의 집으로 피신하여 두문불출하고 지냈다. 그러던 중에 예전에 같이 근무했던 동료 경찰 친구로부터 미 군정에서 일본 경찰 출신을 채용한다는 반가운 소식을 듣게 되었다. 그는 자신의 출세와 영달을 위해서는 누구보다 뒤지지 않을 탁월한 촉감과 재능을 지닌 자였다. 그로서는 인생역전을 꾀할 수 있는 천재일우의 기회를 놓칠 리가 없었다. 그에게 미 군정은 자기에게 출세 가도를 열어주었던 과거 일본 제국에 못지않은 재기의 기회를 안겨다 줄 태양과 같이 고마운 정부요, 충성을 다 바쳐야 할 새로운 조국이 된 것이다.

그는 전남도청에서 일본 경찰 출신자를 다시 채용한다는 반가운 소식을 듣고 광주로 가기 위해 그동안 피신생활에 사용하던 가재도구를 정리하면서 자신의 인생에 대해 곰곰이 생각해보았다.

'사실 나는 지금까지 조국을 버리고 대일본제국의 경찰이 되어 충견 노릇을 충실히 해왔다. 그런데 따지고 보면 이러한 나의 행동에 대한 책임이 어찌 나한테만 있다고 할 수 있단 말인가? 여객선의 경우로 비유하자면 배를 침몰시킨 책임은 선장이나 승무원이 지는 것이지 배에 탄 승객이 무슨 책임이 있단 말인가? 나는 침몰한 조선이라는 배의 승객에 불과했다. 나는 배가 침몰하고 나서 내 살길을 찾은 것뿐이었다. 그런 와중에 나만 살겠다고 같은 민족에게 피해를 준 잘못은 인정한다. 그런데 나라가 망한 뒤에 친일 안 하고 총칼 찬 일본 경찰 앞에서 36년 동안 독립만세 부른 사람이 한 사람이라도 있었는가? 변명 같지만, 어찌 보면 오십보백보 아닌가? 그런데 다행히도 미 군정이 나의 능력이 필요하다는데 내가 마다할 이유가 무엇인가? 이제 나에게는 조국이나 사상 같은 것은 중요하지 않다. 현재 나에게 가장 중요한 것은 시대 흐름을 잘 읽고 그에 맞추어 내 살길을 찾으면 그만이다. 앞으로 나는 내가 살기 위해 내 영혼을 버리고 힘 있는 권력을 좇아가면 되는 것이다. 이것이 소용돌이치는 격랑의 시대가 나에게 가르쳐 준 교훈이다.'

그는 전라남도 경찰서 수사과장이 되자마자 미 군정의 전남도지사인 필크 대령이 기용한 인맥을 세밀히 살펴보았다. 그런데 전남도청의 주요 인사 중에서 그의 출세 가도에 치명상을 입힐지도 모를 인사가 한 사람 있다는 것을 그는 육감적으로 알아차렸다. 그가 바로 미 군정 전남도지사 고문 중의 한 사람인 김헌필이라고 지레짐작했다.

그가 파악한 김헌필의 행적 중에서 친일경찰 출신이었던 그의 가슴을 정곡으로 찌른 것이 김헌필이 구례에서 금란회를 조직하여 비밀리에 항일운동을 한 애국 독립지사라는 점이었다.

거기에다 그는 구례의 대지주였으며 일본 와세다대학 영어과를 졸업한 엘리트였다. 필크 대령의 고문직을 맡게 된 그가 능통한 영어 실력으로 필크 대령과 자주 교류하게 되면 자연스레 그와 친분이 쌓일 것이고 그 친분을 연결고리로 권력을 잡게 될 것은 짐작하고도 남음이 있었다. 그리고 미 군정이 끝나고 나면 그가 전남도의 중요한 행정 요직을 맡게 될 것은 불을 보듯이 자명한 일이었다. 서호석은 생각이 여기에 미치자 자신의 앞날이 깜깜해지는 것 같은 좌절감을 느꼈다.

서호석은 자신의 출세 가도에 장애물이 생기면 어떠한 수단과 방법을 동원해서라도 난관을 헤쳐나가는 데 이골이 난 사람이었다. 그는 머잖아 자기 앞에 닥칠지도 모를 위험을 그냥 앉아서 당하고 있을 위인이 아니었다. 그는 먼저 일본 경찰 시절에 활용했던 정보망을 총동원하여 김헌필의 과거 행적에 대한 자세한 정보를 수집하기 시작했다. 그러던 중에 구례경찰서에 근무하는 친일경찰 친구로부터 김헌필에게 회생불능의 치명타를 입힐 수 있는 핵폭탄과 같은 중요한 정보를 얻게 되었다.

친구가 보낸 정보에는 김헌필이 항일운동을 했다는 단체인 금란회 회원들 대부분이 과거 신간회 출신으로 사회주의운동을 했던 사실이 들어있었다. 서호석이 판단하기로 현재의 한반도 정세는 북한은 소련이 공산주의 정권을 수립하려고 하고 있고, 남한은 미국이 민주주의 정부를 세우려 하고 있다고 예상했다. 그렇다면 미 군정이 남한에서 공산주의 세력을 배격하고 자유민주주의 정부를 수립하려고 할 것이 뻔했다.

서호석은 이러한 남한의 정세를 잘 이용하면 김헌필을 궁지에 몰아넣을 수 있는 방책이 있을 것 같다는 생각이 들었다. 그는 장고 끝에 타고난 순발력을 발휘하여 미 군정의 힘을 빌려 김헌필을 옴짝달싹 못 하게 옭아매는 차도살인의 계책을 찾아냈다. 그는 선수를 쳐서 도지사에게 도지사 고문인 김헌필과 박준규가 공산주의자라고 고발하는 건의문을 올렸다.

'… 김헌필은 구례의 부호이며 애국지사로 행세하지만 실제로는 철저

한 공산주의자이며, 현재도 구례군 인민위원장으로 활동하고 있다…'
라는 내용이었다.

서호석은 이에 그치지 않고 구례지역에서 주도권을 잡고 있는 우익 세력 중에서 절대적인 신망과 인심을 얻고 있는 김헌필을 제거하기 위한 여론을 조작했다. 일본 경찰로 잔뼈가 굵은 그에게 있어서 이런 일은 식은 죽 먹기였다. 서호석은 친일 인사를 조종하여 김헌필이 설립하여 운영하던 구례주조합명회사가 금란회 조직원인 좌익세력들의 아지트이며, 구례주조합명회사의 회사명에 그들의 암호가 포함되어 있다는 내용을 구례경찰서에 투서하도록 했다.

투서내용은 김헌필의 소유인 '구례주조합명회사酒造合名會社' 회사명의 글자 중에서 '술 주' 자인 '酒' 자를 신간회원 출신의 좌익분자들이 모의하여 자기들만 아는 암호를 의미하는 '붉을 주'인 '朱' 자로 바꾸어 표기했다는 것이었다. 투서를 접수한 구례경찰서는 투서내용이 허위인 줄 알면서도 즉시 수사에 착수했다. 이들은 대개가 친일파 경찰인 데다가 전남도청 경찰국의 수사과장인 서호석의 수하들이었다. 그들은 서호석의 지령을 받아 강력한 특별수사를 실시했다.

김헌필은 이러한 수사의 배경에 서호석의 입김이 작용하고 있다는 사실은 전혀 모르고 있었다. 그는 이러한 사실도 모른 채 건국준비위원회 업무와 구례중학교 설립사업에 전념하고 있었다.

그는 한참 시간이 흐른 뒤에야 자신이 공산주의자로 지목되어 구례경찰서로부터 공산주의자 색출을 위한 수사망이 좁혀져 오고 있다는 사실을 알게 되었다. 그는 전남도청에 근무하는 지인을 통해 전남 경찰에서 공산주의자 색출을 위한 조사가 진행 중인데 자신이 그 대상에 포함되어 있다는 정보를 알게 되었다.

그는 자신에 관한 정부를 알려준 지인에게 수사내용을 자세히 알아본 결과 자신의 수사를 지휘하는 사람이 필크 대령이 신임하는 전라남도 경찰국의 친일파 수사과장인 서호석이라고 했다. 그는 자신이 좌익 신간회원들과 교류한 사실이 친일파 경찰관의 수사 표적이 되어 공산주의자로 처벌받을지도 몰라 신변의 위협을 느끼게 되었다. 그는 하는 수 없이 고향에서의 장학사업을 비롯한 모든 정치활동을 중단하고 서울로 피신할 수밖에 없었다.

정태준은 일본 경찰의 수사망을 피해 고베로 피신한 뒤에 그곳에서 한약방과 침술로 의료사업을 하고 있었다. 그는 언론인으로서의 예리한 판단력으로 해방 1년 전부터 조선이 곧 해방되리라는 것을 예견하고 있었다.

그는 조국의 해방에 대비하기 위해 곧바로 귀국하여 순천에 터를 잡고 생활하였다. 그러다가 해방 직전에 일본 경찰이 그에게 예비검속령을 내렸다. 그는 신변의 위협을 느끼고 혼자 구례에 있는 김헌필의 과수원으로 피신하여 체포를 면하였다. 그는 김헌필의 과수원에서 해방을 맞이하였다. 그는 김헌필과 같이 해방의 기쁨을 나누며 앞으로 조국을 위해 할 수 있는 일을 의논하였다.

8월 17일에 김헌필 및 지방유지들과 같이 구례주조협명회사에서 건국준비대회를 개최했다. 그는 이 자리에서 새로운 조국 건국을 위한 지식인다운 명연설을 하여 주위 사람들로부터 큰 호응을 받았다. 그는 건국준비위원회의 일원이 되어 구례와 순천에서 건국을 위한 주도적인 정치활동을 개시했다.

순천에서 정충조 등과 같이 노동조합을 결성하였고, 순천지역 농민조합위원장을 맡아 사회주의운동을 하였다. 그러다가 순천에 주둔하던 일본군들이 본국으로 철수한다는 정보를 입수하고 순천지역의 청년들을 이끌고 그들의 무기를 탈취하여 일본의 식민통치에 대한 앙갚음을 하였다.

그는 구례와 순천에서 사회주의운동의 활성화를 위해 여운형, 김명시, 허하백 등을 초청하여 강연회를 개최하며 우익세력과 경쟁적으로 세 확장을 위해 활동했다. 그리고 순천에 사는 지주가 소작료를 과다하게 징수한다는 소식을 듣고 그 지주를 찾아가 항의하다가 경찰에 구속되어 3일 만에 풀려나기도 하였다.

순천에서도 미 군정이 실시되면서 좌익세력에 대한 압박이 가해지자 구례면 봉동리로 이사하며 피신하였다. 그는 이곳에서 구례군 조선공산당 부위원장 겸 농민부장을 맡아서 비밀리에 사회주의 활동을 재개했다.

그는 원래부터 볼셰비키 공산주의 사상을 신봉한 사람은 아니었다. 의술인으로서 제민의 정신으로 환자를 치료했으며, 인명을 훼손하는 무장봉기를 통한 피의 숙청 같은 과격한 공산주의 활동은 배격하였다. 그는 유학자인 아버지의 영향을 받아 중용과 상생의 미덕을 중시했다.

그래서 지주인 김헌필과도 교분을 두터이 하며 구국 활동을 비롯한 조국의 건국준비운동과 구례주민들을 위한 자선활동에 공동보조를 맞추어 활동했다.

그의 사회주의 활동은 과격한 공산주의 혁명노선보다는 인륜의 구현과 정여립이나 허균이 추구하고자 했던 대동 정신인 만민의 신분적 평등과 재화의 공평한 분배를 위해 노력했다. 그리고 민생을 위한 사회주의와 복지후생을 평화적으로 이룩하는 데에도 심혈을 기울였다.

그래서 그의 평화적이고 조용한 사회주의 활동으로 여순사건이 일어나기 전까지는 겉으로 표출되지 않았고, 우익세력과의 마찰을 빚은 일도 별로 없었다. 그리고 구례지역에서 사회주의 건설을 위해 농민들을 선동하여 민중봉기를 획책한 일도 없었다. 그러나 친일경찰이 주축이 되어 전라남도 치안을 맡게 되면서 그 역시 사회주의 운동가였기 때문에 미 군정 경찰의 감시대상이 되었다. 따라서 그의 사회주의 활동에 대한 제약이 가해지기 시작했고, 그의 신변에도 많은 위험이 따르게 되었다.

멍석말이

　남한에 미 군정이 실시되고 나서 용덕부락의 염 씨 집안에는 경사가 났다. 용덕에 사는 염 씨 집안을 대표하는 종손인 염갑수의 아들 염준민이와 그의 사촌 동생 염병수의 아들 염준태가 금남면사무소에 들어 갔다. 그리고 하동고등학교를 졸업한 염만수의 아들 염준철은 하동군청에 들어가게 되었고, 김영석의 아들 김동수는 경찰이 되었다.

　이보다 앞서 해방 후에 갈사만 일대에 살던 일본인들이 물러가자 갈사해태조합원들이 총회를 개최하여 해태조합장과 직원을 새로 선출하였다. 갈사해태조합장에는 그동안 갈사해태조합에서 가장 근무경력이 많은 염치수의 아들 염준성이 조합원들의 전원일치로 추대되었다. 그리고 전무에는 황덕출과 그와 같이 조합에 들어갔던 염정수의 아들 염준길이 경합을 벌였는데 조합원이 많은 염 씨 집안사람들의 지지를 받은 염준길이 추대되었다.

황덕출은 이 일이 있고 나서부터 염 씨 집안사람들에 대한 감정이 나빠지기 시작했다. 조합직원으로는 염 씨 집안사람 두 명과 그리고 이삼도의 아들 이순범과 갈사에 사는 상태하가 들어갔다. 이때부터 용덕에 사는 염 씨 집안사람들은 공직에 진출하거나 해태조합 직원에 선출된 사람들을 '네꼬타이 부대'라는 별칭을 붙이고, 수적 우위로 세를 과시하며 자축하는 분위기였다.

반면에 황 씨 집안사람 중에는 공직에 진출한 사람도 별로 없고, 조합직원도 덕출이 밖에 없었다. 그래서 마을의 세력 판도가 염 씨 집안 쪽으로 기울게 되자 황 씨 집안사람들은 이를 별로 달가워하지 않았다.

용덕부락에서 이런 현상이 일어나게 된 것은 일제강점기에 용덕부락 구장을 하던 염치수의 영향이 컸다. 그는 기회 있을 때마다 주민들에게 학력의 중요성을 강조하며 자녀들에게 신식공부를 시킬 것을 권고하였다. 이에 호응한 염 씨 집안사람들은 학교 교육을 받은 사람들이 많았다. 그러나 황 씨 집안사람들은 염 구장의 권고를 수용한 덕출을 제외하고는 신교육을 받은 사람이 드물었다. 이로 인해 염 씨 집안사람들이 공직에 많이 진출하게 되었던 것이다.

덕출이 해태조합 직원으로 선출된 지 얼마 되지 않아 그는 해태조합 업무관계로 통통배를 타고 하동군청에 출장을 갔다. 그는 군청에서 업무를 마치고 배를 타러 광평 나루터로 가려고 시장 골목을 지나갈 때였다. 그때 머리가 덥수룩한 어떤 중년 남자가 덕출이에게 아는 체를 했다.

"용덕 짐 조합에 댕기는 황 주사 아인기요?"

덕출은 그 사람이 누군지 몰라 일단 걸음을 멈추었다. 그러자 그 남자가 덕출의 앞으로 다가와서 자기를 소개했다.

"아! 내는 황 주사허고 항캐 노랑학교에 댕기던 송재식이 세 인디요. 내가 헐 말이 좀 있어서 그러는디 저거 가서 막걸리 한잔허고 가모 안 되겠소?"

"아! 그렇십니꺼? 재식이 성님이라고예? 그러모 그리 허지예."

"마, 우시내 요 앞에 할매 집에 가서 한잔험시로 찬차이 이야구나 헙시더."

두 사람은 하동경찰서 앞 삼거리 근처에 있는 술집에 들어가서 자리를 잡았다.

"요새 재식이 가는 머 험니꺼?"

"재식이 가야 머 헐 끼나 있나요? 지게로 장사꾼 짐이나 날라주고 받는 품삯 갖고 모가지에 풀질이나 허고 살지예."

그러자 덕출이가 놀란 듯이 손을 저으며 말했다.

"재식이 성님, 친구 성님이 제 성님 아입니꺼? 지를 친동생맨키로 마 맨맨허이 대해 주고 말도 나 허이소."

"그러까? 내는 마 초면이라 좀 에롭아서 그런 거 아이겄나?"

"에롭기는 뭣이 에롭다 캅니꺼? 그런디 초면에 제를 우찌 알아 봤십니꺼?"

"아, 그거야 내가 재식이헌티 귀에 못이 박이도록 황 주사 이야기를 들었다 아이가? 그래서 겐또를 때리 본 기지."

"아, 그랬십니꺼? 지는 그것도 모리고 제가 머 잘몬헌 기 있능가 싶어서 깜짝 놀랬다 아입니꺼?"

"재식이 말로는 황 주사허고 학교 댕길 때 단짝이라 쿠던디?"

"맞십니더. 재식이허고 제사 머 입안에 있던 것도 서로 꺼내 묵는 사이지예. 그런디 실례지만 성님 성함이 우찌 됩니꺼?"

"아! 참, 내 소개가 늦어삤내. 내는 송재훈이 아이가? 그러고 내도 노량에 살다가 하동읍에 이사 왔재. 여거 온 지 그리 오래된 거는 아이다."

"아, 예, 잘 알것십니더. 앞으로 마, 저를 친 동숭맨키로 대해 주이소."

덕출은 송재훈과 몇 순배 막걸릿잔을 나누고 나서 궁금한 것이 있어서 넌지시 물어보았다.

"성님, 그런디 제헌티 허고 잡은 이야구가 있십니꺼?"

"하모, 실은 황 주사가 내 동생허고 친헌 친군께로 허는 말인디… 해방 됨시로 용덕 김조합에 염가들이 몽창 다 들어 갔담시로?"

"아, 예에! 진짜로 제 빼고는 싹 다 염가들 판 아입니꺼?"

덕출은 목소리에 자기도 모르게 힘이 들어가 있었다.

"그렇재? 내도 갈사 사람들헌티 다 들어서 알고 있다 아이가? 내는 그 소리 듣고 내 일맨키로 썽이 나드랑께."

"우리 황가 집안에는 인물이 없십니더. 뭐라 캐도 집안사람들이 다 울타린디 그기 안 되닝께 분허지요."

"그래, 얼매나 분허겄내? 내사 마, 그 심정 다 아네. 그기 다 못 살고 못 배운 기 탈인 기라?"

"그런깨로 눌로 탓 허겠십니꺼?"

송재훈은 이때다 싶었는지 진지한 얼굴로 자기 진심을 털어놓기 시작했다.

"동숭, 그래서 허는 말인디, 진짜 이 이야구는 내 동숭 재식이를 봐서 황 주사헌티만 허는 긴께로 한번 들어볼래?"

"예, 해 보이소. 성님허고 제 사이에 무신 못헐 말이 있겠십니꺼?"

"동숭이 그리 말헌께로 참말로 고맙데이. 그런디 요새 하동읍에서 못사는 사람들끼리 모이서 세상을 함 뒤집어 볼라 쿠고 있는디 자네는 그런 말 못 들어 봤재?"

"예, 금시초문입니더."

"그러모 박승호라 쿠는 어르신은 아나?"

"잘 모리겠는디요?"

"그래, 동숭은 아적 읍내 형편을 잘 모릴 끼다. 그분은 왜정 때 하동읍에서 독립만세 부리다가 일본 경찰에 잡혀가서 옥살이를 헌 유명헌 분인디…."

"아, 예."

"그분을 대장으로 모시고 하동에서는 똑똑헌 사람들이 모이서 새로 당을 만들었다 아이가?"

"그렇십니꺼? 그기 무신 당인디요?"

덕줄이 재훈의 말에 반기는 기색을 보이자 더욱 기세를 올리면서도 누가 들을까 봐 나지막한 목소리로 조심스럽게 말했다.

"그걸 공산당이라 쿠는 기라카이. 그 당은 용덕에 황 씨들맨키로 못사는 사람들을 위해 맨딘 당이라 안 쿠나?"

"그런디 성님 우리 황가 집안은 그리 못사는 집안은 아인디요. 그래싸도 하동서 우리 황가 집안만큼 잘 사는 집안도 얼매 안 될 낀디요?"

"맞다. 동승 말이 맞네. 그런디 동승, 혹시 촌에서 소쌈 허는 거 봤나?"

"예, 삼내 외갓집에 갔을 때 더러 보기는 봤십니다."

"그래, 그때 어떤 소끼리 쌈을 붙이대? 동내서 젤 쎈 소끼리 소쌈을 붙이더라 아이가?"

"그렇지예."

"그래 갖고 그때 한번 쌈에 진 소는 그 뒤로는 꼼짝 못 허고 벌벌 긴다 아이가?"

"예, 성님 말이 맞십니다."

"그런디 용덕서는 염가 집안허고 너 집안이 젤 쎈 기 맞재?"

"그거는 그렇지예."

"그렇깨 시방 너 집안 허고 염가 집안 사정이 소쌈 붙는 거 허고 같은 기라. 너 집안은 염가허고 평생 붙어 봤자 못 배운 사람이 많은 너 집안이 맨날 지는 판인 기라."

"그래서 속이 상헙니다."

"그러닝깨 너 집안이 하동서는 잘 산다 캐도 염가 집안사람들헌티는 못 당헌다 아이가? 이런 때 씨는 말이 올라가지 못헐 낭구는 쳐다보지도 말라고 안 쿠더나?"

"예, 맞십니다. 참 기가 차서 헐 말이 읎네요."

"그런깨로 멀라꼬 그 낭구에 올라갈라꼬 나부댈 끼고… 마, 학 톱으로 베서 낭구를 넝가 갖고 잘근잘근 밟아 뿌리모 되는 거 아이가?"

"맞네예, 성님 말을 듣고 보닝께 쏙이 다 시원헙니더."

"그리 쿨라모 아까 내가 말헌 공산당에 들어가서 심을 모다야 헌다이 말일세. 그래 갖고 염가 집안을 학 쓸어삐모 될 꺼 아이가?"

"그런디 성님 말이 백 본 옳은디요. 그 공산당 사람들이 무신 심이 있겠십니꺼? 경찰이 그런 사람들 편을 들어주기로 헌답디꺼?"

"야, 이 사람아! 경찰이 공산당 편을 들 택이 있겠나? 경찰이야 장 잘 묵고 잘 사는 사람들 편이재."

"그런깨로 그런 당이 무신 심을 쓸 수가 있나? 이 말이지요."

재훈은 술을 한 잔 쭉 들이켜고는 더욱 진지하게 말했다.

"동숭, 그 말 참 잘했네. 그런깨로 우리가 심을 모다 보자 이 말 아이 겄나? 티끌 모아 태산이라 안 쿠더나? 급헐 거는 읎고 찬찬이 심을 한 번 모다 보자 이 말일세."

"그러모 제가 우짜모 되는 깁니꺼?"

"우시내 너거 동내에 돌아가모 너 집안사람들을 모두 네 편으로 맨딜아 놔라. 그라고 동숭이 하동에 올 걸음이 있이모 날 찾아온나. 그때 또 우짜모 졸 긴고 의논해 보세."

"성님 말을 듣고 본깨로 제도 분풀이헐 방도를 찾은 거 같아서 기분이 좋십니더."

"우리 한번 힘을 모다 보세. 염가 놈들맨키로 잘 사는 놈들허고 잘났다고 까부리는 놈들헌티 뜨건 맛 좀 보이 주고로 말일세."

두 사람은 오랜만에 만난 죽마고우처럼 정담을 나누며 한참 동안 술잔을 기울이다가 머잖아 곧 만나기로 약속을 하고 헤어졌다.

봉삼이 삼내에 피신 간 지 한 달쯤 지나서 일본 경찰에 강제로 징용을 끌려갔던 문세경이 고된 징용생활로 몸이 쇠약해질 대로 쇠약해져서 돌아왔다. 세경은 징용으로 일본 북해도에 끌려가서 지하 탄광의 극한적인 악조건에서 죽을 고비를 몇 번이나 넘기며 죽지 못해 사는 징용생활을 했다.

그는 같이 징용 간 동료 광부들이 굶주리다가 또는 질병으로 죽어 나가는 것을 보며 자기는 어떻게든 살아서 집으로 돌아가야겠다는 일념으로 악착같이 이를 악물고 고통을 버텨냈다. 그는 탄광회사에서 배급해 주는 음식이 부족해 배가 고파 허기를 참을 수 없으면 몰래 바닷가로 가서 미역이나 청각과 같은 해조류를 뜯어 먹으며 배를 채웠다. 그러다가 일본이 패망하자 징용에서 풀려나 천신만고 끝에 일본을 떠나 하동 노량에 도착할 수 있었다. 세경이 배에서 노량 부두로 내려서니 이미 해는 바다 건너 가덕 뒷산으로 기울고 있었다.

세경은 몇 년 만에 고향 땅을 밟으니 어머니 품속에 돌아온 것 같은 포근함이 느껴졌다. 그리고 고향 땅에서 풍기는 땅 냄새를 코로 들이쉬니 새롭게 생기가 돌아 마치 산삼이라도 먹은 것처럼 온몸에 힘이 솟았다.

세경은 가뿐한 기분으로 노량고개를 걸어 넘어가면서 해가 기울어가는 서쪽 하늘을 바라보았다. 저 멀리 옹기종기 솟아 있는 작은 산봉우리들이 세경이의 귀향을 반기기라도 하는 듯이 붉은 노을빛을 받아 미소를 짓고 있었다. 세경은 징용생활을 하면서 사투를 벌이다가 살아 돌아와서 고향 땅을 밟고 있다는 사실이 너무도 기뻤다. 그는 솟구치는 감정을 억누를 수 없어서 자꾸만 눈물이 그의 두 볼을 타고 흘러내렸다. 그의 감정은 점점 더 격해져서 콧물도 눈물과 섞여서 입술 위로 흘러내리다가 입 안으로 스며들었다. 그의 혀끝에 짭짤한 맛이 느껴졌다. 그 맛은 지금 자신이 살아있다는 사실이 너무 기뻐서 그런지 고향 집의 잘 익은 김치를 먹을 때 느꼈던 감칠맛 같았다.

세경이 소송부락 앞을 지나 대송고개를 넘어서니 희미한 달빛에 비친 덕천마을이 한눈에 들어왔다. 세경은 고향 집에 가까이 왔다는 기쁨에 덕천 앞 신작로의 언덕배기를 단숨에 내려와 진정마을에 다다랐다. 세경이 진정들판을 바라보니 맞은편 산비탈에 꿈에도 그리던 고향 마을 조금너리 동네가 달빛을 받아 한 폭의 그림이 되어 한눈에 들어왔다. 온 동네가 깊은 잠에 빠졌는지 몇 집 건너서 호롱 불빛이 가물가물 새어 나오고 있었다. 동네 가운데에 있는 자기 집에서도 불빛은 보이지 않았다.

세경이는 자기 집이 등유 살 돈이 없어서 밤에 방안에 불도 켜지 못했을 것이라는 생각이 들어 콧잔등이 시큰했다. 그의 마음은 이미 자기 집 사립문을 들어서고 있었다. 그동안 죽도록 보고 싶었던 그의 아내와 자식들이 한걸음에 뛰어나와 자기의 품에 안기며 반겨줄 것 같았다.

그는 빨리 가족이 보고 싶어서 서둘러 들판에 흐르는 조그만 개울을 건넜다. 그는 곧장 벼이삭이 무릎 위까지 자란 논두렁길을 가로질러 밤길이지만 눈에 익숙한 자기 마을 골목으로 접어들었다. 희미한 달빛에 비친 골목길 주위의 집들은 어느 집 할 것 없이 모두 조용히 잠들어 있었다. 세경은 이웃집 사람들이 잠에서 깰까 봐 발소리를 죽여 조심조심 걸어갔다. 그는 실로 몇 년 만에 자기 집 사립문을 열고 마당으로 들어섰다. 식구들이 모두 깊게 잠들었는지 집안은 조용하기만 하였다.

세경은 몇 년 만에 꿈에도 그리던 가족들을 만나려는 순간에 너무 감격하여 감정이 복받쳐 올라 목이 메었다. 그는 방문을 향해 큰소리로 큰아들 이름을 불렀다.

"용아! 애비 왔다아!"

그러나 왠지 말이 목에 걸려 입 밖으로 나오지 않았다. 그는 마루로 달려가며 다시 목에 힘을 주어 소리쳤다.

"용아! 용아! 애비 왔다. 빨리 나오이라."

그래도 목이 터지지 않고 신음 같은 말만 튀어나왔다. 그런데 큰아들 용이가 용케도 그의 목소리를 알아들었는지 이불을 박차고 방문을 열고 문밖으로 뛰어나왔다. 큰아들은 울먹이는 목소리로 크게 아버지를 부르며 그의 품에 안겼다.

"아부지."

그리고 다른 가족들을 깨웠다.

"엄마! 아부지가 왔데이. 너뜰도 빨리 일나 나온나. 아부지가 살아오셨다 카이."

그는 큰아들을 꼭 껴안으며 눈물범벅이 된 얼굴로 아늘의 얼굴을 비벼댔다. 식구들이 모두 뛰어나와 세경을 끌어안고 울고불고 소리치며 반갑게 맞이하였다. 세경은 큰아들에 이어 자기가 가장 귀여워하던 막내딸 막순을 끌어안고 얼굴을 비비고 두 손으로 온몸을 문지르며 애정을 듬뿍 쏟았다. 그는 또 다른 아이들의 머리도 쓰다듬으며 반가운 마음을 가누지 못했다. 세경은 눈물을 흘리며 가족들과 한참이나 몇 년 동안 못다 한 진하디진한 정을 나누었다.

그런데 식구들이 모두 방 안으로 들어가서 자리에 앉고 나서야 세경은 아내의 태도가 좀 이상하다는 것을 느꼈다. 몇 년 만에 징용에서 돌아온 자기를 반기기는커녕 어쩐지 자기 눈치만 살피는 것 같았다.

방안은 희미한 달빛이 창호지로 바른 방문으로 새어 들어와 사람 형체를 겨우 알아볼 수 있을 정도였다. 세경이 뭔가 가족들의 어색한 분위기를 감지하고 어둑한 방안을 찬찬히 둘러보았다. 그랬더니 뜻밖에도 아내가 방 한구석에 쪼그리고 앉아서 소리 없이 울고 있었다.

"용아! 와 그라노? 내가 몇 년 만에 왔는디 와 우는 기고? 무신 일이 있었나?"

"아입니더."

"그러모 와 그 구석에 처백히서 울고 있는 기고? 이쪽으로 온나."

"…"

아내는 말없이 자꾸만 흐느껴 울고 있었다. 세경은 그제야 정신을 차려 두 눈을 크게 뜨고 아내가 앉아 있는 곳을 자세히 살펴보았다. 그곳에는 그녀가 누군가를 이불로 싸서 부둥켜안고 있었다.

그는 아내 곁으로 다가가 이불자락을 잡아당기며 큰 소리로 말했다.

"멀 그리 보둠고 있노? 떡 당새이라도 데는 기가?"

그러자 그의 아내가 이불로 싼 것을 방바닥에 내려놓으며 갑자기 세경이 앞으로 몸을 돌려 엎드려 울면서 말했다.

"용이 애비요! 내를 마, 그냥 직이 주이소. 내가 직일 년입니더."

그리고는 두 손 모아 싹싹 빌면서 방바닥을 치고 통곡하였다.

"뜬금없이 직이 주라니? 그기 무신 소리고? 용아, 너 엄마헌티 무신 일이 있었내?"

세경이 큰아들 용을 보며 물었다. 그러나 용은 말없이 세경이 끌어당기다가 놓아둔 이불 속을 손가락으로 가리켰다. 세경은 얼른 이부자락을 다시 잡아당겨 이불을 들어내고 보니 그곳에는 뜻밖에도 어린아이가 웅크리고 앉아 있었다.

세경은 얼른 그 아이를 안고는 그나마 달빛이 밝게 비치는 방문 앞으로 다가가 살펴보니 두세 살 정도 된 사내아이였다. 세경은 너무도 놀라서 하마터면 그 아이를 방바닥에 내동댕이칠 뻔했다. 세경은 갑자기 쇠망치로 정수리를 얻어맞은 것 같은 충격을 받았다. 그는 어안이 벙벙하여 한동안 말이 없었다.

"용이 애비요! 마, 내가 다 잘못했잉께 날 고마 낫으로 칵 모가지를 처서 직이 주이소. 아이고 내 팔자야! 내가 직일 년이데이. 멀쩡헌 신랑 놔두고 서방질헌 년이 우찌 살겄노? 제발 날 직이 주이소."

세경은 너무도 뜻밖의 일을 당하고 보니 어찌할 바를 몰랐다. 일이 어쩌다가 이 지경이 되었는지 그는 도저히 이해가 가지 않았다. 세경은 할 말을 잃고 우두커니 앉아 있다가 먼저 이 일이 어떻게 된 것인지 사초지종을 알아봐야겠다는 생각이 들었다. 세경은 말없이 일어나서 옆

집에 사는 문수필을 찾아갔다. 그는 마당에 들어서면서 다짜고짜로 문수필을 불러댔다.

"아재-! 아재 계십니꺼? 세경이 조캐가 안 죽고 살아왔십니다."

그러자 마당에서 나는 인기척을 먼저 알아챈 문수필의 아내가 깜짝 놀라 안방 문을 열고 밖으로 나오며 남편을 깨웠다.

"보이소, 옆집 조캐가 왔십니다. 퍼뜩 나와 보이소. 예-, 조캐가 징용 갔다가 살아온 거 겉십니더. 퍼뜩 나오이소."

그러자 문수필도 사랑방 문을 열고 맨발로 급히 뛰어나오며 뭔가 어색한 표정을 지으면서도 일단 세경을 반갑게 맞이했다.

"아이고! 우리 조캐 세경이 아이가? 우리 조캐가 이러코롬 멀쩌이 살아왔내? 임자 퍼뜩 안에 가서 저녁허고 술상 좀 채리 오게."

"예, 예! 알겠십니다. 우리 조캐가 살아왔잉게 얼매나 좋십니꺼? 퍼뜩 채리 가겠십니더. 마, 먼첨 조캐 데리고 퍼뜩 방으로 들어가이소."

문수필이 세경을 데리고 사랑방 안으로 들어갔다. 세경은 그런 와중에서도 정신을 차려 문수필에게 인사를 드렸다.

"아재! 죽을 목심이 살아왔싱께로 먼첨 절이나 받으이소."

"야, 이 사람아! 이 판국에 절은 무신 절⋯. 고마 퍼뜩 자리에 앉게."

"그동안 안녕허싰십니꺼?"

세경은 기꺼이 절을 올리고는 자리에 앉았다. 그리고 문수필을 똑바로 쳐다보며 정색을 한 얼굴로 물었다.

"아재, 우리 용이 에미헌티 못 보던 애새끼가 하나 딸려 있던디요. 그기 우찌 된 깁니꺼?"

문수필은 기어이 올 것이 왔다는 듯이 한숨을 내쉬며 먼저 담뱃대에 담배꽁초를 채우고 불을 붙였다. 그는 담배 한 모금을 들이마신 뒤에 천장으로 길게 연기를 내뿜으며 천천히 말을 꺼냈다.

"조캐야! 내가 소상히 다 말헐 낀께로 우시내 멤을 찬차이 가라앉히고 들어보시게. 먼첨 내가 자네헌티 헐 말이 없네. 다 내가 잘못헌 기고 내 불찰일세. 그런디 조캐, 세상만사가 어디 맴문 대로 다 되던가? 사람 힘으로 막을 수 없는 것도 안 있던가?"

"아재! 사람 맴이 다 타서 죽겄십니더. 말을 뺑뺑 돌리지 말고 우찌 된 긴고 퍼뜩 속 시원히 말씀해 보이소."

"조캐-! 그래서 내가 찬차이 들어보라 안 쿠는가? 내가 다 말해 줄 낀께로 차분허이 들어보게."

문수필은 언젠가는 세경이 징용에서 돌아오리라는 것을 짐작하고 있었다. 그리고 이 일은 숨겨서 될 일이 아니라고 생각해 왔다. 그는 어떻게든 세경에게 자초지종을 다 알려주고 나서 세경을 잘 설득하여 불상사가 없이 해결할 방법을 찾고 있었다.

문수필은 세경에게 그가 어떻게 해서 징용을 가게 되었고, 징용 가고 나서 봉삼이 세경의 아내한테 어떤 일을 저질렀는지를 소상히 얘기해 주었다.

세경은 문수필의 이야기를 다 듣고 나서 얼굴이 붉으락푸르락하면서 두 주먹을 쥐고 부르르 떨며 거침없이 말했다.

"아재! 내는 아재가 헌 말을 듣고 두 연놈하고 우씨 하늘을 겉이 이고 살겠십니꺼? 우시내 내 마누라부터 직이고, 낼 날이 새모 봉삼이 그놈을 찾아가서 낫으로 목을 쳐 직이쁠 낍니더."

그때 문수필의 아내가 술상을 차려 들어오며 심각한 분위기를 알아채고 재치 있게 말을 건넸다.

"보이소, 술상 채리 왔십니더. 조캐가 시장헐 낀디요. 우시내 조캐헌티 술이나 한 잔 마시라 쿠고 찬차이 이야구해 보이소."

"하모, 그리 해야재. 어서 술상이나 들이게."

문수필은 아내가 내어온 술상을 세경 앞에 갖다 놓으며 차분하게 말했다.

"내가 와 자네 심정을 모리겄나? 일단 술이나 한잔허고 찬차이 이야구해 보세. 세상에 서둘러서 약 될 거 하나 읎네. 자 한 잔 들게."

문수필은 술잔에 술을 가득 채워서 세경의 오른손을 끌어당겨 술잔을 쥐여주며 억지로 술잔을 권했다. 세경은 홧김에 술 한 잔을 주욱 들이켰다. 빈속에 술을 들이켜니 막걸리가 뱃속에서 위장을 따라 짜릿한 느낌을 주며 흘러내렸다.

"자! 찬차이 한 잔 더 드시게."

문수필은 술잔에 술을 일부러 천천히 따르며 더 침착한 목소리로 은근히 말을 이어갔다.

"조캐야! 사람 팔자 한번 실수로 망허는 걸세. 자네가 그 무작헌 놈을 갋으모[22] 자네도 똑같은 놈이 되는 거 아이가?"

"아재! 똑같은 놈 되모 어떻고, 안 되모 어떻씹니꺼? 지는 그런 놈을

_____

22) 참견하면

두고 죽어도 못 참십니더."

"자네 맴이 꼭 그렇다모 헐 수 읎재. 그런디 야, 이 사람아, 내 말 좀 들어보고 찬차이 생각해보게."

문수필은 천천히 담뱃대에 담배를 피워 물며 차분히 말했다.

"그래, 자네가 자네 안사람을 해치고 나모 자네 자식들은 누가 키우고 누가 챙길 낀가? 그리고 봉삼이 그놈을 직이고 나모 법이 자네를 그냥 둘 거 겉은가? 자네만 감옥 가서 혼자 살모 그기 다가? 네 새끼들 다 살인자 자식 맨딜 낀가? 자네 새끼들이 무신 죄가 있나 이 말일세."

문수필이 자식들의 장래에 관해서 이야기하자 세경도 마음이 좀 가라앉았는지 술을 한 잔 더 마시고 나서 조금 뜸을 들인 뒤에 말했다.

"그러모 아재 생각에는 우짜모 좋겠십니꺼? 이러지도 못허고 저러지도 못허고, 무신 방법이라도 있기는 있는 깁니꺼?"

"그래서 내가 자네가 돌아오기 전부텀 생각해 놓은 기 있는 기라 카이. 자네 내 말 듣고 오늘 집에 가서 자네 안사람보고 아무 말도 허지 말게. 내가 다 알아서 헐 낀께로…"

세경은 문수필이 이미 생각해 둔 것이 있다는 말에 잠자코 듣고 있었다.

"그리고 봉삼이 그놈도 내가 반드시 잡아다가 혼쭐을 내줄 걸세. 그놈이 진 무작시런 죄를 그냥 두고 넘길 수는 절대로 안 될 일이재."

세경은 문수필이 봉삼이 그놈을 그냥 두지 않겠다는 말을 듣고 그제야 마음이 좀 풀어졌는지 술을 한 잔 너 나셨다. 그러고는 자기 신세를 한탄하며 울기 시작했다. 그러자 수필도 같이 눈물을 글썽이며 울먹이는 목소리로 말했다.

"그래, 자네 맴이 오죽허겄능가? 울고 잪을 때는 실컷 울게. 속이 좀 풀릴 걸세. 그리고 인제 밤도 짚었싱께로 한 잔 더 허고 집에 가서 푹 주무시게."

"예, 아재, 고맙십니더. 으흐흐흐! 그래도 제 걱정해 주는 사람은 아재뿐이 읎네요."

문수필은 갑자기 생각 난 듯이 세경의 저녁을 챙기며 따뜻한 말로 위로했다.

"참, 그런디 집에서 그 난리 치느라 아적 밥도 못 묵었재? 그동안 징용살이 허니라 얼매나 마이 굶고 또 얼매나 고생했겄나? 인제 집에 돌아왔싱께로 따신 밥 한 그럭 안 무모 되겄나?"

문수필은 안방을 향해 큰 소리로 말했다.

"임자, 조캐가 시장허다는디 저녁상이 아직 멀었능가?"

문수필의 아내도 이야기가 잘 풀린다는 것을 눈치채고 큰 소리로 대답했다.

"예! 그라내도 한 상 다 채리 갑니더. 쪼깸만 기다리 주이소이."

다음날이 밝았다. 세경은 어제저녁에 빈속에 마신 술이 과하여 숙취로 늦잠을 자고 있었다. 세경의 아내는 오히려 그것이 다행이라 여겼는지 아이들에게 밥을 챙겨 먹이고 나서 문수필의 집을 찾아갔다. 그녀는 문수필에게 어젯밤에 있었던 이야기를 다 듣고 나서 그에게 몇 번이고 고맙다고 인사했다.

문수필은 그때부터 봉삼을 수소문하여 찾기 시작했다. 먼저 사람을 용덕에 보내 알아보니 이미 동네에서 사라진 지 제법 오래되었다고 하였다. 그래서 그는 큰아들 문세홍을 시켜 인근 동네로 돌아다니면서 봉삼의 자취를 알아보게 했다. 그리고 동네 사람들에게도 봉삼이 보이면 남몰래 연락을 해주기 바란다고 부탁했다.

한편으로 문수필은 이 일을 처리할 방법을 의논하기 위해 덕천 일대에서는 유지라 할 수 있는 양조장 사장인 전명길을 찾아갔다. 전명길은 남의 동네 일이어서 꼭 자기가 나설 사항은 아니지만, 친구인 문수필이 의견을 구하니 사견이라는 전제하에 자기 생각을 말해주었다.

"시방은 정세가 안정되지 못해서 법적인 대응을 허기 어려운 실정이고, 그렇다고 세경이가 사람 생명을 위협허는 복수를 허고로 내버려둘 수도 없는 일 겉으이. 그러닝깨 우시내 봉삼을 잡아다가 조금너리 동네 사람들헌티 의견을 물어보는 기 좋을 거 겉네."

"동네 사람들이라고 무신 뾰족헌 수가 있겠능가?"

"옛날 겉으모 덕석몰이[23]도 있다 아인가 배?"

"그렇재. 그런 방법도 있긴 있었재."

문수필도 그런 방법이 괜찮을 것 같아서 전명길에게 의견을 주어서 고맙다는 인사를 하고 돌아왔다.

며칠이 지나고 나서 삼내에 사는 아들 문세홍의 친구로부터 연락이

_____

23) 멍석말이

왔다. 봉삼이 삼내 골짜기에 있는 황대성의 처제 사위 집에 숨어있다가 화장실 가는 것을 보았다는 것이다. 문수필은 아침 일찍 자기 큰아들에게 머슴들과 동네에서 힘깨나 쓰는 청년들을 데리고 삼내로 가서 봉삼을 잡아 오게 했다. 그리고 마을 사람들을 동네 앞에 있는 정자나무 아래 공터에 모아놓고 대동회를 열었다.

봉삼을 잡으러 삼내로 간 문세홍 일행이 아침나절이 되어 봉삼을 붙잡아 동네 사람들이 모여 있는 정자나무 밑으로 끌고 왔다. 이 소식을 들은 세경은 집에서 지겟작대기를 들고나와서 마구 휘두르며 봉삼을 죽이겠다고 다짜고짜로 대들었다. 문수필은 이를 보고 동네 청년들에게 세경을 안정시켜서 일단 정자나무 옆에 억지로 앉히게 했다.

그런 뒤에 동네 어른이며 동네 구장인 문수필이 동네 사람들 앞으로 나가서 의견을 물었다. 그때 이웃 동네 진정에 사는 세경의 동생이 봉삼이 잡혀 왔다는 소문을 듣고 이 동네로 와서 자리를 같이하고 있다가 소리쳤다.

"저런 개겉은 놈은 쳐 직이 삐리야 헙니더."

그러자 머리가 허연 김 씨 노인이 나서서 점잖게 말했다.

"대동회험시로 사람을 직이는 법은 읎는 길세. 인명은 재천인디 우찌 그리 무작헌 말을 허는고?"

봉삼을 잡으러 갔던 문세홍의 친구가 봉삼이 옆에 지키고 서서 큰소리로 말했다.

"이놈은 왜놈 앞잽이 짓을 험시로 죄 읎는 사람을 얼매나 마이 징용 보내고 공출도 뺏띨어 갔십니꺼? 거기다가 멀쩡헌 남우 여자를 건디라?

이런 짐승만도 못헌 놈은 본때를 비고로 몽디 찜질을 해야 헙니더."

그러자 동네 사람들이 문수필에게 물었다.

"문 구장 생각은 어떻십니꺼? 생각헌 기 있이모 한번 말해 보이소."

문수필이 동민을 둘러보며 자기 의견을 말했다.

"이본 일은 누가 뭐라 캐싸도 우리 조캐 세경이가 당헌 일 아입니꺼? 며칠 전에 징용에서 돌아온 세경이가 우리 집에 찾아와서 봉삼이 저놈이 헌 짓에 대헌 이야구를 듣고는 대성통곡을 험시로 봉삼이를 낫으로 찔러 직이겄다고 자리를 박차고 나섰십니더."

"그리 안 쿠겠십니꺼?"

세경의 친구가 세경이 편을 들었다.

"그라는 거를 내가 보도씨 말김시로[24] 좀 참으모 내가 해결책을 찾아보겄다고 했십니더. 사실 세경이는 허지도 않은 솔깽이 벴다는 누명을 쓰고 억지로 징용 간 것도 억울헌디. 제 안식구도 못 지킨 처지가 됐싱게로 얼매나 억울허겠십니꺼?"

세경이의 또 다른 친구가 봉삼을 손가락으로 가리키며 큰 소리로 말했다.

"그러닝깨로 봉삼이 저놈을 살리 주모 안 되지예."

문수필은 소리 나는 곳을 천천히 둘러보고 나서 침착하게 말했다.

"동민 여러분! 봉삼이 저놈이 헌 짓을 생각허모 분해서 이가 갈리지만 그렇다고 사람이 사람 탈을 쓰고 우찌 같은 사람을 직인단 말입니

_____

24) 겨우 말리면서

꺼? 옛말에 용서허는 사람이 복 받는다고 안 헙디꺼?"

"하모 그렇재."

김 씨 노인이 문수필의 말을 거들었다.

"그러닝깨 세경이가 용서허는 맴을 갖고로 우리 모도 도와줍시더. 그라고 이 못된 봉삼이 저놈을 세경이 앞에 무릎을 꿇리고 세 번 빌고로 허고 나서 덕석몰이를 해서 혼을 내는 거로 허모 어떻겠십니꺼?"

동네 사람들이 서로 숙덕거리며 세경이 눈치를 보다가 하나둘씩 문 구장의 말에 동의하기 시작했다. 그때 문수필의 친척인 대송개댁이 한 마디 했다.

"하모요. 구장 말대로 허는 기 안 좋겠십니꺼?"

동네 사람들은 그 말이 떨어지기를 기다리기라도 했다는 듯이 다들 동의했다.

동네 사람들은 먼저 봉삼을 세경이 앞으로 끌고 와서 무릎을 꿇리고 큰 소리로 빌도록 했다. 봉삼은 동네 사람들의 기세에 눌려 시는 대로 할 수밖에 없었다. 일제강점기 때의 기세등등했던 봉삼에게 당한 적이 있는 동네 사람들도 삿대질하며 봉삼에게 욕을 퍼부어댔다.

세경이 앞에 봉삼이 끌려오자 세경이 주먹으로 한 대 갈기려고 자리를 박차고 일어났다. 그러자 문수필이 다시 동네청년들을 시켜서 억지로 자리에 앉혔다. 그리고 봉삼에게 세경이 앞에 무릎을 꿇고 앉아서 빌라고 재촉하였다.

원래 성격이 교활했던 봉삼은 어떻게 하든지 이 험악한 분위기에서 벗어나야겠다는 생각밖에 없었다. 그는 눈치 빠르게 큰소리로 세경에게 일부러 존칭을 써 가며 용서를 빌었다.

"세경이 동숭님! 제가 죽을죄를 짓십니더. 제발 한 번만 용서해 주이소."

그러자 동네 사람들이 호통을 쳤다.

"더 큰 소리로 빌어래이. 그 정도로는 택도 읎다야."

봉삼은 하는 수 없이 동네 사람들이 시는 대로 더 큰 소리로 세 번을 빌었다.

그런 뒤에 동네 사람들은 봉삼을 멍석으로 둘둘 말아서 공터 한가운데에 끌어다 놓았다. 문 구장이 세경에게 말했다.

"세경이 조캐! 이본 일은 자네 땜시로 생긴 긴깨로 자네가 젤 먼첨 몽디질을 허게. 원수 갚는다 생각허고 실컷 때려 패게. 그렇다고 죽일 정도로 무작허이는 패지 말게."

하고는 세경이에게 몽둥이를 쥐여주었다. 세경은 온 동네 사람들이 지켜보는 가운데 몽둥이를 들고 봉삼을 말아 놓은 멍석 옆으로 다가갔다. 세경이는 몽둥이를 머리 위로 치켜들었다가 멍석 한가운데를 향해 힘껏 내리쳤다. 그러자 멍석 안에서

"아이고! 허리야."

하는 외마디소리가 들려왔다. 그런데 사실 멍석말이는 멍석으로 사람의 몸을 대여섯 겹으로 감고 있어서 몽둥이로 쳐도 그 충격이 뼈가 부러질 정도로 심하지는 않았다. 그것을 누구보다 잘 아는 봉삼은 일부러 큰 소리로 비명을 질러 동네 사람들의 동정심을 얻으려고 엄살을 부렸다.

세경은 두 번째 몽둥이로 내리치다가 갑자기 어깨에 힘이 쭉 빠지는 것을 느꼈다. 원체 심성이 착하고 마음이 여렸던 세경은 생전에 남을 괴롭히거나 때린 적이 없었다. 세경은 몽둥이를 들기 전에는 지난 일에 대한 분노 때문에 봉삼을 몽둥이로 쳐 죽이고 싶은 마음으로 가득 차 있었다. 그런데 막상 몽둥이로 한 대 세게 내리치고 나니 그의 여린 마음이 분노를 누그러뜨리고 말았다.

세경은 두 번째로 몽둥이를 내리칠 때는 힘이 쭉 빠져있었다. 세경은 세 번째로 몽둥이를 머리 위로 치켜들었다가 마음이 약해졌는지 그만 몽둥이를 멍석 위에 내던져버리고는 말없이 집으로 돌아가 버렸다.

그 광경을 지켜보고 있던 문수필이 안쓰러운 표정을 지으며 동네 사람들을 보고 말했다.

"자! 또 봉삼이헌티 당헌 사람이 있이모 나와서 동네매를 치이소."

문 구장의 말이 떨어지기가 무섭게 이웃 동네에 사는 세경의 동생이 기다렸다는 듯이 몽둥이를 들고나오며 외쳤다.

"이 개놈우 새끼야! 네가 먼디 우리 형수를 건디라… 네놈은 우리 집안 철천지원수다. 어디 몽디 맛 좀 봐라."

하면서 몽둥이를 멍석말이 위로 사정없이 내리쳤다.

"네놈 땜에 우리 집 뒷간에 숨카 논 쌀 세 가마이를 왜놈들헌티 들키서 공출로 다 빼끼뺏다 아이가? 이 자슥아! 그래서 우리 식구들이 굶어 죽을 뻔헌 걸 니는 알고나 있었냐? 이 개 같은 놈아, 네놈도 뜨건 꼴 함 당해 봐라."

이번에는 동네 입구에 사는 김한수 노인의 아들이 공출미 빼앗겼던 일을 들먹이며 울분을 참지 못하여 몽둥이로 멍석 위를 두들겨 팼다. 뒤이어 일제강점기에 그에게 당한 적이 있는 사람들이 여럿이 나와서 봉삼에게 몽둥이찜질을 가하기 시작했다. 그리고 다른 사람들도 우르르 몰려나와 몽둥이를 휘둘렀다.

"내는 먀, 소-산에서 솔깽이 몇 개 끈컸다고 노량 주재소에 잽히가서 밤새도록 맞았다 아이가? 시방 네놈이 맞는 거는 새발에 피다. 이 자슥아."

"왜놈 심만 빌리모 단 줄 알았재? 인제 조선 사람 몽디 맛 좀 봐라. 이 새끼야."

"메띠도[25] 한철이라 안 쿠더나? 펭생 네놈 세상 델 줄 알았재?"

"오리막이 있이모 내리막이 있는 기라. 네 겉은 놈은 죽어도 싸다. 아나 몽디 맛이나 실컷 바라?"

"왜놈 따라가지, 먼다꼬 여거 조선에 남았노? 이 자슥은 죽을라꼬 환장을 핸 놈인 기라. 그렇재? 이 씨발놈아."

몽둥이를 든 사람들은 너나 할 것 없이 욕설을 해대며 그동안에 맺힌 한을 몽둥이질로 풀었다.

봉삼은 무차별적인 몽둥이세례에 도저히 고통을 참을 수 없을 정도로 아팠다. 그래서 그는 있는 힘을 다해 비명을 질렀지만, 동네 사람들은 아무도 그의 고통 소리에 아랑곳하지 않았다.

동네 사람들은 그동안 맺혔던 분풀이를 하느라 몽둥이로 죽지 않을

---

25) 메뚜기도

만큼 실컷 두들겨 팼다. 그러자 문 구장이 사람들을 말렸다.

"자! 인제 그만 했이모 안 데겠십니꺼? 이러다가 참말로 사람 잡겠십니다. 자자, 그만들 허이소. 세홍아! 인제 덕석을 풀어라."

그러자 큰아들 문세홍이 동네 사람들을 밀어내고 둘둘 말린 멍석을 풀었다. 그러자 봉삼이 풀린 멍석 위에서 몇 바퀴 구르더니 반 초주검이 되어서 꼼짝도 못 하고 엎드려 있었다. 봉삼은 고통을 참고 엎드려 있으면서도 곁눈질로 몽둥이를 쥐고 있는 사람들이 누군지를 살폈다.

'저놈의 새끼들 두고 보재이. 또 세상이 우찌 바낄 낀가 누가 아나? 내가 똑띠 기억했다가 이담에 뻔때를 보여 줄 낀께로.'

봉삼은 한참을 멍석 위에서 신음하며 엎드려 있다가 동네 사람들이 다 헤어지고 나서야 겨우 멍석에서 일어나 기다시피 하여 용덕에 있는 자기 집으로 돌아갔다.

그는 아픈 몸을 이끌고 집으로 돌아가면서 일제강점기에 자기가 했던 일은 대수롭지 않게 여기고 지금 고통을 준 사람들을 향해 이를 갈면서 복수를 다짐했다.

'문수필 영감탱이 이놈, 두고 봐라. 내가 어디 지 마누라를 건디랐나, 아이모 제 첩을 건디랐나? 남의 일에 먼다꼬 지가 나서서 내헌티 동내 매를 맞힌단 말이고? 이본 일은 죽어도 안 이자뻴 끼다. 내가 꼭 복수허고 말 것을 저 소-산을 두고 맹세헌다. 이 개놈우 영감탱이야.'

봉삼은 상처투성이인 몸을 이끌고 겨우 집으로 돌아와서는 죄 없는 마누라를 몰아붙였다.

"야, 이년아! 퍼뜩 가서 쑥 좀 뜯어 갖고 찌 오이라. 그라고 쌩된장 좀 가져와서 피 터진디다 볼라 봐라."

그의 아내도 그냥 당하고만 있지는 않았다. 그동안 그녀를 무시하고 제멋대로 행세한 남편에 대해 가슴에 못이 박힐 정도로 맺힌 한을 억지로 참고 살아온 그녀였다.

그러던 차에 동네매를 맞고 돌아온 남편을 보고는 한편으로 고소하기도 하고, 어찌 보면 불쌍하기도 했다. 그런데도 오히려 큰소리치는 남편을 보고 그녀는 악이 받쳐서 따라서 맞고함을 질렀다.

"제집질허다가 동내매를 맞고 와서는 와 내헌티 화풀이고? 꼴 보기 좋내."

"저년이, 불난 집에 부채질허는 기가? 마, 사람 죽는다. 잔소리는 집 어치우고 퍼뜩 쑥허고 된장 좀 구해 오이라."

봉삼의 아내는 남편에게 눈을 흘기며 마지못해 쑥을 뜯으러 들판으로 나갔다. 그녀는 논두렁 가에 있는 부드러운 쑥 순을 잘라다가 된장과 섞어 찧은 뒤에 남편의 피부에 멍이 붓고 피가 터진 곳에 붙였다. 봉삼은 얼마나 맞았던지 가만히 누워 있어도 사지가 쑤시고 바늘을 찌르는 듯이 아픈 고통을 견딜 수가 없었다. 그는 꼼짝달싹 못 하고 방에 드러누워서 조약을 발라 치료했다. 봉삼이 병 조리를 하며 누워 있은 지 사흘째 되는 날 처음으로 병문안을 찾아오는 사람이 있었다. 그는 그동안 제 딴에는 힘껏 도와준 황대성의 아들 덕줄이었다.

"성님, 좀 어떻십니꺼? 몽디 독은 좀 풀렸십니꺼?"

"아! 동숭 왔나? 그래도 내를 찾아오는 사람은 니 하나뿐이내. 그나

저나 참말로 고맙데이."

"지가 오늘 하동장에 갔다 오면서 몽디 독을 푸는디 좋다는 한약을 한 첩 지어 왔십니더. 푹 대리 잡수고 퍼뜩 일어나이소."

"그래, 동숭, 참말로 고맙네이."

"그런디 시방 내가 허는 말은 성님만 알고 들어나 보이소이."

"무신 말인디 그러나?"

"성님을 조금너리 사람들헌티 동내매를 맞고로 헌 사람이 문수필이 허고 덕천에 전명길 씨라고 헙디더."

"그기 참말이가? 내는 문수필이 영감탱이는 능히 그럴 줄 알았다마는 전명길이 그놈이 먼다꼬 나섰는디?"

"문수필이가 부래로 찾아가서 의논했다 캅디더."

"그래? 전 사장 이 자슥이, 지 아들 경찰이라고 뒷심 믿고 까부리는가 보내. 지구녕에도 볕 들 날이 있일 낀께로 어디 함 두고 보자."

덕출은 조금 뜸을 들이고 나서 그동안 마음속으로 계획하고 있던 생각을 귀띔해 주었다.

"성님, 그건 그렇고 성님이 퍼뜩 몸을 털고 일어나야 허겄십니더."

"와, 무신 일이 있나?"

"그 이야구는 성님이 좀 낳고 나모 천처이 허기로 허고, 우시내 성님 몸부텀 잘 추시리이소. 우리 황 씨 집안을 위해 큰일을 좀 해야 허겄십니더."

"동숭, 무신 말인지 알겄내. 내사 마, 동숭 말이라쿠모 팥으로 메주를 쑨다고 캐도 믿는 사람인께로… 동숭 말을 믿고말고…."

"어떻턴가 몸조리 잘 허이소이. 내는 바빠서 이만 돌아갑니더."

"그래, 잘 가게이. 내는 아파서 멀리 못 나가네."

덕출이 돌아가자 봉삼은 덕출이 한 말을 씹고 또 되씹어 보았다. 그의 짐작으로는 덕출이 무슨 일을 꾸미고 있는 것이 분명하다는 생각이 들었다. 봉삼의 얼굴에 남모르는 미소가 스쳐 지나갔다.

─

동도서기 東道西器

　몽환이네 집에서는 해방 후에 처음 쇠는 설날을 맞이하여 자기 식구들과 일본에서 귀국한 동생 식구들이 모여서 차례를 지냈다. 조선인들에게 있어서 이번 설날은 아주 뜻깊은 날이었다. 조선이 일본에 패망하고 난 뒤에 일본인들은 조선인들의 문화와 전통을 말살시키기 위해 조선의 전통 명절인 음력 설을 비과학적이라 하여 신정으로 바꾸어 쇠게 하였다.

　일본인들은 음력 설날에 조선인들에게 관공서나 회사에서 정상근무를 강요했다. 그리고 학교도 정상수업을 하여 설 명절을 쇠지 못하게 했기 때문에 조선인들의 불만은 아주 컸다. 그리고 설 명절에 조선인들이 백의민족의 전통인 흰옷을 입고 장에 가면 먹물로 물총을 쏘아서 옷을 버리게 하여 백의민족의 전통을 깨려는 만행도 저질렀다. 그런데 올해부터는 해방되어 누구의 간섭도 받지 않고 마음껏 설 명절을 음력으로 쇠며 즐기게 되었다. 몽환은 여기에 더하여 비로소 일본에서 살던 동생 가족도 동참하는 차례를 지내게 되어서 기쁘기 그지없었다.

몽환은 차례상에 조부모와 부모의 신위를 모셨다. 원래 조상제사는 큰집의 장손이 모셔야 한다. 그런데 큰집 식구들이 일본에서 돌아온 지 얼마 되지 않아서 집안 어른들과 의논한 끝에 당분간은 몽환이 예전처럼 제사를 모시기로 했다. 명절 차례를 마치고 온 식구들이 세배하고 나서 몽환과 동생 식구들이 큰방과 작은방에 나누어 앉아서 식사하였다. 여러 식구들이 명절 이야기를 나누다가 재환이 중요한 이야기가 있다고 하면서 말문을 열었다.

"형님, 제가 일본에 살다가 우리나라로 돌아옴시로 크게 느끼고 생각헌 기 있십니더."

"그래, 네 생각이 뭣인고 집안 야들 다 모인 디서 한번 말해 보거라."

"예, 그리 허지요. 그러모 너뜰 일본이 와 망했는지 아느냐?"

"자기 나라 무력만 믿고 겁도 없이 대국인 중국허고 미국과 쌈질허다가 망헌 거 아입니꺼?"

조카 진송이 대답했다.

"그렇지, 일본이 제 분수도 모르고 자기 나라 무력이 강한 것이 자랑이라고 까불다가 그리된 기재."

그러자 진석이 알아들있다는 듯이 동감을 표했다.

"잔아부지, 일본이 서양문명을 먼첨 받아들여서 무기를 근대화헌 기 자랑이라고 무력을 과시허다 망했다 이 말씀이지예?"

"그래, 군청서 근무허던 조카가 세상 돌아가는 정세를 잘 알고 있내. 옛 고사성어에 선반자락 선수자익善攀者落 善泅者溺이란 말이 있지 않더냐?"

"예, 잔아부지, 그 말씀은 나무 잘 타는 자는 나무에서 떨어지기 쉽고, 헤엄 잘 치는 자는 물에 빠져 죽는다는 거 아입니꺼?"

진송이 고사성어를 풀어서 말했다.

"그래, 네 말이 맞다. 일본이 자기 나라나 백성을 잘 다스릴 생각은 안 허고, 서양의 최신무기를 구입해서 쌈질 잘하는 재주만 믿고 덤비다가 큰코다친 거 아이겠나?"

동생의 말에 잠자코 있던 몽환이 궁금하다는 듯이 물었다.

"그래서 동숭이 허고 잡은 말이 뭣인고?"

"예, 성님, 조선 말기에 우리나라의 훌륭헌 선각자 중에 박규수와 김홍집이란 분들이 계셨는디요. 그분들 주장이 우리가 나갈 길은 동도서기東道西器라고 험시로 우리 동양의 주체사상을 기르는 것이 중요허다고 말했십니더."

"그기 무신 뜻인지 풀어 보거라."

"동양의 유학 사상이나 우리 전통은 그대로 지킴시로 서양의 발달한 문명이나 기술은 받아들여서 우리나라를 강국으로 맨딜자는 기지요."

"잔아부지, 그라모 우리가 우찌해야 허는 긴지 좀 더 쉽게 말씀해 보이소."

진송이 궁금증을 참지 못하고 물었다.

"그래서 우리 전통학문과 역사를 배우고로 방깨 삼현 선생을 형님 집으로 좀 모시 와서 집안 야들헌티 유학공부를 시키모 어떻겠십니꺼?"

"삼현 선생을 모셔다 유학공부를 시킨다? 그거 좋은 생각이다마는 너들 생각은 어떠냐?"

몽환의 질문에 고전국민학교 촉탁교사가 된 진석이 자기 의견을 내놓았다.

"잔아부지 말씀이 지당헙니다마는 그래도 요새는 세상이 변허고 있는디 옛날 거를 도로 배운다는 기 좀 그렇네예."

그 말을 듣던 몽환이 진송에게 물었다.

"큰아 네 생각은 어떠냐?"

"예, 제 생각에는 동승 말도 맞심니다마는 지금은 신식공부를 배울라고 해도 제대로 가리칠 선생도 별로 읎으니까 잔아부지 말씀대로 몇 달 정도 배와 보는 것도 괜찮다고 생각헙니더."

"내 생각도 큰아 네 생각과 같다. 내가 삼현 선생을 만나서 의논이 되모 우리 집으로 모셔 오고로 허마. 그러모 우시내 학교에 안 댕기고 있는 아들은 다 겉이 한문 공부허고로 허자. 그러고 작년에 사범학교 시험에 낙방헌 철식이도 잘 뎄네. 이참에 같이 한문 공부 허고로 허거라."

철식은 작년에 고전국민학교를 졸업한 진송이의 둘째 아들인데 진석과 진영이 아버지께 강력히 간청하여 진주사범학교에 응시하게 하였다. 그런데 철식은 입시 고사장에서 무도하게 망나니짓을 하는 일본 흑생과 시비가 붙었다. 그러자 일본인 시험 감독관이 일방적으로 조선인인 철식을 불량학생으로 몰아 응시자격을 박탈해 버렸다. 그 바람에 철식은 시험도 못 치르고 낙방하여 집에 와 있었다.

"아부지, 이왕 방깨 삼현 선생님을 모시는 김에 동내 가난헌 애들이나 젊은 청년들도 같이 모아서 가르치모 어떻겠십니꺼?"

진송이 아버지의 말에 의견을 덧붙이자 재환이 웃으며 대답했다.

"허허허, 내 조캐 그릇이 저리 큰 줄을 몰랐네. 그러모 금상첨화재."

몽환은 설이 지난 지 며칠 뒤에 진송을 방깨 삼현 선생한테 세배를 보내면서 가족회의에서 의논한 것을 여쭙고 회답을 받아오게 했다. 삼현 선생은 몽환의 제안에 쾌히 승낙하였다. 몽환은 자기 조카와 손자들과 동네 젊은이들의 학비와 지필묵 등의 학습재료를 모두 부담하기로 하고 삼현 선생을 초빙하여 유학을 가르치게 했다. 그리하여 설이 지나고 나서부터는 몽환의 사랑방은 공부방이 되어 자기 집안 아이들과 동네 젊은이들이 모여 한문 공부를 했다. 삼현 선생은 오전에는 몽환의 집안 손자들을 가르치고 오후에는 동네 청년들을 가르쳤다.

청년 중에는 큰손자 현식의 친구인 김경진, 조병수, 차준태, 김천수 등과 그들보다 나이가 조금 위인 전익형이 등 예닐곱 명의 동네청년들도 같이 공부했다.

설을 쇤 지 며칠 지난 오후에 몽환의 집 사랑방에서는 동네 젊은이들이 모여 명심보감을 송독하는 소리와 간간이 삼현 선생의 구두句讀와 현토懸吐[26]에 대한 문리를 가르치는 소리가 들려왔다.

사랑방 옆에 붙은 모방에서는 몽환, 재환 형제와 진송, 그리고 명절

26) 문장 부호를 쓰는 법과 한문에 토를 다는 것

인사차 사천군 곤양에서 들른 회정 선생과 청암에서 온 진덕이 둘러앉아서 환담을 나누고 있었다. 회정 선생은 몽환이 사랑방에 사비를 들여 서당을 차리고 동네 젊은이들을 가르치는 것을 보고 칭찬했다.

"사형은 참 인심도 후허시네요. 동내 청년들을 모아놓고 장학을 허는 걸 본깨로 내가 부끄럽다는 생각이 듭니다."

"아이구! 선생님 과찬입니다. 이왕 내 손주들을 가르치는 참에 삼현 성님헌티 좀 더 수고해 달라꼬 부탁드린 것 뿐이 읎십니다."

몽환의 말에 재환은 평소에 생각하던 것을 말했다.

"인제 우리나라가 해방이 뎄으니까 옛날 우리 조상들이 허던 유학을 새로 일으켜야 안 허겠십니꺼? 그래서 내가 성님헌티 부탁을 디려서 여거 서당을 열자고 헌깁니다."

"내 동숭이 일본 살면서 깨친 기 있다고 험시로 우리 전통 유학을 되살려 보구 잡다고 헙디더."

"그 참 듣던 중 반가운 말씀입니다. 일본이 결국 서양서 도입헌 군사력만 믿고 전쟁을 일삼다가 망허지 않았십니꺼?"

회정 선생이 유학을 장려해야 한다는 말에 반색하며 말했다.

"해방이 되니까 참 좋기는 좋은 거 겉십니다. 설도 음력으로 쇠고, 말도 조선말을 쓰고, 인제 우리 역사허고 전통유학도 마음대로 공부허고로 뎄으니 말입니더."

진송도 신이 나서 해방의 기쁨에 대해 한마디 거들었다. 그때 진송의 아내가 다과상을 차려 내왔다.

"성님, 이 방으로 잠시 오시서 유과허고 식혜 좀 드시고 나서 애들

공부 가르치이소."

몽환이 옆방에서 한학을 가르치고 있는 삼현 선생을 불렀다. 그때 문밖에서 인기척이 나더니 손님이 와서 몽환을 찾는 소리가 들려왔다.

"아재, 계십니꺼? 죽전에 현수가 왔습니더."

그 소리에 진송이가 급히 문을 열고 나가며 현수를 반겼다.

"아이고, 이기 누고? 현수 동숭 아이가? 참말로 오랜만이데이. 아부지는 방에 계신다. 퍼뜩 안으로 들어오이라."

현수가 방안으로 들어오자 모두들 현수를 반겼다. 현수는 먼저 몽환과 어른들께 세배를 올렸다. 현수의 목소리를 듣고 삼현 선생도 모방으로 통하는 샛문을 열고 들어왔다.

"허이, 우리 현수도 왔내."

현수가 삼현 선생을 보고 깜짝 놀라 인사를 올렸다.

"종조부님! 방깨에 안 계시고 우찌 옆방에서 나오시는 깁니꺼?"

"어쩌다 그리 됏네. 우시내 자리에 앉게."

"예, 종조부님, 먼첨 세배부터 받으이소. 새해 복 마이 받으시고 강녕허시지요."

"고맙네, 자네도 복 마이 받고 올해는 허는 일마다 만사형통허시게."

현수가 세배를 마치고 일어서자 진송이 작은아버지를 소개했다.

"동숭, 인사디리시게. 이분은 내 잔아부질세. 일본에 사시다가 우리나라가 해방되어 귀국허신 분이네."

"아! 그렇십니꺼? 처음 뵙겠십니더. 제는 죽전 사는 김현수라고헙니더. 초면이지만 세배 받으시지예?"

현수는 방 안에 있는 다른 사람들에게도 세배를 올리고 자리에 앉았다.

"반가우이, 그래, 자네가 경필이 성님 자제분이라고 했재? 반갑네."

두 사람이 수인사를 마치자 회정 선생이 현수를 알아보고 인사했다.

"이 사람이 전에 우리 집에 삼국사기허고 동국통감 빌리로 왔던 청년 아닌가?"

"예, 맞십니더. 지난번에 곤양 무구동에 우리나라 역사책 빌리러 갔던 현숩니더. 그때 책을 빌려줘서 참 고마왔십니더."

"고맙긴, 그래, 요새는 집에 와서 고시공부를 헌다고?"

"예, 그렇십니더."

"인제 우리나라도 해방이 뎄으니까 자네 겉은 훌륭헌 청년들이 실력을 갈고닦아서 우리나라의 동량이 돼야 헐 걸세."

"예, 선생님 말씀 새기 듣겠십니더."

일행은 다시 다과를 들면서 이야기를 나누었다. 현수가 먼저 삼현 선생이 여기에 서당을 차린 연유에 관해 물었다.

"종조부님, 방깨 서당은 우찌 허고 여기다 서당을 새로 채린 깁니꺼?"

현수의 질문에 진송이 서당을 차리게 된 자초지종을 설명했다.

"아! 그리된 깁니꺼? 제는 그것도 모르고 종조부님께 세배드릴라꼬 방깨로 갔다가 헛걸음을 쳤다 아입니꺼?"

"허허, 일이 그리 뎄나. 부래로 그런 것은 아니지만 미안허기 됐네."

삼현 선생이 너털웃음을 터뜨리며 말했다. 진송도 따라 웃으며 현수의 근황에 관해 물었다.

"그런디 현수 동숭, 서울서 대학 졸업허고 고시공부헌다 쿠는 소문을 들었는디… 인제 고향에 영 내리온 긴가?"

"아입니더. 설이 돼서 잠시 내려온 깁니더."

"고시공부가 여간 어려운 기 아이라 쿠던디 공부는 잘되고 있는가?"

삼현 선생이 현수의 앞날을 걱정하며 물었다.

"제 딴에는 헌다고 허고 있십니더마는 우찌 될지 잘 모리겠십니더."

"그럴 끼다. 내가 전번에 배드리장에 갔다가 너 아부지를 만냈는디 네 공부 걱정을 마이 허시더라."

몽환도 걱정되어서 말했다.

"그래도 젊은이는 신학허고 구학을 다 겸해서 공부헌 사람이 아인가 배. 암캐도²⁷⁾ 세상 보는 물정이 촌구석에 사는 우리들보담은 너를 낀디 서울은 요새 세상이 어찌 돌아가고 있는가?"

회정 선생이 서울의 현 시국이 궁금하여 현수에게 의견을 구했다.

"제라꼬 뭘 아는 기 있겠십니꺼? 그런디 서울에는 공산주의자들이 맨날 자기들 세상 맨딜 끼라고 무장폭동을 일바씨고, 공장서는 파업이나 허고 시위를 벌여서 정신이 읎십니더."

"공산주의? 현수 이 사람아. 그기 무신 말이고?"

진송이 처음 들어본 말이라서 되물었다.

"아! 예, 그거는 요새 쏘련서 들어온 정치 세력인디요. 제는 그 방면

---

27) 아무래도

에 관헌 책을 좀 읽어서 공산주의에 대해 약간은 알고 있십니더. 서울 서는 그 사람들을 빨갱이라 쿠는디요. 제 생각에는 앞으로 빨갱이들 땜에 세상이 마이 시끄러울 꺼 겉십니더."

"아! 그기 빨갱이라 쿠는 기 공산주의가? 요새 물아래 사람들이 빨 갱이라고 허더니만 그기 내나 공산주의인가 배."

진송이 빨갱이라는 말은 들은 적이 있어서 아는 체를 했다.

"볼씨로 하동꺼정 그놈들이 들어와서 설친다 쿠는 소리는 들었는디 요. 참 걱정스럽십니더. 공산주의가 어떤 긴지는 앞으로 세상이 우찌 돌아가는지 두고 보모 알 낍니더."

"그러모 빨갱이는 조심해야 허겄내. 그런디 동숭, 다과나 좀 듬시로 이야구험세."

진송이 현수의 말을 듣고 걱정하면서 현수에게 다과를 권했다. 잠시 뒤에 재환이 화제를 바꾸어 평소에 자기가 생각하고 있던 것을 현수에 게 말했다.

"그런디 여기 성님 집애 서당을 채린 거는 내가 성님헌티 말해서 우 리 집안 조캐들 허고 동내 젊은이들헌티 유학 사상을 가르쳐 보려고 헌 길세."

"아. 예, 그리 된깁니꺼?"

"그래서 말인디. 자네, 동도서기란 말을 알고 있재?"

"예, 잘 알고 있십니더."

"그러모 자네는 우리나리가 해방된 이 마당에 요새 세상에도 농양 의 유학 정신이 중요헐 끼라 생각허능가?"

"아재, 제는 동도서기 정신을 참 좋은 의미로 생각허고 있있십니더. 동도서기는 앞으로 세상이 아무리 변해도 우리나라 사람들이 꼭 명심해야 헐 사상이라 생각헙니더."

"자네는 요새 젊은이답지 않네. 자네처럼 우리 전통 사상을 중히 여기는 젊은이를 본깨로 우리 주체성이 아직도 안 죽고 살아있어서 그나마 다행일세."

재환은 자기 생각을 공유하는 젊은 현수의 말에 기분이 좋아 웃으며 칭찬했다.

"예, 감사헙니더. 그런디 제는 양보면 율촌 사는 진송이 성님의 사촌 처남이신 이만성 선배 땜에 서양 학문에 관한 서적을 마이 읽어 봤십니더."

"동경제국대학 나온 내 사촌 처남 말인가?"

진송은 뜻밖에 현수가 차기 처남에 대해 말하자 확인해보려고 되물었다.

"예, 그때 제는 우리 동양사상도 서양사상 못지않게 훌륭허다는 거를 깨달았십니더. 그래서 제는 앞으로 우리 동양사상을 더 깊이 연구해 볼 작정입니더."

"삼현 선생님! 제자 한 사람 참 훌륭허고로 잘 가르치셨네요. 요새 젊은이들은 일본 사람 흉내 낸다꼬 유학을 거들떠보지도 않는다 쿠더마 현수 자네는 참 대단헌 청년일세."

회정 선생도 현수를 칭찬했다.

"과찬의 말씀입니다. 제는 아까 아재께서 말씀허신 동도東道가 유학

사상을 뜻허는 거라고 봅니더."

"맞는 말일세."

재환이 대답했다.

"그런디 회정 선생님께 제가 부탁디리고 싶은 기 한 가지 있십니더."

"그래, 말해보게."

"예, 제는 어릴 적에 서당에서 삼현 선생님께 한학을 좀 배왔는디요. 그런디 아직도 유학의 핵심사상에 대해서는 잘 모리고 있십니더. 그래서 염치 읎지만 존경허는 회정 선생님께 유학의 깊은 학문적 사상에 대헌 좋은 가르침을 받고 싶십니더."

"허, 이 사람, 참, 넉살도 좋으이. 내가 머 유학의 대가도 아닌데… 허지만 자네 겉이 앞날이 창창헌 젊은이의 부탁이니 내가 아는 대로 말해봄세."

"그리해 주시모 정말 고맙겄십니더."

그때 진송이 회정 선생에게 술잔을 권하며 말했다.

"회정 선생님, 그렇게 심오헌 유학 사상을 논헐라쿠모 아야구가 길어지겠네요. 그러닝깨 일단 술이나 한 잔 드시고 말씀 허시지요."

"허허, 그래 볼까?"

진송은 다른 사람들에게도 술을 권하고 같이 다과를 들며 담소를 나누었다. 잠시 뒤에 회정 선생이 이야기를 계속했다.

"현수 학생, 그러모 내 생각을 이야구해 보겠네. 어, 유학을 그리 쉽고로 설명헐 수 있는 거는 아이지만 유학의 중심사상을 간단히 발허지모 내는 '수신제가 치국평천하修身齊家治國平天下'가 아닐까 허는 생각일세."

"예, 그렇십니꺼? 제도 그기 중요허다는 생각은 갖고 있었십니더. 그에 대한 가르침을 좀 주시모 고맙겄십니더."

"그리 험세. 내 생각이 꼭 옳다는 거는 아이지만 내 나름대로 설명을 해 보겄네."

"감사헙니더. 선생님의 말씀을 깊이 새겨 듣겄십니더."

"그러모 먼저 수신修身은 선善을 북돋워서 자신을 가다듬고, 예禮를 지키며 마음과 행실을 바르게 닦고 수양해야 헌다는 뜻으로 알고 있네."

"그러닝깨 유학 정신을 실천하는 바탕이 수신이라는 말씀이네요?"

"그렇다고 볼 수 있지. 먼저 수신헌 자라야 집안을 잘 다스릴 수 있고 나아가 나라를 경영함에 있어서 솔선수범헐 수 있지 않겠나? 수신은 자기 자신을 수양허고 사회 구성원으로서의 자질을 기르는 바탕이라 생각허네."

"예, 수신을 집에 비유허모 초석과 같다는 말씀이네요."

"그런데 나는 여기에 하나를 더하여 공자님이 말씀허신 '학이시습지學而時習之' 정신을 살리는 기 중요허다고 생각허네."

"예."

"자네가 알다시피 시방 세상은 너무 빨리 발전허고 있지 않은가? 그래서 미래의 다양헌 세상을 창조적으로 개척해 나가기 위해서는 항상 개방적인 자세로 스스로 배우고 익히는 것을 즐기는 정신을 가지는 것이 중요허다고 생각허네."

"선생님의 말씀은 수신을 현대의 시대정신을 잘 반영해서 해석허신 거 겉십니더."

"그러닝깨 문명이 발전헐수록 사람들 능력도 더 길러야 허고, 세상을 보는 세계관도 더 다양해지고 넓어져야 미래를 잘 개척해 나갈 수 있지 않겠는가?"

"예, 잘 알겄십니더. 그러닝깨 '학이시습지學而時習之' 정신은 앞으로 문명이 급속도로 발전허는 미래에 대비허기 위해 평생토록 널리 배우고 진리를 탐구해야 헌다는 뜻으로 해석해도 되는 깁니꺼?"

"허, 참, 자네는 박학博學허기만 헌 기 아이고 심문審問허는 자세가 훌륭허이. 그런 자세로 고시공부를 허모 틀림없이 합격헐 걸세."

"예, 제 앞날꺼지 걱정해 주셔서 감사헙니더. 제는 앞으로 '학이시습지學而時習之' 정신을 살리서 펭생 공부허는 자세로 학문을 이루도록 노력허겄십니더."

"그래, 내 말을 제대로 잘 수용해 주니 고마우이. 그런디 수신헐라 쿠모 수오지심羞惡之心을 잘 실천허는 것도 중요허다고 생각허네."

"수오지심羞惡之心은 맹자님의 사단설四端說에 나오는 말이라고 알고 있습니다만."

"역시 삼현 선생의 제자답군. 그렇다네, 자신의 옳지 못한 점을 먼저 부끄러워할 줄 알고, 다음에 남의 그릇됨을 미워하는 마음을 가져야 헌다는 뜻일세."

"예, 선생님의 훌륭헌 말씀을 금과옥조로 여기고 실천허도록 노력허겄십니더."

회정 선생은 이어서 제가齊家에 대해 설명했다.

"둘째는 제가齊家일세. 그거는 집안을 잘 돌보아서 바로 잡는다는 뜻이지."

"예."

"수신은 자신의 본성을 수양해서 존재 가치를 높이는 것이라면 제가는 효제의 가족관계를 정립허는 기라고 헐 수 있을 것이네. 가족관계는 부모가 있으면 자식이 있고 형이 있으면 동생이 있고 남편이 있으면 아내가 있듯이 항상 상대적 관계로 이루어진다는 걸세."

"빛이 있으면 그림자가 있는 거매이로 인간사회도 그와 비슷허다는 말씀이네요."

"그렇지. 그래서 제가는 가족이 서로 음양의 이치로 상대적인 가치를 중히 여기고 효제 정신을 길러 화합해야 헌다는 것일세."

"예, 알겄십니더."

"부모에게 효도허고 가족을 위허는 노력과 희생은 다시 다른 가족에게 주는 사랑이 되어 가정의 행복을 가져다주는 것이재. 수신에서는 평등의 가치가 중요허지만 제가에서는 개인적인 가치와 더불어 상대적인 가치와 인간관계를 중시허기 땜에 기회균등의 가치를 중요허게 여긴다는 것일세."

"기회균등의 가치는 평등사상과도 통허는 거 겉네요."

"그렇다고 볼 수도 있지만, 기회균등은 부모가 사랑하는 자식을 위해 희생을 마다치 않는 것과 같은 역할의 차등을 전제로 하기 때문에 그 의미에 다른 측면이 있지 않을까?"

"아, 예 그렇네요."

"그래서 가족 간에는 인격적으로는 평등하면서 역지사지의 입장에서 자기희생이라는 차등한 역할을 기꺼이 다할 수 있을 때 다른 가족은 행복해하며 가정이 화목해지고 복이 생기는 것이재."

"선생님께서는 제가를 음양의 관계로 설명해 주시니 더 깊이 이해가 됐십니더."

"그런가? 그러면 다행일세. 그러모 셋째는 치국治國일세. 치국은 나라를 잘 다스려 모든 백성이 행복하게 잘 사는 태평성대를 이루는 나라를 맨딜아야 헌다는 의미일세."

"그러모 치국은 제왕이나 벼슬아치들이 정치할 때 지켜야 헐 도리를 두고 허시는 말씀입니꺼?"

"치국의 도는 옛날에는 물론 군주나 벼슬을 하는 사람들이 지켜야 헐 중요헌 덕목이었지만 오늘날 정치허는 사람들에게도 아주 중요허다는 생각이 드네."

"예, 제는 그런 점에 대해 가르침을 좀 받고 십습니더."

"그렁께로 치국은 수신제가해서 인품을 바로 세우고 가정을 잘 다스리고 나서 너른 세상에 나가서 국가나 여러 사람을 상대로 정치를 헐 적에 필요헌 폭넓은 처세술이 아니겠는가?"

"예, 그러닝깨로 내 개인과 가족의 관계를 넘어서서 더 큰 세상에서 허는 처세술을 말씀허는 기네요."

"그렇네. 그러기 위해서는 박학심문 해서 편견에 빠지지 않기 위해 과거에 선조들이 쌓은 다방면의 폭넓은 학문적 업적을 익히고 관심 분야의 학문을 깊이 있게 탐구하여 전문지식을 쌓으라는 뜻일세."

"박학심문博學審問을 말씀허시는 깁니꺼?"

"그렇네, 그리고 온고지신의 정신으로 과거의 학문을 탐구해서 종합적이고 주체적으로 해석하여 이것을 자산資産으로 삼아 불확실헌 미래에 적용헐 줄 아는 통찰력을 기르는 기 중요허다고 보네."

"통찰력을 기른다 쿠는 기 참 어려운 말씀으로 들리는디요?"

"그런가? 그러모 바둑의 예를 들어볼까? 자네 바둑 둘 줄은 아는가?"

"예, 조금은 둘 줄 압니더."

"그러모 내 말을 이해허기가 쉽겠네. 바둑 고수는 말일세. 먼첨 수많은 기보를 검토하고 그거를 이해헌 뒤에 수만 가지 경우의 수를 예측해 보고 최선의 수를 찾아서 한 수 한 수를 둔다고 허네. 이처럼 수많은 여러 경우의 수를 예측하고 분석한 뒤에 최선의 수를 찾아내는 능력이 통찰이 아닐까? 허네."

"선생님. 통찰력을 기를라 카모 온고지신허는 자세가 필요허다 이 말씀 겉네요."

"역시 자네는 한 개를 가리치모 열 개를 깨치는군. 참 현명헌 젊은이일세. 허허. 설명허는 내가 신이 나네그려."

"선생님도 참, 과찬의 말씸입니더."

"그런디 바둑은 바둑판 위에 가로와 세로로 19줄을 그어 놓고 여러 가지 경우의 수를 생각하여 좋은 수를 둬서 승패를 겨루지 않는가?"

"예, 맞십니더."

"그렇지만 세상만사나 정치는 가로와 세로줄을 수없이 그어 놓고 무한히 많은 경우의 수를 생각해야 허기 땜에 더 복잡허고 어렵다는 기지. 그래서 정치가들이 통찰력을 지닌다는 기 어렵고도 중요허다는 걸세."

"세상 민심을 읽는다는 기 그만치 어렵다는 기네예. 그래서 순자가 민심을 물에 비유헌 거 겉십니다."

"그렇다네. 이왕 말이 난 김에 정치가에게 통찰력이 중요헌 예를 한 가지 더 들겠네."

"예."

"사람이 미지의 세계에 있는 산등성이를 걸어가다가 갈림길을 만난 경우를 생각해보게. 이때 양쪽 길 중에 한쪽을 선택해야 허는 경우 어떤 방향이 미래를 보장헐 수 있는 길이라고 장담헐 수 있겠는가?"

"불확실헌 미래를 예측헌다는 거는 여간 어려운 일이 아이라고 봅니다."

"그렇지, 이때 정치가가 최선의 방향을 찾는 방법은 과거의 자기 경험과 선조들이 쌓은 지식을 바탕으로 앞으로 나아갈 산등성이 양쪽의 자연환경과 기후 조건 등을 인문 지리적 입장에서 종합적으로 살피고 체계적으로 분석해서 어느 쪽이 백성들이 미래에 살아갈 터전으로 적합한지를 예리허게 판단해서 방향을 정해야 헌다는 걸세."

"그러닝깨로 산등성이의 갈림길에서 어느 쪽을 택헌다고 꼭 그기 최선이라고 보기는 어렵다는 말씀이네예."

"그렇재, 그기 유학의 정신일세. 유학의 입장은 어느 한쪽을 택헌다고 그기 성딥이 되는 기 아이고, 어느 쪽을 택해도 장단점이 있다는 걸 언제나 전제로 하는 걸세. 그래서 심사숙고해서 통찰허는 자세를 실러야 허네. 편협헌 생각은 금물일세"

"그러닝깨 역사의 미래는 언제나 불확실허기 땜에 예전에 겪어 보지 몬헌 불확실헌 미지의 역사적 환경에 새로운 각오로 적응허고 개척해 나가야 헌다는 말씀이네요."

"그렇다네. 역시 현수 학생은 공부를 마이 해서 그런지 이해가 빠르군."

"제가 서양의 공산주의 서적을 읽어 보고 느낀 점이 방금 선생님께서 지적허신 그 점입니다. 제가 보기에 공산주의는 편협헌 일방적인 역사관으로 미래를 결정론적으로 규정지어 놓고 상대를 멸해서 문제를 해결할라 쿠는 기 문제라는 생각이 들었십니더."

"그런가? 만약에 공산주의가 그렇다 쿠모 그거는 아주 위험헌 발상이고 큰 문제가 있는 기재."

현수는 선생님의 편협한 생각을 버려야 한다는 말씀을 듣고 이만성 선배의 양 가치 간의 갈등을 전제로 자기들이 규정한 역사적 방향 외의 모든 역사관을 배척하는 민중사관 생각이 나서 마음속으로 씁쓸한 미소를 지었다.

"그런디 인간사회에서는 서로 간에 추구하는 이상과 가치관의 차이로 서로 충돌하거나 갈등을 일으키기 마련일세. 치자治者는 그러한 분란을 중용과 상생의 정신으로 잘 조정허고 해결하여 백성들이 화합해서 태평성대를 이루도록 해야 헌다는 걸세."

"예, 선생님의 가르침을 받고 나니까 치국이 먼지 좀 이해가 가는 것 겉십니더. 감사헙니더."

현수는 방금 회정 선생이 말한 중용의 정확한 의미를 알고 싶어서 다시 질문했다.

"선생님, 방금 중용을 말씀허신는디요. 제도 늘 중용의 정신이 중요하다는 거는 잘 알고 있는디요, 그기 머신지가 손에 잡히는 기 읎어서 이해가 잘 안 갑니더. 죄송허지만 좀 쉽게 설명해 주시모 고맙겄십니더."

그러자 삼현 선생이 현수의 질문이 집요하다고 느꼈는지 운을 뗐다.

"현수 자네, 시방 회정 선생헌티 진을 다 뺄라 쿠나?"

"아이구! 죄송헙니더. 월운 아재, 제가 너무 말이 많치예?"

현수는 몽환이 핑계를 대고 변명했다. 그러나 몽환은 너그럽게 받아들였다.

"아일세. 자네 덕분에 우리도 회정 선생의 고견을 듣게 됐잉께로 자네헌티 우리가 고맙다고 해야재."

"하모 그렇재, 현수 자네 겉은 젊은이 허고 유학을 논허는 기 얼매나 기쁜 일인가? 우리는 쌍수로 환영허네."

재환이도 현수를 격려해 주었다.

"아재 말씀이 맞십니더. 이보게 현수, 이런 때 아이모 운재 자네허고 이런 깊이 있는 학문을 논허겄능가? 걱정 말고 계속 이야구허시게."

진덕도 학문을 논하는 것이 즐겁다고 동의했다.

"허 참! 일이 그리 됐나? 그러모 다들 존 이야구들 마이 나누고로 허시게. 내는 아들 갤치로 옆방에 가 보겄네."

삼현 선생이 동감을 표하고 옆방으로 갔다. 현수가 다른 사람의 격려에 고부뇌어 또 청을 드렸다.

"회정 선생님, 여기 계신 어르신들이 모두 이해를 잘 해 주시는 거 겉십니더. 그렁께로 중용에 대헌 가르침을 또 청해도 데겄십니꺼?"

"그래? 그렇다모 또 이야구해 보겠네."

"감사헙니더."

현수가 감사의 인사를 했다.

"중용을 말허기 전에 사람이 처세를 잘헐라 쿠모 암캐도 자신의 온 마음을 잘 다스려서 중심을 잃지 않고 넓은 아량을 가져야 남을 용서헐 수 있지 않겠나?"

"예, 선생님."

"자네 요새 나온 벽시계를 본 적이 있나?"

"예, 우리 집 대청에도 걸려 있십니더."

"그 벽시계가 시간이 잘 맞게 가고로 헐라모 시게 추의 중심을 잘 잡아야 안 허겠는가?"

"예."

"그런디 그 추의 중심이 눈에 잘 보이던가? 나는 눈에 잘 안 보이는 추의 무게중심을 찾는 기 중용이라고 보네."

"예."

"그래서 옛날 선비들은 자기 마음의 치우침을 경계헐라고 머리맡에 계영배를 놔두고 물을 채우는 일을 반복험시로 인격을 수양했다고 허네."

"계영배가 머신지 처음 듣는 말인디요."

"계영배는 물 잔에 어느 정도 물이 차모 저절로 물이 모두 새어 나가는 잔일세. 선비들은 계영배의 물이 다 새 나가모 그 물을 받아서 다시 계영배에 채우는 일을 반복허는 걸 소일거리로 삼았다네. 그런 행동을 통해 과유불급의 지혜를 마음에 새기려고 했던 게지."

"예, 그런 술잔도 있었십니꺼? 우리 조상들의 지혜가 참 대단허네요."

"그렇다고 헐 수 있네. 태평성대헌 나라를 멘딜라모 정치허는 사람이나 백성들이 중용의 정신을 살려 치우침을 경계해야 한다는 것일세."

"선생님 말씀은 정치세력이나 사람들 사이에 이해충돌이 생기모 한쪽 펜만 들면 안 된다고 말씀허시는 거 겉은디요."

"그렇지, 역지사지의 입장에서 서로 양보해서 합의허는 기 중요허다는 걸세."

"선생님 그런디 실제로는 사람들끼리 합의를 찾는 기 어려운데 문제가 있는 거 아입니꺼?"

이번에는 진송이가 현실적인 어려움에 대해 말했다.

"맞는 말일세. 그래서 수양이 필요헌 것 아니겠는가?"

"그러닝깨 역지사지의 입장에서 상대방을 잘 이해허는 심성을 갖차야 합의가 쉽다는 말인 거 겉네요."

재환이 회정 선생의 뜻을 헤아리고 의견을 말했다.

"예, 제가 말허는 중용이 바로 그런 뜻이지요."

"선생님, 그런디 제가 읽은 공산주의 사상은 노동자들만 잘사는 세상을 맨딘다고 자본가는 다 직이는 기 옳다고 헙니더."

"동숭 그런 기 공산주의 정치라 이 말인가?"

진송이 자본가는 돈 많은 사람 정로도만 알고 자세히는 잘 모르지만, 사람을 힘부로 죽인다는 말을 듣고 무슨 그런 정치가 다 있느냐고 물었다.

"예, 성님 그런 기 시방 북한에 들어온 공산주의입니더."

"회정 선생님, 우찌 사람을 함부로 직이는 기 정치라 쿨 수 있는 깁니꺼?"

진송이 무슨 불길한 예감이 들었는지 흥분해서 말했다.

"그런 걸 어찌 정치라 할 수 있겠는가? 그래서 우리 유학에서는 수신해서 수양을 쌓고 제가해서 역지사지의 정신을 살려 상생허는 것을 최고의 가치로 여긴다네."

"선생님, 그래서 제가 공산주의 사상에 대헌 책을 읽고 실망헌 깁니더. 오늘 선생님의 가르침을 받고낭깨 우리 유학정신의 훌륭헌 점을 다시 깨달았십니다."

"내가 말헌 유교정신을 잘 이해했다니 내가 고맙네."

"선생님, 그러닝께 상생이 치국허는디 젤로 중요허다 이 말씀이지요."

진덕이 자기가 아는 치국에 대해 말했다.

"그렇다고 헐 수 있네. 자고로 정치가는 군주민수君舟民水의 지혜를 고훈古訓 삼아 중용과 상생의 정신으로 치국해야 하는 것이네. 그라고 이 중용과 상생의 정신을 잘 살리모 나아가서 국제간에 전쟁도 막고 종교 간의 분쟁도 완화해서 국제평화와 인류 공존에도 도움이 되지 않겠는가?"

"선생님 말씀 정말 감사헙니다. 그러닝깨로 선생님 말씀은 수신은 일원론적 세계관으로 자기 수양을 잘해야 헌다는 기고, 제가는 이원론적 세계관으로 역지사지의 입장에서 가족 간에 효와 예를 실천허고, 정치가는 군주민수의 교훈과 상생의 정신을 살려 치국허는 기 중요허다는 기지예. 제는 앞으로 이 세 가지 선생님의 갈침을 꼭 명심허겄십니다."

"자네는 유학 정신을 잘 받아들이는 자세가 마음에 드네."

"선생님, 감사헙니다. 그런디 선생님께 한 가지만 더 여쭙고 싶십니다. 그러닝깨로 수신과 제가와 치국 중에 어떤 기 제일 중요허다고 생각허시는지요?"

"수신은 제가와 치국의 밑바탕이 아니겠는가? 그리고 수신을 잘해야 요새맨키로 문명이 급속도로 발전허는 세상을 주체적으로 개척해 나가는 능동적인 인간이 될 수 있다고 보네."

"예, 수신을 집에 비허모 초석과 대들보와 같다는 말씀이네요. 그런디 오늘 선생님 말씀을 듣고 봉께로 서양의 일원론적 사상에 비해 동양사상이 심오험시로 위대허다는 걸 새삼스럽게 느꼈십니다. 오늘 선생님이 말씀허신 내용을 앞으로 제 생활의 거울로 삼아 실천허고로 허겄십니다. 선생님 말씀에 정말 감사디립니다."

그 말을 듣고 있던 재환이 평소에 자기가 생각하고 있던 계획을 말했다.

"회정 선생, 제는 일본에 삼시로도 동도서기의 정신을 참 중요허다고 여겼십니다. 그래서 제는 동도서기 정신을 한번 살리볼라고 생각허던 중에 산청에 계시는 송산 선생을 만낸 적이 있었십니다."

"아, 예, 그분은 제도 그분을 좀 압니다마는 정말로 훌륭헌 선비지요."

"예, 그렇십니꺼? 그런디 내가 우리 아부지 산소에 세울 비석에 새길 미문을 받을라꼬 그분을 몇 본 뵙고 나서 큰 감명을 받았십니다. 그래서 내는 그분헌티 많은 걸 배울라고 그분이 사는 산청으로 이사 가기로 했십니다."

그 말을 들은 진덕이 놀라는 표정을 지으며 말했다.

"아재, 산청꺼지 그리 멀리 이사를 갈라꼬 헙니꺼?"

"산청 단성에 이사해서 그분헌티 자식 공부도 시키고 내도 새로 유학 정신을 제대로 배워 볼라꼬 그리 허기로 했네."

"너거 작은 아재는 전번에 우리 부모 비문을 부탁드릴라꼬 산청으로 송산 선생헌티 찾아갔다 아이가? 그런 뒤로 그분의 학문과 인품에 감동받고서는 이사를 갈라고 집도 다 알아보고 했단다."

몽환이 진덕에게 하는 말을 들은 회정 선생이 고개를 끄덕이며 말했다.

"권재규 선생을 두고 허는 말이지요? 내가 알기로는 서부 경남에서 그분만 헌 유학자는 읎지요. 그런 훌륭헌 선비헌티는 배울 기 많을 겁니다."

용덕부락 사람들의 올해 설 명절은 비교적 푸짐했다. 올해는 예년보다 갈사만 일대의 김 양식이 잘 되어 김을 판매하여 상당한 수익을 올렸다.

그리고 해방 후에는 주민들이 해태조합을 직접 운영하게 되고 나서 일본 사람들이 차지하고 있던 김 양식장도 갈사만 어민들에게 돌아가게 되어 김 채취량도 늘어났다. 그 때문에 김 판매로 인한 소득이 더욱 늘어나서 용덕부락 사람들은 다른 해보다 설 인심이 더 넉넉했던 것이다.

그런데 해방 후에 염 씨 집안과 황 씨 집안이 좌우익으로 갈리면서 사소한 갈등으로 인해 두 집안에 감정의 골이 점점 깊어져 가고 있었다. 설날 저녁이 되자 염치수의 집에는 넥타이를 맨 젊은이들 대여섯 명이 갓방에 술상을 차려놓고 술잔을 나누고 있었다. 그들은 대부분이 염 씨 집안사람들이었고, 타성바지로는 이삼도의 아들 이순범이 자리를 같이했다. 이들은 해방 후에 넥타이를 매게 된 사람들인데 그런 사람 중에 오직 황덕출만 빠져있었다. 그들 중에서 가장 나이가 많은 조합장 염준성이 술잔을 권하며 말했다.

"참말로 해방이 좋기는 좋은 기재이. 왜놈들이 독차지했던 좋은 자리를 우리 염가 집안사람들이 마이 차지했다 아이가?"

그러자 면사무소에 들어간 염병수의 아들 염준태가 말을 이었다.

"그기 다 구장 아재가 우리를 공부시키려고 우리 아부지나 동네 어른들을 설득시킨 덕 아입니꺼?"

"그렇재, 내도 구장 아재 아이라씨모 어업조합에 들어갔겠나? 황 주사허고 이 주사 빼고는 여기 우리 조합장 성님허고 전부 염가들뿐이다 아이가?"

해방 후에 조합에 들어가 전무가 된 염준길이 신이 난다는 듯이 활짝 웃으며 말했다. 술이 몇 순배 돌고 나서 염준성이 진지한 표정을 지으며 말했다.

"그런디 너그들 내 말 잘 들거래이. 내가 너그들보담 좀 나이가 많으니께 허는 말인디. 요새 황 주사 집안사람들 이야구 좀 들어 봤나?"

그러자 면사무소에 다니는 준태가 목소리를 낮추어 말했다.

"황덕출 씨가 집안사람들을 공산당인가 먼가를 맨딘다는 이야기를 들었는디, 요새 멘사무소에서도 그 일로 골치가 좀 아픕니더."

"덕출이가 어협에서 전무가 못 뎄다고 불만이 큰 모양인디, 그 일로 우리 염가 집안사람들 허고 감정이 안 좋을 끼라."

준성이 이어서 말했다.

"덕출이가 마 봉삼이 성님허고 짜고 우리 염가 집안을 꺾어 볼 끼라 고 사람을 모움시로 뭔가 꾸미고 있는 거 같십디더."

염 전무가 동네 사람들한테 들은 소문을 말했다.

"너들 시방 내가 허는 말 잘 듣고 집에 가거든 온 집안사람들헌티 일 러서 공산당이나 조선청년동맹이라 쿠는디 절대 들어가모 안된다고 단다이 일러라이. 그거는 미 군정에서 금허는 딘께로 우리 집안사람들 은 한 사람도 거기에 들어가모 안 될 끼다. 알았재?"

"예, 명심허겄십니더."

준성의 말에 모두들 잘 따르기로 약조를 했다.

같은 시간에 덕출의 집에는 황 씨 집안 젊은이들이 떼를 지어 모여 있었다. 봉삼은 연신 집안 젊은 친척들에게 술을 권하며 덕출을 치켜 세우느라 바빴다.

"너그들, 덕출이 동숭이 허는 말 잘 들었재? 우리 황가 집안사람들이 염가들헌티 뭣이 모자란다고 조합에 덕출이 동숭 한 사람뿌이 몬 들 어간다 말이고? 그라고 동숭이 염가들 떼자구 땜에 전무 자리도 못 했 다 아이가? 말도 아이재? 앞으로 덕출이 동숭이 우리 황가 집안을 일 으킬 기둥인 기라. 알았나?"

그러자 덕출의 사촌 동생 덕호가 목에 힘을 주며 말했다.

"우리 황가 집안이 돈이 없나? 세가 모자라나? 우리가 머 땜에 염가들헌티 치어서 산다 말입니꺼? 인제 우리 집안사람들도 심을 모두모 염가들헌티 못 이길 기 있겠십니꺼?"

또 다른 덕출의 집안 동생이 말을 이었다.

"우리 황가 집안이 염가 집안헌티 이길라 카모 우리 집안사람 중에 학교 졸업헌 사람허고 글자를 아는 사람은 모두 이참에 심을 모다야 헐 끼다. 덕출이 성님이 새로 맨딜라 쿠는 공산당에 모도 들어가야 헌다 이 말이다."

"공산당에만 들어가모 우리 집안이 일어나는 깁니꺼?"

덕출이 집안의 먼 친척 동생이 물었다.

"하동읍에서 똑똑헌 사람들이 덕출이 성님헌티 헌 말이라 쿠는디. 인제 공산당 사람들이 새 세상을 맨딘다 안 쿠나?"

"어떤 세상인디요?"

"내도 들은 말인디. 무산대중이 잘사는 공산주의를 맨딘다 쿠내."

덕출의 집안 형인 덕만이 궁금하다는 듯이 물었다.

"덕출아, 무산대중이 뭐꼬?"

"아, 그거는 재산이 읎는 가난헌 사람들이 주인이 되는 세상을 맨딘다 쿠는 깁니더."

"머라꼬? 우리 황 씨 집안이 뭣이 모자라서 가난헌 사람들 세상을 맨디는디 낀다 말이고?"

덕만은 황가 집안의 자존심이 상한다는 듯이 말했다. 그러자 덕출이 결론을 짓듯이 잘라 말했다.

"우리 집안에 돈이 읎는 기 아이라 염가들 집안을 이길라 카모 공산당 편에 서야 헌다 이 말이지요. 염가 집안사람들은 다 미 군정 앞잽이들 아인기요? 그래서 염가 들 중에 네꼬따이나 맸다 쿠는 사람들이 미 군정허고 한편인 무신 청년단에 들어가서 자꾸 자기들 집안 세를 키울라 쿠고 있는디 우리라꼬 가마이 있이모 데겄십니꺼?"

그러자 봉삼이 거들고 나섰다.

"너그들아, 내 말 단디 들어 보래이. 덕출이 동숭 말이 안 맞나? 염가 즈그들이 일본 사람 밑에서 공부 좀 배왔다고 까부는디 너그 내가 누군지 잘 알재? 내도 노량 일본주재소에 댕길 때는 잘 나갔다 아이가?"

"성님, 말이 맞십니다. 그때 염가들이 공출 안 털릴라꼬 성님헌티 꼼짝 못했지예."

"그런깨로 뭣이든지 일을 할라 카모 내가 왜정 때 했던 거맨키로 심이 있어야 되는 기라. 인제 우리가 심을 모다서 덕출이 동숭을 공산당 금남면 대표로 맨딜아야 헌데이. 그런깨로 우리 용덕 황가들이 심을 모다서 덕출이 동숭을 확 밀어주자 이 말이재. 다들 알아 듣겄재?"

"마, 그리 헙시더. 우리가 먼다꼬 염가들헌티 뻘뻘 길 깁니꺼?"

덕호가 소리를 높였다. 그러자 누군가가 숙덕거렸다.

"그래도 무산대중이란 말허고 우리 집안 형편허고는 잘 안 맞는 거 겉은디."

그 말에 봉삼이가 발끈했다.

"아따, 고마, 뭘 그리 따지쌌노? 덕출이 동숭이 베미 알아서 잘 헐 끼가? 우리가 염가들 기를 뽑라 놔야 우리가 기를 펴고 사는 기라. 그리 헐라 카모 무산대중을 내세우는 사람들 편에 서야 헌다 안 쿠나? 그런 깨로 우리는 덕줄이 시는 대로 허모 안 되겠나?"

"그리 헙시더. 우리가 뭘 알겠십니꺼?"

다들 봉삼이 말에 수긍하는 눈치였다. 마지막으로 덕줄이 그 자리에 모인 사람들의 입단속을 단단히 했다.

"내가 마지막으로 말허는디 우리 집안이 염가들을 이길라 카모 세를 모다야 허는 기라. 그래서 눈알 바로 박힌 사람이모 한 사람이라도 더 공산당에 들어가야 헙니더이. 그라고 오늘 우리가 헌 말은 아무도 몰라야 헙니다. 특히 염가들 귀에 절대로 들어가모 안 되닝깨로 꼭 명심허고로 허이소이."

이리하여 덕줄의 집안 남자들은 거의 다 공산당에 가입하게 되었다.

고전면 전도에는 밀물 때가 되면 바닷물이 주교천을 따라 거슬러 올라와서 배를 댈 수 있는 나루터가 있었다. 물아래 사람들은 이 나루터에서 배를 이용하여 하동장으로 장 보러 갔다.

잔너리[28]에 사는 한양줄은 가끔씩 전도에서 배를 타고 하동장에 들르는 편이었다. 왜냐하면, 하동장에 가서 쌀을 내다 팔면 그 지역의 쌀장수에게 파는 것보다 단 한 푼이라도 더 받고 팔 수 있었기 때문이다. 그리고 농기구나 생활필수품을 구입할 때에도 하동장에서는 더 싸게

---

28) 조진

살 수 있었다.

　양출은 해방 후의 혼란기에 하동장에 갔다가 시장통에서 하동읍에
사는 매제인 송재훈을 만나 술자리를 같이하게 되었다. 그때 그는 재
훈으로부터 우리들처럼 가난한 사람들의 세상을 만들기 위해 만든 조
직이 공산당인데 하동군에 이미 공산당이 조직되었다는 말을 들었다.
그리고 각 면별로 공산당을 조직하기 위해 사람들을 모으고 있는데
재훈이 자신도 공산 당원이 되었다고 하면서 양출도 이 조직에 동참할
것을 권하였다. 그러면서 머지않아 공산당이 세상을 바꾸어서 무산대
중이 잘사는 세상을 만든다는 말을 했다.

　그의 말을 들은 양출은 가난한 사람들의 세상이 온다는 말에 귀가
솔깃하였다. 그는 이번 기회에 못 배우고 가난한 사람들을 위해 사내로
서의 기개를 펼치고 싶은 욕심이 생겨 재훈의 권유를 받아들였다. 그는
그들과 내통하면서 은밀하게 좌익 활동을 전개하게 되었다. 그리고 그
는 고전면 물아래 사람들을 대상으로 동조세력을 규합하기 시작했다.

견물생심 見物生心

고전면에는 이명산에서 발원한 주교천이 양보면과 고전면 배드리와 잔녀리 들판을 지나 섬진강으로 흘러들어 간다. 그리고 주교천의 서쪽에는 정안봉 아래 잔내 골짜기에서 발원한 고전천이 지소, 방깨, 백석을 지나 잔녀리 들판에서 주교천과 합쳐진다.

고전 사람들은 옛날부터 홍수가 나면 범람하는 주교천과 고전천 하류에 있는 배드리와 백석 아래쪽 마을을 '물아래'라 불렀다. 이 고장에는 예전부터 물아래나 해변 근처에 사는 사람들을 은근히 무시하는 악습이 있었다. 그래서 주교천과 고전천의 상류 지역에 사는 사람들은 하류 지역 사람들을 '물아래 사람'이라고 불렀다. 그러나 하류 쪽에 사는 사람들은 그러한 호칭을 좋아하지 않았기 때문에 상류에 사는 사람들을 '물위 사람'이라고 부르지는 않았다.

이들 간에는 지역 차별적인 사소한 감정이 잠재하고 있긴 해도 그것이 그들의 공동생활에 영향을 끼칠 정도로 갈등이 노골적으로 표출되는 경우는 드물었다. 대개는 배드리장터를 중심으로 서로 물물교환이나 상거래를 하고 정을 나누며 잘 어울려 공동체생활을 해왔다. 그런데 이 두 지역에서는 주요 농산물인 쌀 생산량이 강수량의 변화에 따라 교차적으로 변동하는 경향이 있었다.

홍수가 나면 물아래 지역은 범람하여 방죽이 터지고 들판이 장기간 물에 잠겨서 볍씨 한 톨 건지지 못하는 흉년이 들었다. 그런데 이때 천수답이 대부분인 상류 지역에서는 물이 풍족하여 대풍년이 들었다. 반대로 가뭄이 오래 계속되면 물아래 사람들은 물 부족 없이 제대로 농사를 지을 수 있어서 삼 년 농사를 다 지을 정도로 대풍년이 들었다. 반대로 상류 지역에는 물이 부족하여 흉년이 들었다. 그로 인해 상류 지역의 논은 냇물 가까이 있을수록 옥토로 쳐서 논값이 비쌌고, 물아래 지역에서는 골짜기에 있는 천수답이 금값이었다.

이 두 지역 농민들은 가을에 벼를 수확할 때면 강수량의 변화로 인한 쌀 생산량의 변화에 따라 항상 희비가 교차했다. 따라서 두 지역 농민들은 서로 도움을 주고받는 처지가 뒤바뀌게 되어 두 지역 사람들의 정서에도 상당한 영향을 미쳤다.

해방이 된 지 얼마 지나지 않아 고전면에서는 하동읍에서 결성한 인민위원회의 지령에 따라 배드리장터에 '조선인민공화국 노동조합' 간판을 내걸고 청년동맹농민회, 부녀동맹 등의 고전면 지부가 조직되었다. 이 조직에 참여한 사람들은 대부분이 물아래 사람들이었다. 고전면의 상류 지역에 있는 마을에는 공직자들이 많이 살고 있었다. 이 지역에 사는 사람들은 이들의 영향을 받아 미 군정의 정책에 순응하여 대부분이 우익세력에 가담하였다. 물아래에서 좌익에 가담한 사람들이 상류 지역에 사는 가난한 사람들을 만나면 자기편에 가입하라고 선전하였다.

"공산주의가 되모 네 것 내 것도 읎는 기고, 논밭도 모도 무상으로 몰수해서 돈도 안 받고 가난헌 사람들헌티 다 갈라 준단다. 인제 논 한 떼이 읎는 우리도 논밭을 마이 가지게 되는 기라. 그런깨로 공산주의가 얼매나 좋은기고? 공산당에 들어오이라."

물아래 사람들의 이런 선전에 상류 지역 사람들은 반대 논리를 내세워 반대했다.

"공산주의는 네 것 내 것도 읎다매. 그러모 내가 농사짓는 논밭도 내 끼 아이고, 내가 쎄가 빠지고로 농사 지서 알짱겉이 거다들인[29] 쌀가마이도 내 끼 아인 거 아이가?"

그리고 또 일제강점기 시절의 고충을 들먹여 논박했다.

"왜놈들헌티 공출 낼 때 숟가락 몽데이 하나도 안 남구고 다 뺏기던 시절을 볼씨로 이자 뺐는가 배. 내사 마 아무리 가난해도 내 꺼 없이는 몬산대이. 쪼끄만 논떼이라도 내 끼 있어야 쓰지. 아무것도 없이모 무신 재미로 사노?"

고전면 사람들이 재산의 규모가 아닌 지역에 따라 좌·우익으로 나

---

29) 알토란겉이 거두어들인

뉜 데에는 토지에 대한 애착심의 차이에서 비롯되었다고도 볼 수 있다. 상류 지역 사람들은 가뭄이 오면 어떻게 해서라도 논에 물을 대려고 애를 썼다. 물이 없으면 논 가에 웅덩이를 파고, 물을 퍼서라도 농사를 지어서 쌀 한 톨이라도 더 생산하려고 애를 썼다. 그래서 그들은 토지에 대한 애착심이 아주 강해서 면적에 관계없이 조그만 땅덩어리도 남에게 그냥 내줄 생각은 조금도 없었다.

반면에 물아래 사람들은 기후가 가물 때는 풍년이 들지만, 홍수가 나면 힘들여 농사지어도 온 들판이 물에 잠겨 속절없이 수몰당하는 수밖에 없었다. 따라서 이들은 기후에 따라 풍년과 흉년을 종잡을 수가 없어서 논에 대한 애착심이 별로 없었다. 이런 이유로 상류 지역보다 하류 지역 사람들이 공산주의를 지지하는 사람이 많았다. 고전면에서 벌어진 이런 현상은 마르크스나 레닌이 주장한 공산주의 발달 이론과는 전혀 무관했다.

1945년 고전면에서 좌익단체가 결성된 지 몇 달 뒤에야 이승만 박사가 창립한 '독립촉성국민회의'를 지지하는 대한독립촉성 하동군 청년연맹 고전면 지부가 조직되었다. 좌익단체보다 한발 늦게 고전면에서 우익세력이 조직적으로 활동하기 시작한 것이다.

이듬해 3월 6일에 배드리장날을 기해 장터에서 독립촉성청년연맹 고전면 결성대회를 개최하기로 했다. 우익단체 회원들과 주민들은 먼저 고전국민학교에 집결해서 고전국민학교를 출발하여 매국재를 넘어 배드리장터까지 시위행진을 한 뒤에 그곳에서 결성대회를 개최할 계획이었다.

아침부터 고전국민학교에는 독립촉성청년연맹 조직원을 주축으로 한 대회추진위원 및 각 부락 대표들과 조국 독립을 갈망하는 많은 주민들이 모여들었다. 이들은 미 군정이나 이승만의 앞잡이가 되어 자본주의 나라를 만들기를 원하여 모인 사람들이 아니었다. 그들은 아직까지 자본주의와 공산주의에 대해 아는 것도 없었고, 단지 조국 독립을 촉구하기 위해 모인 사람들이었다.

고전국민학교에 많은 주민이 집결하자 독립촉성청년연맹기와 독립촉성에 관한 표어를 적은 깃발과 우익세력을 상징하는 검은 깃발을 든 사람들이 앞장서서 고전국민학교 교문을 나섰다. 그 뒤를 따라 많은 주민들이 긴 행렬을 지어 학교 앞 다리를 건너 메국재를 넘기 시작했다.

그때 이 대회 소식을 미리 알고 있던 좌익세력이 메국재 길 위의 바위나 나무 뒤에 숨어있다가 돌을 던지며 우익단체 행렬의 진행을 방해하였다. 이들을 본 독립촉성청년연맹 단원들이 길 위쪽 산으로 뛰어올라가 그들과 한동안 육탄전을 벌였다. 우익청년들의 기세에 눌린 좌익세력들이 무지개골 쪽으로 도망가고 나서야 일단 소란이 진압되었다. 그러나 이 과정에서 지소에 사는 김상범의 아버지 할미 김 센은 머리에 돌을 맞고 쓰러졌고, 많은 부상자들이 생겨났다. 이러한 좌익세력의 방해에도 불구하고 독립촉성청년연맹 지지자들은 행진을 계속하여 배드리장터에 도착했다. 그런데 이곳에서도 이 대회를 무산시키기 위해 잔너리 한양출의 지휘를 받으며 미리 대회장소를 점거하고 있던 좌익세력과 유혈충돌이 벌어졌다.

이때 이 대회 추진위원인 정쾌현 부면장을 비롯하여 죽전에 사는 김경필과 명교의 정도화, 잔내의 정주용 등의 지방 유지들이 주민들과 합세하여 이들의 저지를 물리쳤다. 그리고 해방이 되자마자 결성된 좌익단체가 배드리장터에 걸어 두었던 '조선 인민공화국 노동조합' 간판을 내리고 독립촉성청년연맹 고전면 결성대회를 무사히 마칠 수 있었다. 이를 계기로 고전면에서 좌익세력의 기세가 꺾였다. 좌익세력은 표면적으로는 활동하지 않았지만, 비밀리에 지하활동을 계속하고 있었다. 배드리장터에서 좌우익 세력 간의 충돌이 있고 나서 물 위아래에 사는 사람들 사이에는 더 이상 큰 충돌은 없었으며 사소한 분쟁이 가끔 있는 정도였다.

갈사만 일대의 어민들이 김 채취를 끝내고 비교적 한가한 시기인 5월 4일 아침이 되자 용덕부락 나루터에는 배를 타기 위해 많은 부락 주민들이 모여들고 있었다. 그들 대부분은 염 씨 집안사람들이었다. 염치수가 나루터 주위를 부지런히 오가며 사람들을 재촉하고 있었다.

"시간 안 늦고로 빨리빨리 서두르이소이. 그라고 준성아! 깃발 다 잘 챙겼나?"

"예! 아부지, 걱정 마이소. 다 배 우에 실어 났십니더."

준성이가 들고 온 깃발에는 '대한독립촉성 총궐기대회', '하동군 청년연맹 결성대회', '대한독립 만세', '이승만 박사 환영', '이승만 박사 만세' 등의 구호가 적혀 있었다.

오늘은 하동읍 공회당 앞에서 이승만 박사가 참여한 가운데 하동군

독립촉성 궐기대회가 열리는 날이다. 용덕에서는 이 대회가 열리기 훨씬 전부터 금남면사무소에 다니는 염갑수의 아들 염준민과 염병수의 아들 염준태와 하동군청에 근무하는 염준철 등이 주도하여 행사 준비를 해왔다.

그들은 용덕의 염 씨 집안사람들을 중심으로 인근 지역의 우익인사들이 독립촉성 궐기대회에 빠짐없이 참여하도록 독려해온 터였다. 용덕부락의 염 씨 집안사람들이 가지고 있는 배는 모두 동원되었다. 염 씨 집안사람들과 인근 주민들이 선창가에 대기 중인 배에 오르고 있었다.

그때 황봉삼이 어슬렁어슬렁 걸어 나와서 배에 오르는 사람들을 살피고 있었다. 혹시 황 씨 집안사람들이 염 씨 집안사람들의 배에 같이 타는지 감시하러 나온 것이었다. 봉삼을 발견한 염정수가 한마디 건넸다.

"봉삼이, 자네가 여기는 웬일인가? 소-산에서 솔깽이 꺾는 사람 잡으로 댕기던 사람이 인제 왜놈이 없잉께로 염가들 껌뎅이 잡으로 나온 기가?"

봉삼은 일부러 못 들은 척하며 고개를 돌렸다.

"이 사람이 또 우리 집에 공출 치러 온 거는 아이고?"

일제강점기에 봉삼에게 숨겨두었던 쌀을 들켜서 공출로 뺏긴 적이 있는 염진석이 거들고 나섰다. 그러자 봉삼이 인상을 찌푸리며 말했다.

"그래, 내가 얼매나 더 빌모 되는 기요? 인제 좀 그만 허모 안 돼요?"

"그야 우리 맴이재. 자네, 그때 조금너리 사람들헌티 몽디 찜질을 안 당했이모 우리 동네 사람들이 가마이 안 있었을 걸세."

그러자 배에 타고 있던 한 여자가 봉삼이 들으라고 큰 소리로 말했다.

"계집질 허다가 동네 매 맞은 사람이 참 낯짝도 두껍재이? 저리 싸대이는 거 보모…"

그 소리를 들은 아낙네들이 봉삼을 손가락질하며 깔깔댔다. 부두에 모인 사람들이 배에 다 오르자 모든 배들이 섬진강 물살을 가르며 큰디를 돌아 하동읍으로 거슬러 올라갔다.

용덕사람들이 신기에 배를 대고 너뱅이 들판을 지나 공회당 앞에 이르니 3만여 명이나 되는 군민이 모여서 발 디딜 틈이 없었다.

공회당에 하동군민들이 거의 다 모이자 먼저 황학성 독립촉성 하동 지부장이 단상에 올라가서 개회를 선언하고 곧이어 공식적인 의식절차를 마쳤다. 그리고 임원과 내빈 소개를 하고 인사말을 했다. 뒤이어 그는 내빈 축사를 할 사람으로 이승만 박사를 소개했다. 하동군민들의 환영 박수 소리와 함성이 온 읍내를 진동했다.

이승만 박사는 단상에 올라가서 일제강점기에 우리 민족이 당한 수난과 그들의 만행에 대해, 그리고 신탁통치를 반대하고 자주독립을 해야 한다는 취지의 연설을 하였다. 하동군민들은 머리가 허연 노 독립운동가의 얼굴을 대하고 그의 목소리를 듣는 것만으로도 기쁨의 눈물을 흘렸다. 그리고 평생을 조국 독립을 위해 몸 바친 노 독립운동가에 대한 한없는 존경심을 표하느라 연신 함성을 지르며 태극기를 흔들었다.

하동군민들은 그의 연설이 계속되는 동안 박수를 아끼지 않았고, 자주독립을 원한다는 뜻을 전하려고 환영의 목소리를 드높였다. 독립촉성 하동군 궐기대회가 끝나자 하동 읍내는 온통 축제의 한마당이었다.

모두들 태극기를 흔들면서 반탁을 외치고 독립만세를 부르며 거리를 행진하였다. 하동주민들은 해방의 기쁨을 만끽하면서도 한편으로는 외세에 의해 또다시 신탁통치를 받을지도 모른다는 우려의 눈빛이 서려 있었다.

용덕사람들은 하동읍에서 궐기대회를 마치고 배를 타고 섬진강을 따라 내려오면서 반탁구호와 독립만세를 목청껏 외쳤다. 그들은 동네에 돌아와서도 같은 구호를 외치며 온 동네를 돌아다녔다. 그러나 황씨 일가 사람들은 누구 하나 이에 호응하는 사람은 없었고, 모두들 문밖출입도 하지 않았다.

현수는 경성대학교를 졸업한 지 얼마 지나지 않아서 아버지가 학수고대하는 고등고시 응시에 대해 고민을 하고 있을 때 서울에서 해방을 맞이하였다. 그런데 해방의 기쁨도 잠시였다. 해방이 되었다고는 하나 외세에 의한 해방이었기 때문에 국내에는 조선총독부를 대신할 정부도 없었고 치안과 사회질서를 유지할 경찰 조직도 없었다.

명목상으로는 해방되었지만, 일본이 갑자기 무조건 항복을 하는 바람에 조선에 주둔하고 있는 일본군대를 무장해제 해야 할 미군은 저 멀리 태평양의 오키나와 섬에 주둔하고 있었다. 이 때문에 남한에는 미군이 서울에 진주할 때까지는 힘의 공백 상태가 계속되고 있었다.

그런데 일본과 불가침조약을 맺고 있던 소련은 일본이 원자탄으로 패망할 것이라는 정보를 미리 알고 2차 세계대전이 끝나기 1주일 전에 대일본 선전포고를 하였다.

소련은 일주일 동안 일본과 전쟁도 아닌 형식적인 전쟁을 치르고는 그 대가로 승전국이 되었다. 소련군은 전쟁이 끝나자마자 승전국의 자격으로 일본군의 무장해제를 빌미로 만주와 한반도로 진격해 들어왔다. 이러한 급박한 사태를 감지한 미국이 급히 소련에 대해 소련군의 38선 이남으로 남진을 제지했다. 그로 인해 38선 이남에는 미군이 진주할 때까지 행정과 정치, 치안의 부재 상태가 계속되고 있었다.

현수는 해방을 맞이한 뒤에 서울에 남아서 자기 미래에 대한 준비와 설계를 위해 시간을 두고 국내외 정세를 관망해 보기로 했다. 그는 매일 신문보도를 세밀히 살피면서 시간이 나면 경성대학교 주변이나 조선총독부 앞의 종로거리에 나가 지인들을 만나 다양한 정보를 수집, 분석해서 정리하고 있었다.

신문보도에 의하면 남한에서는 해방되자마자 건국준비위원회나 인민위원회의, 그리고 한국민주당과 한국독립당, 조선공산당 등이 창당하여 우익세력과 민족주의세력, 사회주의세력 등 색깔을 달리한 정치세력들로 분열하여 세력다툼을 벌이고 있었다. 얼마 뒤에 미 군정이 들어서자 미국은 국내에서의 자생적 정당을 인정하지 않고 해산시켰다. 특히 상해에서 20년 넘게 독립운동을 주도했던 임시정부도 민족대표기구로 인정하지 않았다.

그래도 해방 후에 우리나라 독립을 주도해야 할 민족대표기구로 기대하고 있던 임시정부의 핵심 요원들조차 정치적, 사상적으로 분열하여서 정치적 주도세력을 형성하지 못하고 있었다. 이러한 혼란기를 이용하여 일제강점기 시대부터 지하 조직망을 형성하여 암약하고 있던 좌익세력이 재빠르게 활동을 개시했다.

그들은 대한민국의 정부수립을 방해하고 공산주의 정권을 수립하기 위해 각종 테러, 방화, 파업, 유격전, 무장폭동 등을 일으켜 서울거리는 평온할 날이 없었다. 심지어 조선공산당이 위조지폐를 만들어 시중에 유통시킨 '조선정판사사건'을 일으켜 금융시장까지 교란시키고 있었다.

현수는 제2차 세계대전이 끝나고 나서 대한민국에서 공산주의 활동이 이렇게 극렬하게 일어나는지에 대한 의구심을 떨칠 수가 없었다. 대한민국은 일제 식민 지배를 받던 상태에서 해방된 나라였기 때문에 산업혁명의 단계에 이르지 못하여 대규모 공장공업이 발달하지 못했다. 따라서 자본가와 노동자도 소수에 불과했고, 더군다나 차르와 같은 독재 권력도 없는 무주공산이었다.

마르크스의 이론을 빌리자면 아시아에서 제2차 세계대전 후에 자본주의 단계를 거쳐 공산주의로 발전할 조건을 갖춘 나라는 적어도 일본밖에 없었다. 현수는 후진 농업국이었던 남한에서 공산주의가 창궐한 것은 팽창주의 좌익세력이 준동했기 때문이라고 생각했다.

공산주의자들은 현재 서울에는 존재하지도 않은 자본가 대신에 상대적 부자를 타도하여 상대적 무산자가 잘사는 세상을 만들겠다고 허위 선전하여 가난한 노동자나 서민들을 현혹했다. 그들은 사회 계층 간의 갈등을 조장하여 대규모의 무장봉기를 일으켜 공산주의 권력을 쟁취하기 위해 레닌이 던져 준 여의봉(볼셰비키혁명 병기)을 마구 휘둘렀다. 그들은 공산주의 세력의 팽창을 위해 주민들의 자결권이나 민생은 아랑곳하지 않고 프롤레타리아 독재국가 건설을 목적으로 수단과 방법을 가리지 않았다.

현수는 우리나라가 어떻게 해방된 나라인데 조국이 국민들에게 희망을 주는 통일된 독립의 길로 나아가지 못하고 외세에 의해 분열하여 정치적 격랑을 겪고 있는 현실에 대한 환멸을 느끼고 고향으로 돌아왔다.

현수는 고향에 와서 아버지 일손도 도와드리면서 자신의 장래를 설계하면서 양아버지의 희망을 풀어드리기 위해 우리나라 정부수립 후에 있을지도 모를 고등고시 준비도 해볼 계획이었다. 이때가 배드리장터에서 좌우익 세력 간의 유혈충돌이 일어난 지 두어 달 지난 뒤였다.

현수는 아버지로부터 고전면에서 그간에 일어났던 좌우익의 충돌로 유혈사태가 일어난 사건의 자초지종을 알게 되었다. 현수는 시골인 고전면의 농촌 마을까지 공산주의가 단시간 내에 큰 세력으로 부상한 것을 보고 고향 시골에까지 좌익세력이 침투한 현상에 대해 고개를 갸우뚱할 수밖에 없었다. 그 이유는 고전면민들이 빈부의 차이에 따라 좌익과 우익으로 분열한 것이 아니라, 주교천과 고전천 주변의 물 위, 아래의 지역에 따라 분열하여 분쟁을 일으키고 있었다는 점이다. 그동안 자신이 알고 있던 공산주의에 대한 상식으로는 도저히 이해할 수 없는 희한한 현상이 일어나고 있었.

현수는 이런 현상에 대해 곰곰이 생각해 봤다. 물아래 사는 사람 중에는 꽤 부유한 알부자가 많았다. 그런데 이 지역의 가난한 사람들은 마르크스나 레닌이 누군지도 모를 뿐만 아니라 그들이 주장했던 공산주의 사상이 뭔지도 모르는 사람들이었다. 이런 사람들이 남의 논밭을 공짜로 나누어 준다는 말에 현혹되었고, 거기에 지역감정도 작용하여 지역 간의 분쟁으로 발전한 것으로 보였다. 현수는 자본가도 차르도 없는 고전면에서 일어난 이러한 분쟁은 마르크스나 레닌이 그토록 배격했던 인간의 이기심인 견물생심으로 설명할 수밖에 없다고 생각했다.

현수는 지금은 우리나라가 좌우 세력다툼으로 인한 혼란에 빠져있지만 머잖아 이를 극복하고 독립이 될 것으로 확신했다. 그리고 우리나라가 독립하면 조만간에 고등고시가 시행될 것으로 예상했다.

그는 이번에는 아버지의 소원을 풀어드리기 위해 고등고시에 꼭 합격해야 하겠다고 다짐했다. 그리고 성평부락 뒤의 소-산 계곡에 있는 암자에 가서 법률 서적을 보며 고등고시 준비를 열심히 하기 시작했다.

붉은 지게 전 5권